omlet

nia medi

**Gwasg
Gwynedd**

Argraffiad cyntaf — Awst 2005

© Nia Medi 2005

ISBN 0 86074 218 0

*Cyhoeddwyd ac argraffwyd
gan Wasg Gwynedd, Caernarfon*

I
DYFRIG A LEWYS

Diolch i Bethan am ei ffydd a'i gweledigaeth;
i Eirian Demertzis am yr help ieithyddol tramor ac i
Gwyneth Vaughan am ei hanogaeth diflino.

'Y mae chwerthin yn ddisgyblaeth gymdeithasol.'
DAVID JAMES JONES (GWENALLT) 1899–1968

'All sorrows can be borne if you put them into a story,
or tell a story about them.'
ISAK DINESEN

Cynnwys

Cariad, Cwdyn a Crismas Ifans, Mae Isio Gras . . . !

Baw gwartheg. Plops mw-mw. Cachu buwch. Tail. Galwch o'n be liciwch chi ond, yn y bôn, rhywbeth felly ydi cariad. Sbiwch arni fel hyn: ar y cychwyn, mae'r cariad (neu o leia rhywbeth sy'n teimlo fel cariad ar y pryd), y teimladau cyffrous, yr egni a'r trydan ayyb yn ffresh a newydd, tydyn? Yn llifo'n fôr o sglwtsh cynnes drostach chi; y ddau ohonoch chi'n stemio'n braf wrth doddi i'ch gilydd, yn don ar ôl ton o gynhesrwydd taffi-trioglyd, a'ch perthynas fel lawnt newydd ei gosod, ar ei thyfiant, yn gorlifo o wyrddni llawn posibiliadau.

Ond tydi hynna, fel y tail, ddim yn para nacdi? Mewn amser, mae'r twr mawr gwlyb o gariad yn dechrau sychu rownd yr ochra, crebachu rownd yr ymylon, gan adael dim ond pwll tamp, meddal yn y canol. Ac i'r pwll hwnnw y bydd y ddau ohonoch yn mynd i bysgota bob hyn a hyn i chwilio am y rhesymau pam y daethoch chi at eich gilydd yn y lle cynta. Ac os dach chi'n lwcus, cewch ailgynnau'r fflam eto. Ond os dach chi'n anlwcus, mae'r twr mawr meddal o serch wedi sychu'n grimp, a phob math o afiachbethau ac amheuon cynrhonllyd wedi dechrau hel yn y mannau cudd, yn erydu nes does 'na affliw o ddim ar ôl ond pydredd a lwmpyn caled yng nghalonnau'r ddau ohonoch chi.

Ro'n i a'r boi mwya diweddar yn fy mywyd carwriaethol chwerthinllyd wedi cyrraedd 'stêj thrî', sef y craciau pydredig, ers misoedd. Dyn a ŵyr pam roedd o wedi cymryd cyn hired i mi allu cerdded o'na. Hunan-barch, styfnigrwydd ella? Ro'n i'n gwybod bod pawb o'n i'n nabod yn meddwl bod y boi 'ma y peth tristaf grëwyd ers yr 'auto-chopper' (peiriant llaw bychan i dorri llysiau ddaeth ar y farchnad tua Nadolig 1976; mae un fy mam yn dal ar y silff yn y pantri yn hel llwch, heb erioed weld moronen), a finna'n rhy bengaled i gyfadda wrthyn nhw, ac wrthaf fi'n hun, eu bod nhw'n llygad eu lle.

Ond do'n i ddim am adael y peth fynd, chwaith, ddim nes ro'n i wedi dangos i'r cachwr ceiniog a dima nad o'n i'n ddynas i'w chroesi. Doedd neb, NEB, yn mynd i chwara sili bygyrs y tu ôl i 'nghefn i am hir a disgwyl cael getawê efo hi. O na!

Dyna pam, am hanner awr wedi saith y bore, mewn gwisg Siola newydd sbon, ro'n i, Angharad Austin, athrawes barchus yn fy nhri degau, wedi lluchio hanner bonyn coeden rhododendron at ddrws ei garafán. Ychydig eiliadau cyn hynny, giciais i dolc yn wing dde ei Lancia Fabia 1963, 2 *litre*. Crynu? Wel, ro'n i fel tri paciad o Rowntrees jeli ar hannar setio ac yn rhyw amau mod i wedi mynd yn rhy bell pan agorodd drws y fan.

'Be ddiawl sy'n mynd mla–!' medda fo a'i wynab wedi stwnshio.

Mi wyddwn wedyn bod y gachfa wedi hitio'r ffan go iawn. Rhedodd Drong at ddrws ei gar â'i geg ar agor, yn gweiddi'n orffwyll, 'O! Naaaaa! Ti'm wedi–?', cyn llithro ar ei liniau o flaen duw yr allor rydlyd a elwir Lancia.

'Naddo siŵr,' medda fi'n edrych ar y tolc ro'n i newydd ei wneud, gan groesi 'mreichia mewn modd dieuog. 'Mae genna i feddwl y byd o'r car 'na.'

'Blydi hel, ti 'di colli'r plot?' medda'r Twlsyn. 'Sut gythral?' Edrychodd fel y llo ag oedd o ar y bonyn coeden anferth o flaen y fan, ac wedyn ar y tolc tua'r un maint yn y drws. Codais fy aeliau.

'Oeddet ti'n arfer deud y dyliwn i drio mynd ar raglen *Gladiators*,' medda fi, 'a rŵan, am mod i'n defnyddio 'nghryfdar yn d'erbyn di, ti'n 'y ngalw i'n nytar! Wel, gwranda mêt, tasat ti ddim wedi 'nhrin i fatha un o'r lympia cachu 'na ar waelod caetsh dy hamstyr, faswn i ddim 'di gorfod gwneud rhywbeth mor blydi drastig yn y lle cynta!' Gerddis i fyny ato fo nes oeddan ni drwyn yn drwyn bron, cyn gorffen yn gleimatig efo, 'Wnei di byth ddeud clwydda wrtha i eto'r basdadcelwyddogdauwyn-ebog – a drewllyd.' Roedd bod mor agos ato fo'n f'atgoffa o'r ffaith anffodus fy mod i, o 'ngwirfodd, wedi bod yn rhannu 'ngwely ers misoedd efo fo, rhywun oedd ag ogla nythiad o anifeiliaid anwes arno fo. O'n i'n dal i grynu, a 'nwylo a 'nghrys newydd yn stremps o faw, gwair, rhisgl coeden a chydig o ddagrau mascarallyd a llysnafedd trwyn.

'Ti'n gwbod mod i byth yn deud clwydda,' medda'r ci celwyddog. Ar y gair, daeth merch hanner pan mewn hanner coban i'r drws. Syllais arni cyn troi 'mhen yn araf ato fo. Codais fy aeliau eto (ro'n i wedi dechrau cael hwyl arni rŵan ac yn defnyddio fy aeliau i'w llawn effaith).

'Be ddeudist ti am ddeud clwydda?' medda fi'n sarcastig, gan droi'n ôl i edrych yn syth i lygaid yr hwch benddu ar y trothwy tun o'm blaen. Edrychais i'r awyr yn feddylgar â'm bys ar fy ngên, fatha mae pobol yn ei wneud mewn cartŵns. 'Ym, paid â deud 'tha fi . . . gad i mi gesio . . . dy fodryb? Wedi gorfod aros dros nos, ella, ar ôl noson go hegar lawr yng nghlwb cymdeithasol y carafanwyr ar y portandlemons, a 'di colli bỳs pas ia?' Ro'n i'n gwbod yn iawn mai'r *ex* oedd y peth llygaid llyffant oedd yn edrych arna i mor ddryslyd o dop y stepiau.

13

'Doedd ganddi nunlla i fynd,' medda fo'n nerfus.

'Dim rhyfadd,' medda fi, 'faswn inna byth yn disgwyl cael croeso mewn coban mor uffernol o goman chwaith.'

Dyma fi'n rhythu ar y crys T o beth, efo llun tedi bêr ar y tu blaen a'r geiriau *Snuggle up* oddi tano; i goroni'r cyfan, roedd y diawl peth yn pyg. Gofynnodd y tedi-garwr gobanpyg wrth Drong be oedd yn mynd ymlaen. Wel, be ddeudodd hi go iawn oedd, 'Waz gooin' on loove?'

'Nwthin hyni, no wyris,' medda fo'n ôl, fatha 'sa fo'n siarad efo babi dyflwydd oedd newydd ollwng lolipop mewn tyrdyn cloman; ac wedyn, dyma fo'n deud wrthi hi am fynd yn ôl i mewn, wir, i wneud chydig o dost, gan bod hyn (gan bwyntio ata i) ddim byd i'w wneud efo hi. 'This one,' medda fo (gan bwyntio ata i eto) 'has been hassling me for months.'

Wel, os o'n i wedi colli'r plot cynt . . .

'Fi 'di bod yn haslo chdi?! Y pen planc! Dwi'm yn cofio dy orfodi di mewn i 'ngwely i bron bob nos ers tri mis; os dwi'n cofio'n iawn, oedda chdi ond yn rhy awyddus i gael dy dynnu fyny'r grisia gerfydd cortyn dy dracswt a dy hyrddio'n ddiseremoni o dan fy shîts *Egyptian cotton*. Ddyliwn i fod wedi sylweddoli'r adeg hynny mod i'n gwastraffu'n amser efo dyn brei-neilon,' poerais, wrth wylio'r gobanpyg yn diflannu'n ôl mewn i'r garafán. 'Atgoffa fi'r cachwr di-dast mewn dillad gwely, wnes i fforsio chdi i mewn i 'maths dŵr poeth lyfli fi? Wnes i stwffio cystard crîms i lawr dy wddw di efo twmffat?! Ai fi sy'n breuddwydio, neu ydi dy hen siwt leicra biws di'n dal i hongian yn fy nghwpwrdd crasu fi?' Wedyn dyma fi'n mynd am y trymp. Allan o 'mhoced dyma fi'n tynnu'r cerdyn Santes Dwynwen roedd o wedi'i yrru i mi y mis Ionawr cynt. Roedd o'n cachu brics rŵan a'i lygaid rhyagosatigilyddobethgythraul yn saethu at ddrws y fan i edrych a oedd yr hulpan gobanpyg o fewn clyw. Dyma

14

fi'n dechrau darllen, yn uchel a chydag arddeliad. O'n i am sicrhau ei bod hi'n clywed, hyd yn oed tasa'r fan wedi bod yn Borth-y-gest.

I Anji . . .

You're the lie down in my 'lycra';
You are the jock in my strap;
You put the 'phoar' in my four pack,
You're the bacon that fills up my bap.

Oddi wrth
David XXX

Na, tydi o fawr o fardd. Ond efo'r geiriau yna, mae'n rhaid bod cloch wedi canu ym mhenglog yr hwch gyrliogwallt a gwneud iddi sylweddoli mod i'n deud y gwir wedi'r cwbwl. Roedd y gwir yn brifo, ac am eiliad, hanner eiliad ella, deimlis i fymryn o biti drosti pan glywis i hi'n gwneud sŵn tebyg i rywbeth rhwng lama'n esgor a chael cachiad go hegar. Torri'i chalon, debyg . . .

'Did you get the same poem then, love,' gwaeddais, 'if you can call it that?' Ro'n i isio chwerthin erbyn hyn a deud y gwir. Roedd y sefyllfa'n datblygu i fod braidd yn flêr.

'Yli be ti 'di neud!' medda Twrdyn, a thrio mynd heibio i mi. Dyma fi'n ochorgamu i'w rwystro.

'Sori,' medda fi'n llawn cydymdeimlad, 'ond tyd 'laen – gyrru'r un pennill i ni'n dwy? Braidd yn risgi, oedd o ddim? Ond dyna fo, doedd hyn ddim i fod i ddigwydd, nagoedd? Wnest ti rioed feddwl y basan ni'n cyfarfod, naddo?'

'Ti 'di ypsetio hi! A ma hi'n disgwyl,' medda fo.

'Ha!' chwarddais yn uchel, 'disgwyl be? Yr ailddyfodiad? Godot, ella?' ('Sa fo'm yn dallt hynna.) 'Achos os ti byth yn deud clwydda, ti'm wedi bod ar ei chyfyl hi, naddo? Felly ga i ofyn pwy ydi'r tad?'

'Bitsh!' sibrydodd. 'Do'n i'm yn cysgu efo hi.'

15

'Wel NAG OEDDAT! Achos os ydi hi "yp ddy dyff", CYSGU oedd y blydi peth ola ar dy feddwl di'r pen brwsh diawl!'

'Paid â gweiddi.' Edrychodd dros ei ysgwydd yn shiffti.

Waeddis i'n uwch. 'Ti'n meddwl bod o'r ots un ffadan ffwdj gen i be ma hannar sodin poblogaeth y chwydfa lle hwnnw o'r enw Bromsgrove sy yma ar eu gwylia yn feddwl ohona i?'

'Tyfa i fyny.'

'Babi pwy 'di o, 'ta?'

'Paid â bod yn gymaint o ast, fi bia fo siŵr.'

'OND TI DDIM 'DI BOD AR EI CHYFYL HI MEDDA CHDI!'

Daeth y gobanpyg allan o'r fan eto, wedi rhyw lun o wisgo. Roedd ganddi fag Co-op ymhob llaw.

'Don't go,' medda fo (wrthi hi).

'How touching,' medda fi.

'Ffwg off,' medda Benddu (wrthaf fi dwi'n cymryd . . . jyst gesio).

'Hwrê!' medda fi'n uchel, 'mae un ohonach chi'n siarad synnwyr o'r diwedd!' Mi drois ar fy sawdl a gadael Drong a'i hamstyr i ymdrybaeddu yn eu llanast. Es i'n ôl at fy nghar ac wrth neidio i mewn welis i'r Benddu yn y blwch ffôn yn bwcio tacsi.

'T'isio lifft?' gwaeddais yn joli.

'Ffwg off,' meddai eto.

'Ocê 'ta,' medda fi'n gwenu o glust i glust. 'Gobeithio gyrhaeddith y tacsi cyn y babi 'nde?' Ddim y basa hi wedi dallt.

Dyma fi â 'nhroed ar y sbardun a'i heglu hi rownd y gornel cyn i chi allu deud 'stretsh marc'. Roedd gan y Benddu, erbyn hynny, Embassy fawr yn ei cheg. Doedd hi'n edrych ddim mwy beichiog na Margaret blydi

Thatcher. Druan ohoni, a twll ei thin hi'r un pryd. Roedd y ddau yn haeddu'i gilydd. Ac i ffwrdd â fi'n gwneud tua nainti-ffôr dros bont y rheilffordd, fy nheiars yn hedfan drwy'r gwagle am eiliad a 'mhen yn troi efo digwyddiadau'r hanner awr ddwytha. Dim ond un ateb oedd. Gordon's! Un mawr!

Rhwng Dau Fŵd

'Yyy . . . bl . . . oooo . . . na . . . pa . . . par . . . parames . . . paramesatol,' medda fi wrthaf fi'n hun wrth lusgo ar fy nglinia tuag at y stafell molchi a'r safle hudolus a elwir y cwpwrdd pils a crîm, tampons, condoms a 'Prepereshiyn H' a phob dim arall angenrheidiol at liniaru poenau a phroblemau dyrys oriffusys bywyd. Estynnais yn awchus at y paciad tabledi, dim ond i weld bod y bygyr yn wag ers y noson uffernol chwil gachu ddwytha. Trois yn aaarrraaaf ac anelu am y grisia. Ymlwybro wedyn, yn dal ar fy mhedwar, ris wrth ris, ar yn ôl, fel cath yn deffro ar ôl opyrêshyn sbaddu. Dyma ddod o hyd i'r poenladdwyr mewn drôr yn y gegin a'u llowcio efo peint o ddŵr. Sleifio'n ôl i fyny'r grisia i 'ngwely wedyn a cholapsio â 'nhin i fyny'n 'rawyr a 'ngwynab i lawr yn ogla cyfarwydd, cwtshlyd fy ngobennydd.

Efallai oherwydd y diffyg ocsijyn, mi ddechreuis i gael fflashbacs am y diwrnod cynt. Rŵan mod i'n sobri doedd o ddim mor hawdd anghofio. Nid mod i wedi torri 'nghalon dros y pen meipan na dim felly; Duw, do'n i wedi trio dympio'r sbrych sawl gwaith o'r blaen? Na, damia, y peth ydi, dwi'n blydi hoples ar 'y mhen 'yn hun. Dyna 'di'r drwg. Dwi'n licio cael rhywun o gwmpas y lle i wylio'r bocs efo nhw, bwyta petha hollol anaddas, mynd am dro, chwerthin ar jôcs gwael, a dwi'n cyfadda, roedd tri chwarter Sais efo lot o *brawn* ond dim brên yn well na bygyr ôl. Ac o leia roedd o'n meddwl mod i'n athrylith, ac yn ffraeth, a roedd o'n chwerthin ar ben fy nghwips bach clyfar i – felly i be oedd o isio deud clwydda wrtha i, a finna wedi tendio cymaint ar y sbrych? O'n i'n flin, mor blydi blin wnes i ddim meddwl be faswn i'n wneud cyn i mi i wneud o. Roedd hi'n iawn i mi fod wedi meddwl am ffyrdd o gael gwared arno fo, ond iddo fo wneud hyn i mi, cyn i mi gael y cyfle! Anfaddeuol. Yn enwedig hefyd am fod Mam wedi deud wrtha i chydig wythnosa ynghynt y dyliwn i dympio fo, ei fod o 'chydig bach yn od'. O'n i'n gwbod hynny, siŵr! Ond fasa well gin i aros efo'r Drong am byth na gwrando ar Mam.

Felly, yn lle eistedd yn ôl a meddwl be fyddai ora, i mewn â fi fel y peth gwyllt ag o'n i a lluchio hanner blydi coeden at ei garafán! Sut ddiawl wnes i hynna? Iesu, mae'n rhaid mod i 'di myllio. Sut godis i'r ffasiwn beth yn y lle cynta? A rhoi tolc yn nrws y Lancia hefyd, blydi hel . . . 'swn i 'di gallu cael 'yn arestio! Wela i o rŵan ar dudalen flaen y *Cambrian News*:

TRUNK CALL PROVES COSTLY

Angharad J. Austin, 33, of Aberboncyff, found incredible physical strength on discovering that her lover of eight months, 39-year-old Wancarhamstargarwr of Carafán Gachu Rydlyd Ogla Llgodan, Ffordd y Traeth, Aberboncyff, had been secretly seeing his ex-girlfriend. Ms Austin, her suspicions aroused, arrived at the van at 7 a.m. last Monday. She proceeded to pick up and throw a large tree trunk at the door of the van, causing substantial damage.

The shocked and allegedly pregnant ex-girlfriend, Benddugobanpyg, 29, of Chwdfa Lle Tu Allan i Telford, who was in the van at the time, was not available for comment.

Ddechreuis i chwerthin yn afreolus wrth feddwl am y gobanpyg yn dod i ddrws y garafán a'i llygaid fel Quasimodo cysglyd. Gyduras fach, roedd hi'n amlwg wedi cael noson a hanner, a'r peth ola ar wyneb daear roedd hi'n disgwyl ei weld oedd y ffrîc 'ma mewn dillad Siola yn landio a dechrau lluchio coed o gwmpas y lle, yn enwedig a hitha 'in ddy thrôs o pasionet ri-iwnion' efo Drong.

O wel! Dyna hynna. Be dwi'n mynd i wneud rŵan 'ta? Mae'r ha' i gyd o 'mlaen i, does gen i'm dyn a mae'n ffitnes rwtîn i wedi dod i ben yn gynt na fedra i ddeud 'baisep' gan mod i newydd orffen efo'r boi sy'n digwydd rhedeg yr unig *gym* o fewn ugain milltir. Suddais yn ôl dan y dwfe a chau'n llygaid, ac fe darodd fi mod i beth gythraul yn fwy hyngofyr nag o'n i wedi ama. Roedd gen i glycha'n canu yn fy mhen. O na . . . y ffôn oedd o! Godis i ar 'yn eistedd a 'mestyn ato a dyma lais dramatig Sophia'n atseinio mewn i 'nghlust i nes ro'n i'n tincian. Symudais y ffôn chwe modfedd i ffwrdd.

'Hola, buenas dias amiga, Angharad . . . iw hoce? Ar iw côming tw ddy pârrti ddiis afftyrnwwn . . . iw rimêmbyr . . . issa Jesus, issa ffyrst byrsde?'

'Iesu bach.'

'Si, si, Jesus, iw côming?' O'n i wedi llwyr anghofio wrth gwrs am ben-blwydd cyntaf Jesus, mab ffrind newydd i mi, Sophia, Sbaenes oedd wedi priodi boi lleol. Prin fetswn i ddiodda gwrando arna fi'n hun yn meddwl, heb sôn am wrando ar ddeg o blant o dan bump yn gweiddi, crio, rhechan a sgrechian yn Saesneg, Cymraeg a Sbaeneg.

'Si si, sî iw at tres horas . . . gracias . . . hasta luego.'

Hasta i'r gawod oedd hi wedyn a gobeithio y byddai'r dŵr cynnes yn lleddfu chydig ar y boen yn fy mhen i. Do'n i wirioneddol ddim mewn unrhyw stad i fynd i barti plant bach . . . nac mewn unrhyw fath o stad i allu meddwl am esgus chwaith, felly lle ddiawl o'n i fod i gael cerdyn pen-blwydd ac anrheg rŵan?

Y Wisg Rwdan

Dydi o'r peth rhyfedda dwch? Pan dach chi ddim yn y mŵd, a ddim isio gadael y tŷ mwy na rydach chi isio hoelan chwe modfedd ym mawd eich troed, beryg mai dyna pryd gewch chi'r hwyl mwya annisgwyl dach chi 'di gael ers i'ch tad dollti hannar pwys o halen ar ei dônyts yn 1970. Ia wel, mae'r petha bach yn blydi hilêêêriys pan dach chi'n wyth, tydyn? Beth bynnag, dyma wisgo reit sydyn yn y petha mwya cymffi bymffi oedd genna i. Dilladach o'n i'n gadw yng ngwaelod y wardrob ar gyfer llnau neu lolian ar y soffa ar ben fy hun ar bnawn Sul efo pen fel Elsan, lebotiad o Earl Grey, dau baciad o Bwrbons siocled a fideo du a gwyn o *Mrs Miniver*. Oes 'na rywun arall heblaw fi (sy'n dal yn fyw) sy'n meddwl bod Walter Pidgeon yn stoncar? Trist iawn, feri sad . . . Ta waeth, i ffwrdd â fi mewn sana fflyffi pinc, trowsus mawr cyffyrddus streips piws a melyn fel lliw cleisia, a'r crys chwys mwya anferthol lliw pibo llo i guddio'r lympia grëwyd gan ormod o Bwrbons siocled yn y lle cynta. Roedd fy nhraed wedi chwyddo fel dau wôtyr wing, felly dyma ddewis pâr o fflip-fflops oedd heb weld golau dydd ers y tro diwetha fues i'n aros yn Ynys Enlli efo giang o genod. Petha handi ar y naw i fynd i'r lle chwech yng ngwaelod yr ardd ganol nos, pan mae'r ddaear yn damp a malwod ymhobman. A gyda llaw, dwi'n gwbod yn iawn na ddyla rhywun byth wisgo sana efo fflip-fflops, ond dyna'r math o ddiwrnod o'n i'n gael, ocê?

'Angharad, côm în, côm în,' meddai fy ffrind Hispanaidd. Mewn â fi a throsglwyddo'r cerdyn ro'n i newydd ei brynu yn y Co-op a'r tedi bêr ro'n i wedi meddwl ei roi i fabi fy nghyfnither. Mi fydda'n gwneud y tro'n iawn, ac mae gin y bygyr bach arall 'na bob dim dan haul beth bynnag. Dyma fi'n ymlwybro trwy fôr o gyrff bach poji pinc, peli, ceir a sosej rôls wedi'u sathru mewn i'r carped, a setlo fy hun yn y lle pella, saffa fetswn i ddod o hyd iddo fo, sef ar y sil ffenast. Yn fy llaw roedd y gwydriad anferth o sangria.

'Arglwydd,' meddai llais cryf o gyfeiriad y gegin gefn, 'Sophia, the clown's arrived.' Pan edrychis i gyfeiriad y llais, roedd y boi tal, gwallt melyn tonnog, llygadwyrdd 'ma'n sbio'n syth arna i. Blydi hel! Oedd y cwd yn cyfeirio ata i 'ta be? A hefyd, oedd o'n meddwl am un funud ei fod o'n ddoniol?

'Great,' medda fo eto, yn ôl i gyfeiriad y gegin gefn, 'I love a good slapstick.' Trodd i 'ngwynebu eto, cyn cychwyn tuag ata i. Edrychis i lawr ar fy fflip-fflops hurt ac anaddas, gan weddïo y byddwn i rhywsut yn diflannu trwy'r cwshin o dan fy nhin. Teimlwn fy ngwyneb yn cochi efo embaras a rhwystredigaeth. Does 'na ddim byd gwaeth nag edrych yn ddiawledig pan dach chi'n dod wyneb yn wyneb efo rhywun fetsach chi ffansïo, neu wrth gwrs, hyd yn oed gwaeth, cyn-gariad. Yn enwedig os ydi hwnnw'n digwydd bod efo'i gariad newydd. Mae'n rhaid i chi edrych yn well na honno BOB tro er mwyn gwneud i'r basdad sylweddoli be mae o wedi'i golli.

'Pryd ti'n dechra ar dy rwtîn 'ta?' medda Lanci, gan ryw hanner plygu fel petasai am setlo wrth f'ymyl i.

'Dwi ddim,' medda fi'n fwy swta na swta a llyncu cegiad rhy fawr o sangria.

'Be? Ond o'n i'n meddwl . . . ' cychwynnodd.

'Dwi'n gwbod yn iawn be oeddat ti'n feddwl, diolch yn fawr. Pwy ti'n feddwl wyt ti, fy mam i? Gen i deulu sy'n gneud i mi deimlo'n gachu diolch yn fawr, 'sdim raid i ti neud hefyd, pwy bynnag ddiawl wyt ti.'

'Sori . . . ' cychwynnodd eto, ond chafodd o fawr o gyfle i ddeud mwy.

'A gyda llaw, ti'n anghywir yli. Ddim clown ydw i, jyst dynas flin efo lot o hangofyr, a lot o hang-yps ar y funud, felly bygyr off – plîs.' Gwenais.

'Waw! *Speech* a hannar. Sori . . . do'n i'm yn trio bod yn rŵd,' meddai, cyn stwffio'i hun i mewn ar y sil ffenest wrth f'ochor i. Hwrjiodd fy nghlun o'r ffordd efo'i un o cyn dechrau eto. 'Ond tyd 'laen, rhaid i ti gyfadda, roedd o'n gamgymeriad hawdd i rywun neud, doedd – pam arall fasa rhywun yn dewis gwisgo fel'na 'de?'

'Meindia dy blydi busnas,' medda fi wedi 'mrifo, cyn llyncu cegiad arall o'r sangria.

'Yli, dwi'n ymddiheuro. Arfon 'di'r enw,' medda fo'n estyn ei law. Edrychis arni fatha tasa gynno fo lwmp o gachu iâr meddal ynddi, a throi 'mhen i ffwrdd.

'Wel, Arfon, ydi o fod o ddiddordeb i fi be 'di dy enw di, a'r ffaith dy fod ti wedi cael dy enwi ar ôl ryw daid oedd yn digwydd bod yn Gofi neu rwbath?' medda fi'n codi i drio denig.

'Doedd o ddim.'

'Doedd pwy ddim yn be?'

'Doedd fy nhaid i ddim yn Gofi.'

'Tydi ddiawl o'r ots gen i be oedd o.' Triais fynd heibio eto.

'Pam sôn am y peth 'ta?'

'Wnes i ddim!'

'Wel do, ddeudis ti bo ddiawl o'r ots gen ti os oedd 'y nhaid yn dod o Gaernarfon – ac ista lawr, wnei di? Ti'n gneud y lle'n flêr.'

'Blêr ydi partis i fod.' Gwthiodd fi lawr drwy roi ei ddwylo ar fy sgwydda, ac aeth yn ei flaen.

'Fy nhaid i ydi o wedi'r cwbwl, a ddyliwn i wybod lle gafodd o 'i eni.'

'Tydi o ddim o bwys genna i lle ddiawl gafodd dy daid 'i eni, ocê? Iesu mawr, cau dy geg am dy daid wnei di?!' Codais eto i drio pasio. Cododd yntau.

'Chdi ddechreuodd.'

'Naddo ddim.'

'Do mi wnest ti, ddeudist ti . . . '

'O'n i'n siarad yn gyffredinol! O! Anghofia fo, gad lonydd i fi . . . ym . . . pwy wyt ti eto?'

'Arfon. Faint o weithia sy isio fi ddeud?'

'Unwaith yn ormod, creda fi, blydi hel . . . '

'Paid â rhegi o flaen y plant bach 'ma.'

'Paid â 'ngwylltio fi 'ta!'

'Jyst trio deud wrtha chdi o'n i . . . '

'Ocêêê! Tydi o ddim yn Gofi. Fuodd o rioed yn Gofi. Rioed yn byw yn Gaernarfon, a fydd o byth yn mynd i fyw yno chwaith.'

'Diawl o jòb.'

'Be?'

'Iddo fo fynd i Gaernarfon a fynta wedi marw.'

'O . . . ' Eisteddodd Arfon i lawr, edrych ar ei glunia ac ochneidio, cyn stwffio hanner coctel sosej i'w geg.

Roedd y parti yma'n troi allan i fod yn laff y funud. Edrychais yn hir a chaled ar y pelmet uwch fy mhen gan deimlo'r distawrwydd yn bigog rhyngddon ni. Doedd Sophia druan heb gael amser i llnau eto, ro'n i'n gweld; roedd y pelmet yn berwi o bry cop, a'r polion cyrtans efo mwy o we arnyn nhw na gwallt Miss Haversham. Aeth eiliadau o ddistawrwydd heibio eto. Iesu, roedd o'n ddistaw uffernol rŵan, gobeithio nad oedd o ddim yn mynd i grio. Sut ddiawl o'n i fod i wbod bod ei daid o wedi'i phegio'i?

'Yli,' medda fi'n ista lawr eto a throi ato fo fymryn, 'mae genna i hangofyr, ocê, a tydw i ddim wedi cael yr amser mwya pleserus yn ddiweddar.' O'r ongl yma roedd 'na rywbeth reit gyfarwydd amdano fo.

'Ydan ni wedi cyfarfod o'r blaen?' gofynnais. Anadlodd yn ddwfn a sychu'i lygaid efo hancias bapur Wini ddy Pw, fatha 'sa fo'n trio dod dros bwl o chwerthin go hegar. Ac, wrth gwrs, mi roedd o. Finna'n meddwl mai crio oedd y diawl . . .

'Dim ond yn fy mreuddwydion . . . ' sibrydodd i dwll fy nghlust.

'Iesu, ti 'di defnyddio honna o'r blaen, yn do? Yn ôl y ffordd roedd y geiria'n llithro allan mor rhwydd gen ti. 'Di hi 'di gweithio rioed?'

'Naddo, fel mae'n digwydd, a dwi'm wedi'i defnyddio hi o'r blaen chwaith, ond mae hi'n reit dda 'fyd, yn tydi? Gofia i at tro nesa.'

'Ia, gwna.' Triais ddod o hyd i ffordd o fynd oddi yno, ond roedd 'na gymaint o fabis ar y llawr roedd hi'n amhosib i mi gamu drostyn nhw.

'Tyd 'laen, Coco,' medda fo, a'm hwffio'n gyfeillgar efo'i ysgwydd.

'Yli, dwi ddim yn blydi clown, a ma'n ddrwg gin i am dy daid, rŵan gawn ni anghofio hyn?' medda fi'n rhwystredig. Roedd 'na dri phlentyn yn chwarae wrth fy nhraed a thu draw iddyn nhw roedd 'na bedair troedfedd o drac trên Brio. Fetswn i ddim camu mlaen nac yn ôl heb roi 'nhraed ynghanol y sioe i gyd a chwalu dau dwnnel, gorsaf dân a phwll hwyaid. Ro'n i'n teimlo fatha crio erbyn hyn, ac isio mynd adra i 'ngwely yn fwy na dim arall yn y byd. Edrychais o 'nghwmpas fel petawn i ar gwmwl yn edrych o bell ar blaned nad o'n i'n rhan ohoni o gwbwl. Be ddiawl o'n i'n da yn fa'ma ar bnawn Sul efo hangofyr, babis pobol eraill a boi od oedd yn meddwl mai fi oedd adloniant y dydd?

'Wel, pam 'ta?' medda Arfon yn codi ar ei draed i 'ngwynebu fi.

'Pam be?' medda fi'n flin ac yn fflat.

'Pam ti 'di gwisgo fatha croes rhwng *early-eighties* Kylie a Demis Roussos?' Ar hynny, dyma fi'n cam-lyncu fy nghegiad sangria a'i boeri ar y llawr. Nid am fy mod i wedi cael sioc, ond am mod i wedi cael pwl o chwerthin.

'O, da iawn, Coco,' meddai Arfon, 'jyst am bod wyth deg y cant o boblogaeth y stafall 'ma yn slefrian a phoeri bwyd ar lawr, tydi o ddim yn golygu bod raid i titha neud 'run fath.' Dyma fo'n sychu mymryn o boer coch oddi ar ei jîns efo'r un hancias roedd o newydd ei defnyddio i sychu'i lygaid. Dechreuodd un o'r hogia bach wrth fy nhraed grio, cyn codi'n simsan a rhedeg at ei fam â'i freichia'n ymestyn amdani. Sylweddolais mod i wedi llwyddo i boeri cegiad o sosej ar ei ben.

'Ddrwg genna i,' medda fi trwy dagfeydd i gyfeiriad ei fam, oedd erbyn hyn yn chwilio ym mherfeddion ei bag mawr mamol am *wet wipe*. Eisteddais yn ôl ar y sil ffenest wedi'n llorio.

'Oedd hynna reit ddoniol,' meddwn, 'felly faddeua i i chdi am fod mor uffernol o ddigywilydd efo rhywun ti rioed 'di gwarfod o'r blaen.'

Gwenodd yn od. 'Wel . . . Arfon, wyt ti ddim isio gwybod be 'di'n enw i 'ta?'

'Syrpreisia fi,' medda fo. Peth od i'w ddeud, meddyliais.

'Angharad,' medda fi a dal fy llaw allan. Wnaeth o ddim ei hysgwyd ond yn hytrach:

'Tyd â hwnna yma,' meddai, gan gymryd y gwydryn hanner gwag o'm llaw arall. A' i i lenwi fo.' Gwenodd a chodi. Trodd ychydig droedfeddi i ffwrdd i 'ngwynebu fi eto.

'*Hand-grenade* oedd y Saeson yn d'alw di'n 'rysgol mae'n rhaid, ia?'

'Sut ti'n gwybod?'

'Jyst gesio. Methu deud Angharad nacdyn?' Ac i ffwrdd â fo i'r cefn, gan bigo'i ffordd yn ofalus trwy fôr o benola bach drewllyd a gwalltia cagla jeli.

Pen-blwydd Hapusssd . . .

Chwe gwydriad o sangria, hannar dwsin arall o sosej rôls a phedair *vol-au-vent* prôn yn ddiweddarach ac o'n i'n cael modd i fyw. Roedd yr hen hangofyr wedi diflannu, ac un newydd sbon ar ganol ei greu. Hyn i gyd yng nghwmni'r boi mwya difyr ro'n i wedi'i gyfarfod ers y noson feddw honno efo chwaraewr tiwba band pres y Black Dyke yn 1987. Fuis i'n effro drwy'r nos bryd hynny, yn chwara bob math o diwns ar ei offeryn mawr bendigedig o. Deg o'r gloch y bore canlynol, a'r offeryn a'i berchennog ar y bỳs, mi ddeudodd y ploncar cerddorol ei fod o'n mynd adra i freichiau hogan trin gwallt o'r enw Traicée. Roedd y briodas y dydd Sadwrn canlynol. O wel, mae 'na rywbeth i'w ddeud am fod yn ffling olaf i rywun am wn i, ac mi ddeudis ta-ta efo geiriau enwog Caryl yn drybowndian yn fy mhen – 'Y fi oedd yr ail feiolin', neu, yn yr achos arbennig yma, 'yr ail diwba'. Beth bynnag, lle ro'n i?

Roedd y babis i gyd yn nacyrd erbyn hanner awr wedi chwech a phawb yn ryw hel eu pîls* (* gair a ddefnyddir mewn mannau o Sir Feirionnydd am 'pethau'). Damia, falla 'sa well i minnau ei throi hi, meddyliais. Ond tybed lle roedd Arfon wedi mynd? Wedi meddwl, do'n i'n dal ddim yn gwybod be oedd o'n wneud yma. Ro'n i wedi mwynhau fy hun gymaint ro'n i wedi anghofio gofyn iddo fo sut oedd o'n nabod Sophia ac Alan. I ffwrdd â fi i ddeud ta-ta a *gracias amiga* wrth Sophia, oedd yn y gegin yn lapio petha mewn cling-ffilm. Wrth iddi blygu'n agos ata i i roi'r ail sws ta-ta ar yr ail foch, dyma fi'n mentro gofyn yn ddistaw pwy oedd y boi oedd wedi bod yn fy sangrîo i'n drylwyr drwy'r pnawn? Rhywun oedd yn gweithio efo Alan yn y Ganolfan Gweithgareddau Awyr Agored meddai. Newydd ddod yn ôl i Gymru ar ôl bod yn byw yng Nghernyw ers pum mlynedd, a dyna'r cwbwl roedd hi'n wybod. Ond mi fyddai'n holi mwy ar fy rhan.

'Mmm . . . ' medda fi, 'dwi'n eitha ffansïo ffindio allan fy hun sut ma'i weithgareddau fo, awyr agored neu beidio!' Chwarddodd Sophia'n uchel a deud rhywbeth uffernol o rŵd yn Sbaeneg. Dim ond tair wythnos o Sbaeneg ro'n i wedi'i gael, felly doedd genna i ddim blydi cliw be oedd y gyduras wedi'i ddeud yn union, ond mi wyddwn ei fod o'n rŵd achos fedrai Sophia byth ddeud dim o'r fath heb fynd yn lliw hannar ffordd rhwng tomato a jireniym. Ddeudis i fy ffarwéls a chusanu dwy foch jamllyd y babi blwydd, cyn ei chychwyn hi am y drws.

Roedd o, Arfon, wrthi'n rhannu jôcs efo un o'r mamau ifanc oedd ar ôl, felly mi heglis hi am y drws heb edrych 'nôl. 'Digon o amser, Angharad,' medda fi wrthaf fi'n hun, 'digon o amser.' Do'n i ddim yn y mŵd i wneud yr ymdrech ac roedd y llanast diweddar efo Drong wedi gadael hoel sawdl ar fy nghalon. Dyma fi'n anelu'n syth am Spar i nôl mwy o barasetamols a'r llaeth ro'n i wedi'i anghofio ynghynt. Ar y ffordd at y til o'n i, efo 'nhroli (mae rhywun wastad yn prynu mwy na maen nhw wedi'i feddwl yn y llefydd 'ma, tydyn?), a dyma lais cyfarwydd tu ôl i mi.

'Dwi'm yn licio semi-sgim – ffwl-ffat i fi, yn enwedig ar 'yn Weetabix.'

Trois ar fy sawdl i weld Arfon yn sefyll lai na chwe modfadd i ffwrdd, â gwên lydan ar ei wep, yn syllu ar gynhwysion fy nhroli.

'Lawr yr eil ganol, ail silff ar y dde – pob math o laeth,

a dewis reit neis o *meals for one* 'di paratoi'n barod,' medda fi.

'O,' medda fo, yn edrych wedi'i frifo, 'o'n i'n meddwl bod chdi a fi'n ffrindia!'

'Falla,' atebais, 'ond tydi dwy gêm o Twister a brathu bob i ben coctel sosej ddim yn rhoi gwahoddiad otomatig i rannu brecwast. Fydda i byth yn cynnig hwnnw i neb – tan fydda i wedi cael o leia tri phryd go neis ganddyn nhw.' Dalis i am y llaeth ac allan â fi i'r stryd. Unwaith eto, roedd Arfon wrth fy nghwt.

'O? Ti yma eto?' medda fi, fatha bo fi'n dal teitl 'Miss Pibonwy'r Flwyddyn'.

'Clyfar iawn, Ms Austin – lle a phryd 'ta?'

'Pryd? Pryd be?'

'Pryd t'isio mynd am y pryd?'

(O mai God, dyn sy'n chwara ar eiriau HEFYD!!) Miss Pibonwy *meets* Mr Perffaith. 'Toddodd yn ei freichiau' . . . Ha ha ha, hi hi.

'Be 'di'r jôc?'

(O.N. Nodyn i mi fy hun. Peidio chwerthin yn uchel ar ben 'yn jôcs bach 'yn hun.)

'Ym . . . sori, dim byd . . . ym . . . fawr ots gin i a deud gwir wrtha chdi, dwi ar 'y ngwylia rŵan – am chwech wythnos . . . a tydi o fawr o bwys lle chwaith. Wel . . . fasa wrth y bwrdd yn help, ond fyta i rwbath heblaw sbrowts a semolina.'

'Iawn, ffonia i di.'

'Pr–?' Ac i ffwrdd â fo i lawr y rhiw, jyst fel'na, dim rhybudd, jyst off fatha 'sa fo isio dal trên. 'Pryd ti'n mynd i ff–?'

Cachu Mot ar dost, mae o'n meddwl mod i'n boncyrs. Wela i byth mohono fo eto. Dwi 'di deud rwbath? Dwi 'di peidio deud rwbath? Dwi 'di bod yn rhy cŵl? A sgenno fo mo'n rhif ffôn i beth bynnag, felly sut mae o'n mynd i ffonio fi? . . . Aaaaaaaaaaaa! . . . Cachuhwchcachuhwch-cachuhwch, ocê . . . Angharad Austin, callia. Austin? Ddeudodd o Ms Austin . . . yndo ddim? 'Clyfar iawn, Ms Austin,' medda fo. Sut oedd o'n gwybod 'yn enw fi 'ta? Mae'n rhaid ei fod o wedi gofyn i Sophia neu Alan. Ac os oedd o wedi mynd i drafferth i wneud hynna, roedd o'n siŵr o ffonio doedd? 'Dim ots,' meddyliais, 'os ydi o i fod, mi ffindith y rhif, a dwi wedi cael digon ar ddynion yn ddiweddar beth bynnag.'

'Rho tjans i dy din, Anj, ti'm wedi cael amser i ddod dros Drong eto,' meddai angel fy ysgwydd dde.

'DO! Hen ddigon o blydi amser! Plîsplîsplîsplîs ffonia fi . . . ' meddai diawl yr ysgwydd chwith.

A fel'na es i'r holl ffordd adref, yn diawlio fy hun a dynion – Drong yn arbennig – ac yn hollol flin efo'r byd. Wedyn, tua deg llath o ddrws y tŷ, sylwis i bod y sodin llaeth wedi bod yn gollwng a bod llodra 'nhrowsus i'n laddar o stremps llaeth. Deng munud arall ac mi fyddwn i'n drewi fel stafell gefn 'rhen Mrs Parri Dairy 'stalwm, pan fyddwn i'n mynd i nôl llaeth enwyn i Nain. O! Blydi typical, be nesa? Aaaaaa!

'Petha ddim yn mynd yn iawn i ti heddiw, nacdyn?' Dyna lle roedd o, yn eistedd ar fy stepan drws efo bwydlen y têcawê *Chinese* yn ei law. ''Na i neud yn siŵr nad oes 'na sbrowts na semolina ar gyfyl y lle os fedri di neud yn siŵr bod 'na fwrdd.'

'Crispi dyc?' medda fi wrth hwylio heibio iddo fo'n gwenu a hyrddio 'ngoriad i dwll y clo. Dilynodd fi i mewn i'r tŷ, ac er mod i â 'nghefn ato ro'n i'n gallu teimlo'i lygaid o'n dartio o gwmpas, yn sylwi ar y petha bach i gyd, y petha oedd yn fy ngwneud i'n be a phwy ro'n i. Trois yn sydyn gan ddisgwyl i'n llygaid gyfarfod dros y rỳg Habitat, ond roedd o ym mhen draw'r lolfa â'i ben yn

31

nhin un o'n ornaments gora i. Synhwyrodd mod i'n
edrych draw arno, rhoddodd y fâs yn ôl i orffwys yn saff
ar y silff a throi i 'ngwynebu.

'Clarice Cliff, neis iawn,' medda fo.

'Efo neu heb reis fasa hynna?' medda fi 'nôl, reit swta,
oherwydd ers dod i mewn roedd o wedi talu mwy o sylw
i'r blydi ornaments nag i mi. Ro'n i isio ordro'r bwyd
achos ro'n i ar fy nghythlwng ar ôl yfed yr holl y noson
cynt a thrwy'r pnawn! Sylwodd ar dôn fy llais.

'O, diar, hangofyr yn cicio mewn?' A dyma fo draw i ista
ar y soffa. 'Tyd, ista fa'ma,' medda fo gan batio cwmwl o
lwch allan o'r clustog. 'Deuda wrtha i be fasa chdi'n licio.'
Roedd o'n gwenu mewn rhyw ffordd od, ac yn sbio i fyw
fy llygaid i. Oedd o'n meddwl be o'n i'n feddwl? Sef, be
liciwn i ei wneud ar yr eiliad honno oedd lynjio ar ei ben
o a sticio 'nhafod lawr ei wddw fo.

'Ia, wn i!' medda fo'n wincio, 'ond tria reoli dy hun tan
ar ôl swpar o leia.'

'Be?' medda fi'n cochi, a'r cwbwl wnaeth o oedd wincio
eto. Nefoedd! Oedd o'n darllen fy meddwl i 'ta be?

'Spesial ffraid rais, plîs,' medda fi'n grynedig.

'Sp . . . Ffr . . . Rs . . . ' mymblodd trwy'i ddannedd
(gwyn, syth) wrth sgwennu ar gefn ei law, cyn neidio ar
ei draed. 'Reit, dal dy ddŵr, fyddai'm cachiad,' medda
fo'n llamu am y drws. 'C'nesa'r platia 'nei di?' Wedi agor
y drws dyma fo'n stopio a throi'n ôl. 'Gyda llaw, wsti Taid?
Tydi o–'

'Ia, wn i, tydio'm o Gaernarfon.'

'Nacdi, ond tydio'm wedi marw chwaith.' Ac allan â fo
gan chwerthin, a chau'r drws yn glep ar gornel y clustog
luchis i ato fo. Edrychis i ar fy watsh i weld faint o amser
oedd gen i i baratoi, ond doedd 'na ddim byd ar fy
ngarddwrn ond marc gwyn. Damia, lle o'n i wedi rhoi
honno eto? Dyma fi trwodd i'r gegin gefn i gael cip ar y

cloc. Roedd o wedi stopio. Damia eto! Traed 'dani felly, ac i ffwrdd â fi i fyny grisia.

Fedra i'm deud wrthach chi faint o amser yn union gymerodd Arfon i nôl y bwyd; yr unig beth dwi'n hollol siŵr ohono fo ydi mod i, yn ystod y cyfnod fuodd o allan, wedi llwyddo i dynnu'r dillad cymffi bymffi ogla sangriachŵdbabillaethdigollwng, llnau 'nannadd, 'molchi tanat'*, golchi 'ngwallt, paentio gwinadd fy nhraed, smwddio pâr o jîns a chrys T, newid dillad y gwely, stwffio tri chwartar fy wardrob (a'r gath, ond camgymeriad oedd hynny) i mewn i'r fasgiad dillad budron, llusgo pâr o nicyrs dros y llwch ar y dodrefn, a chicio pymthag pâr o sgidia o dan y gwely cyn camu'n ôl i edmygu'r gwaith. Lawr y grisia â fi wedyn, fesul dwy, plympio'r clustoga, rhoi matsian yn y tân, gwin yn yr oergell a'r platia yn y popty. Hwrê!

* Hen ddywediad Dodo Megan Pot Jam am roi slempan dros dy Ffani Ann McBride rhag ofn i chdi gael damwain a goro mynd i 'sbyty. Mi eglura i nes mlaen hefyd pam bod Dodo Megan wedi cael yr enw yma!

Ac Yna Clywais Sŵn y Bôr

Daeth sŵn curo bach chwareus ar y drws, cymaint a allai lwyddo i'w wneud efo llond ei haffla o drysorau Mr Wa, siŵr o fod.

'Tyd i mewn . . . ' medda fi'n trio swnio'n rhywiol wrth ledorwedd ar y soffa efo copi o *Millers Guide to Kitchenalia* ar fy nglin. Trodd y bwlyn.

'Pwy ti'n drio impresio tro 'ma 'ta?' meddai llais Drong. 'Paid â deud wrtha fi – *antique dealer* ydi o? Os dwi'n cofio'n iawn, *How to Have a Four-pack in Six Weeks* oedd hi efo fi.' Neidiais ar fy nhraed o weld y pen-brwsh celwyddog yn cerdded i mewn i'r tŷ.

'Be ddiawl wyt ti isio? Pa hawl sgen ti i ddod i mewn fel'na?'

'Ti ddudodd "tyd i mewn",' medda'r sglyfath, 'ac yn dy lais *deep* – yr un ti'n iwsio pan ti'n trio bod yn secsi.'

'Dos o'ma – rŵan.'

'Pam? Ofn i fi ddifetha noson chdi? Be 'di hwn *then*? *First date*? 'Nath o ddim cymryd hir i chdi, naddo?' Eisteddodd ar waelod y grisia.

'O, di-dyms,' medda fi wrth gerdded draw ato, 'paid â deud fod gen ti'r wyneb i fod yn ypsét? Ar ôl be wnest ti i fi? Diolch yn fawr iawn, ond mae genna i hawl i wneud be licia i, efo pwy licia i, faint bynnag o weithia licia i, felly bygyr off yn ôl at y peth 'na oedd efo chdi yn y fan.' Trwodd â fi i'r gegin gefn i nôl y bocs powdwr golchi, ac yna'n fy ôl. 'A dos â hwn iddi'n bresant,' medda fi, gan hwrjio'r bocs i ganol ei fol, 'a deud wrthi am olchi'i choban.' Roedd ei wynab o wedi dechrau crebachu, fatha cyrli wyrli 'di hannar ei gnoi.

'Doedd genna i'm *idea* bod ti'n gallu bod yn gymaint o nasti pîs o wyrc.'

'Doedd genna i'm syniad bod chdi'n shafftio dy *ex* tu ôl i 'nghefn i chwaith. Dos! O'ma, rŵan! A beth bynnag, ddylia ti ddim bod yn gweu bwtîs neu rywbeth?' Syllodd arnai fel petasai'n fy ngweld i am y tro cyntaf.

'Ble mae'r *gentle girl* 'na oedd yn arfer snwzio yn breichia fi?'

'Mi ddeffrodd!' gwaeddais. 'Mae cymryd mantais yn un peth, ond mae cymryd mantais – a boncio dy *ex* – a disgwyl i fi ddal i fod yn Mother sodin Teresa yn anfaddeuol! Dwi 'di cal DIGON a dwi byth isio gweld chdi – na dy hen jocstraps – yn hongian o gwmpas y lle 'ma eto. Rŵan 'ta, pa ddarn o hwnna dwyt ti ddim yn ddeall?' Agorodd y drws. O, na!

'Helô! O . . . helô!' medda Arfon, yn hwylio i mewn yn hollol gartrefol, fatha 'sa fo wedi bod yn dod acw am flynyddoedd. Dyma fo'n rhoi cip sydyn ar y Drong, heb ddangos unrhyw emosiwn, a mynd heibio i'r sbrych fel tasa fo ddim yn bod.

''Di platia'n barod?' Gwenodd arna i wrth basio.

'Yndyn, maen nhw'n popty; ail gwpwrdd ar y dde ar ôl y drws cefn mae'r gwydra. Dau funud fydda i, mae hwn yn gadael rŵan.'

'No way.'

'Wyt mi wyt ti.'

'Dim nes dwi 'di cael fidio fi'n ôl. Yr un o fi yn semi-ffeinal y Lycra Fitness Instructor of the Month, Skegness 1989.'

'Iesu, ti'n pathetic! Wel, gesia be, tydi o ddim genna i, a t'isio gwbod pam? Dwi 'di ricordio drosto fo! Ti 'di diflannu o dan Gerallt Pennant yn dangos sut i propogêtio *helibores*.'

'Heli be?'

'Heli o'ma,' medda Arfon wrth ddod yn ei ôl o'r cefn. 'Dan ni'n cael swper rŵan,' meddai wedyn wrth basio heibio Drong ac agor drws y ffrynt led y pen. 'Nos da rŵan, neis eich cyfarfod chi.'

'Pwy, fi?' gwichiodd Drong. *'Listen mate*, dwi'm yn barod i mynd eto, dwi'm wedi cael be dwisio, a dwi ddim yn mynd nes dwi 'di cael o chwaith.' Safodd Arfon yn syth fel saeth a'i sgwydda'n ôl. Roedd o o leia dair modfadd yn dalach na Drong (ha ha!).

'Glywist ti be ddudodd yr hogan, ti wedi diflannu o dan Gerallt Pennant,' (*'perish the thought.'* meddyliais wrthaf fi'n hun) 'a dw inna'm 'di cael be dwi isio chwaith, a mae gwerth £21.37 ohono fo'n oeri ar y fformeica, felly hel dy blydi pymps 'nei di, a chau'r drws ar d'ôl. Mae 'na ddiawl o ddrafft i feddwl ei bod hi'n fis Gorffennaf.' Ac yna trodd yn ei ôl am y cefn. Roedd fy nghalon i'n curo'n ofnadwy o gyflym. Roedd y boi yn wych, yn hollol, hollol wych!

'Paid â meddwl am *second* bod chdi'n cal *getaway* efo hyn,' medda Drong â'i wyneb hanner modfedd o flaen fy nhrwyn. 'Dwi isio tâp fi, a ti'n mynd i dalu am y dent!'

'Tent!' gwaeddais. 'Pa blydi tent? Fues i rioed yn campio efo chdi'r cwd, ti 'di cael y blydi ddynas rong – eto.'

'Dent, Angie, D-E-N-T, as in *massive* . . . as in *four hundred and sixty quid* i'w gnocio fo allan *not including* y *re-spray*. Paid â meddwl bod fi ddim wedi sysio ti allan.' Tapiodd ochor ei drwyn fel Hercule blydi Poirot cyn troi am y drws gan arafu chydig i edrych yn slei ar Arfon yn y cefndir. 'Paid ag aros rhy hir, *mate*,' gwaeddodd. 'Ti byth yn gwbod be 'nei di *catchio*.'

'Sbia adra'r diawl hyll!' medda fi, 'di gwylltio'n gwch o

gacwn erbyn hyn. 'Does wbod be ddiawl dwi 'di ddal gin ti a dy blydi hamstyr! Go on, dos o'ma!' A dyma fi'n fflio fel banshi tuag ato, cyn gweld y drws yn cau yn glep o 'mlaen.

'Cachwr!' gwaeddais â nhrwyn yn y gwydr. A damia, damia, wnes i ddechrau crio. 'Basdad . . . ' medda fi'n gwthio'r gair trwy 'nannedd, gan lithro'n pathetig, ddramatig i'r carped. Roedd yr holl sefyllfa wedi bod yn ormod i mi; mynd i'r garafán, gweld y gobanpyg yno'r adag yna o'r bore, cael fy nhwyllo, yfed mwy o blydi Gordon's mewn un noson na gafodd y Cwîn Myddyr mewn pythefnos, hangofyr diawledig wedyn, parti'r plant, Arfon, a rŵan hyn. Gormod o gowdal, a rŵan ro'n i wedi sbwylio petha'n gyfan gwbl. Eisteddis i'n un lwmp mawr dyfrllyd, llipa ar y llawr.

Dwi'm yn siŵr am faint fues i'n eistedd yno, ond y peth nesa o'n i'n ymwybodol ohono fo oedd sŵn shyfflo'n dŵad ar draws y carped o gyfeiriad y gegin gefn, a dyma ddwy hancias bapur yn disgyn fel dwy golomen wen a glanio yn fy nglin. Chwythis i 'nhrwyn fel eliffant − be ddiawl oedd ots, fasa fo byth isio fi rŵan beth bynnag, felly 'sa chydig o lysnafedd yn gwneud dim gwahaniaeth i'r sefyllfa goc oedd ohoni.

'Ti dal yn gêm am y crispi dyc 'ma, neu 'sa'n well gin ti lonydd?'

Edrychis i fyny efo'n llygaid draciwlaidd coch a mascara'n rhedag i bob rhych, a dyna lle roedd Arfon yn sefyll mewn ffedog WI, dwy blât yn ei ddwylo a gwên fawr ar ei wynab. Rhwng ei goesa roedd potel o win. Almaenig digwydd bod, ond yn well na dim. Dyna pam oedd o wedi bod yn shyfflo . . .

'Gymri di dipyn o'n Hoc i?' medda fo.

'Finna'n meddwl dy fod ti jyst yn falch o 'ngweld i,'

37

medda fi, ac mi godis i estyn am y botal win rhwng ei glunia (mawr, calad) a'i gosod ar y bwrdd. Iesu, roedd y boi ma'n codi 'nghalon i; o lle ddiawl ddoth o mor sydyn?

'Diolch,' medda fi.

'Am be dŵad?'

'Am hyn.' Nodiais at y platia, y bwyd wedi'i gynhesu a'r gwin wedi'i oeri.

'Anghofia fo, t'isio mwy o reis? Mae 'na ddigon yn cefn.'

'Na, genna i ddigon am y tro,' medda fi. 'Mwy na digon,' medda fi wedyn yn ddramatig ystyrlawn gan drio dal ei lygad o. Ro'n i'n gobeithio trosglwyddo'r teimlad cynnes, meddal, toddllyd 't'isio rhannu dwfe a bag o daffis?' ro'n i'n ei deimlo ar y pryd. Ond top ei ben o ddaliais i, am ei fod o'n syllu i grombil ei blât â'i geg yn llawn o nwdls. O, wel . . .

Roedd 'na ddistawrwydd am rai munudau tra oedd y ddau ohonan ni'n plymio i'r bwyd. Ond dyma'r cwestiwn yn dod cyn hir a hwyr:

'Be oedd hwnna jyst rŵan 'ta?' medda Arfon yn ddifater.

'Camgymeriad,' atebais yn fwy difater byth.

'O'n i'n amau mai camgymeriad oedd o,' atebodd. 'Mae 'na rywbeth amheus iawn am ddyn sy'n gwisgo fest leicra fin nos, pan mae hi 'di dechra oeri.' Oedd raid i mi chwerthin. Weithiau, roedd o'n swnio'n debyg iawn i Nain. Aeth yn ei flaen. 'Car neis ganddo fo yng ngwaelod y rhiw hefyd – clasur o Lancia, ond mae 'na ddiawl o dolc yn ei wing o.'

'Duw, dwn 'im?' medda fi. Winciodd arna i wrth estyn drosodd am prôn cracyr ac mi dagais i ar f'un i.

Crwydro Arfon

Soniwyd 'run gair yn fwy am ein hymwelydd abdominalaidd, tracsiwtaidd. Ddwedodd Arfon ddim, na holi 'mhellach, felly wnes inna'm sôn dim mwy am y peth. Beth bynnag, doedd 'na ddim i'w ddeud. Sbrych oedd sbrych, ac unwaith oedd rhywun wedi cachu'n seiat efo fi, wel roedd hi'n ta-ta, twll tin a thwdl-pip. Ro'n i wedi bod yn rhy feddal yn y gorffennol a chael fy mrifo drosodd a throsodd; torri 'nghalon yn deilchion dros gocia ŵyn oedd ddim werth *hairline* crac mewn plât picnic, a maddau i'r ffyliaid pan oeddan nhw'n dod yn ôl ar eu glinia yn chwilio am faddeuant – ddau o'r gloch y bore yn chwil gachu geibar gan amla. Wrth gwrs, nid dod yn ôl i chwilio am faddeuant oeddan nhw naci? Dod i chwilio am jymp sydyn a lle i roi eu pennau dafad i lawr tan bore, am eu bod nhw'n rhy rhacs i yrru! A faint gymerodd hi i mi sylweddoli hynny medda chi? Rhy hir. Diflannu oeddan nhw eto bore wedyn, siŵr Dduw, efo ryw bwt o sgwrs debyg i:

'Ffonia i di.'

'Pryd?'

'T'isio mynd allan ar y wîcend?'

'Ia, iawn.'

'Ocê, ro i ring nes mlaen yn 'rwsnos . . . '

'Iawn.'

'Ti'n lyfli, cofia,' fydden nhw'n ddeud fel *parting shot,* cyn 'ta-ta rŵan . . . '

Y penwythnos canlynol o'n i'n feddwl oeddan nhw isio mynd allan, ynde? Ddim deuddag wsnos i'r blydi Dolig

wedyn! Fel'na oedd hi, eto ac eto, a finna'n mynd fwyfwy
i deimlo fel mat drws cefn oherwydd yr holl draed oedd
yn cael eu sychu arna i. Pam oeddan nhw'n methu bod yn
onest efo fi? Be oedd o'i le efo deud y gwir? Pam oeddan
nhw mor ddi-asgwrn-cefn? Meddwl na faswn i wedi gallu
côpio falla? Dwi'n dam siŵr o un peth, faswn i 'di gallu
côpio lot gwell tasa nhw 'di deud nad oedd ganddyn nhw
ddiddordeb, a bod 'na fwy o bosibilrwydd i fi ddeffro ar y
blydi lleuad nag wrth eu hochrau nhw fyth eto. Fasa gan
rywun lot mwy o barch atyn nhw'n y pen draw.

Tasa Drong wedi deud yn blaen: 'Gwranda Angharad,
mae Benddugobanpyg, yr hamstyr a fi wedi bod yn
trafod, a dan ni wedi penderfynu rhoi un cynnig arall ar
exercise wheel fawr bywyd efo'n gilydd; mae'n
wirioneddol ddrwg genna i am dy frifo di fel hyn, ond
mae'n well gin i ddeud wrtha chdi'n dy wyneb nag i ti
glywad o rwla arall,' 'na fo, drosodd. Perthynas gachu
arall wedi hitio'r wyntyll. Adra i'r tŷ, cloi drws, cau
cyrtans, tâp ystyrlawn a dwys ymlaen, potal o win (neu
ddwy neu dair), ffonio ffrind oedd â phetha pwysicach i'w
gwneud na gwrando arna i'n udo fel labrador â'i fôls
mewn feis, a chrio a chrio tra'n meddwi'n geibar ar y mat
o flaen y tân. Deffro bore wedyn yn oer efo diawl o gur
pen, diawl o fil ffôn, diawl o ffrind blinedig ac yn dal i
orwadd ar y mat o flaen y llwch llwyd yn y grât. Y diwedd.
Amen.

Felly fydda hi wedi gallu bod, yn lle'r llanast yma. Dyna
ni, un fel'na ydw i, byth yn gweld y peth yn dod. Byw
mewn ryw ffantasi o berffeithrwydd a byth yn gweld yr
arwyddion. Dwi'n cofio unwaith deffro drws nesa i rywun
o'n i'n wirioneddol gredu oedd mor hoff ohona i ag o'n i
ohono fo, tasa fo mond yn cyfadda. Oeddan ni 'di bod yn
gweld ein gilydd ers rhai misoedd, er, doedd o rioed wedi

'nghyflwyno fi i'r un o'i ffrindia chwaith. Beth bynnag, ia, deffro tua deng munud wedi naw ar fore Gwener, a dyma fo'n edrych ar ei gloc larwm.

'Blydi hel!' medda fo'n neidio allan o'r gwely, 'rhaid imi fod yn y deintydd am hanner awr wedi!' Neidiodd i mewn i ddillad y noson cynt (oedd wedi eu diosg dros lawr y llofft ynghanol ysfa rywiol danbaid). Hyrddiodd hanner llond potel o dalc i mewn i'w drôns (ych a fi) ac i ffwrdd â fo â chwmwl bach o bowdwr gwyn yn treiddio allan trwy zip ei jîns. Wel, gesiwch be? Welis i mohono fo am dri mis wedyn. Tri mis! Mae'n rhaid bod ei ffwcin ddannadd o 'di pydru'n ddiawledig os oedd o angen cymaint â hynna o driniaeth.

Dwi'n cofio codi'r bore hwnnw, molchi a gwisgo a photro o gwmpas ei dŷ o, dwi'n ryw hannar amau mod i wedi golchi llestri a dystio chydig ar yr ystafell fyw hefyd. Am ffŵl! Beth bynnag, tua hanner awr wedi un ar ddeg, dyma adael nodyn bach cariadus a deud wrtho am ffonio nes ymlaen. Chlywis i ddim gair. Felly dyma fi'n ei ffonio fo tua hannar awr wedi naw y noson honno. Do, mi atebodd y ffôn, ond ddeudodd o'r un gair, a'r cwbwl glywn i oedd sŵn chwerthin yn y cefndir, a rhywun yn deud 'Sssshhh!' cyn rhoi'r ffôn yn ôl yn ei grud. Dri mis yn ddiweddarach welis i o mewn parti, ac mi ddaeth y cwd powld ata i a dechrau ymddiheuro. Stopis i o yn y fan a'r lle.

'Anghofist ti ddeud bod y deintydd yn byw'n CANADA,' medda fi.

'Sori, yli, be ddig–'

'Haia Bob!' medda fi, a chroesi reit o'i flaen o yn syth i freichia hen ffrind. Ffrind hoyw, digwydd bod, ond doedd ddiawl o'r ots am hynny, dyn oedd dyn o dan yr amgylchiadau, ac ro'n i isio i'r bwbach llawn ffilings feddwl mod i wedi symud ymlaen. Ac wrth gwrs, mi ro'n i.

41

Pan fyddai'r trômas emosiynol yma'n digwydd, mi fyddwn i'n troi at fy ffrind gora, Heather, oni bai bod ei gŵr hi, oedd yn gweithio ar lorris, yn digwydd bod adra; wedyn, troi at Dodo Megan Pot Jam fyddwn i. 'Angharad fach,' meddai Dodo Megan wrtha i ryw dro ar ôl rhyw drychineb garwriaethol arall, 'paid da chdi â rhoi dy wyau i gyd mewn un fasgiad; cofia gadw un wy yn ôl.' Da'n de? Doedd genna i'm syniad be gythraul oedd hi'n feddwl ar y pryd wrth gwrs, ond rŵan a minnau'n hŷn, ac wedi cael sawl disastyr carwriaethol arall, mi wn i'n union be oedd hi'n feddwl. Mae'r wy hwnnw gin i hyd heddiw.

'I Shagga One Sheep . . . '

Tra dwi'n sôn amdani, mi eglura i wrthach chi rŵan hanes yr enw Megan Pot Jam. Gwraig weddw ydi Dodo Megan. Gwraig weddw dlws iawn hyd heddiw, ond yn brydferth tu hwnt yn ferch ifanc meddan nhw. Mae ganddi lygaid glas, glas, a'i gwallt yn donnog, feddal. Roedd o'n arfer bod yn hir iawn ganddi, a'r adeg hynny byddai'n ei wisgo mewn plethen neu mewn 'byn', a hynny am dros chwarter canrif.

Rhyw fore, flynyddoedd yn ôl rŵan, gwelodd lun ar dudalen flaen y *Woman's Weekly*. Aeth â'r dudalen efo hi at Sandra Gwallt a deud, 'Hwn dwi isio.' Torrodd Sandra ddeng modfedd i ffwrdd, nes roedd gwallt Dodo'n un neidr frith yn ei llaw, a'r gweddill yn eistedd yn 'bob' taclus ar ei hysgwyddau. Felly mae o heddiw, ac weithiau mae'n gwisgo crib fach ar un ochor tra bydd hi'n coginio. Mae hi'n fach o gorff ond yn gryf, yn cerdded milltiroedd bob wythnos, ac yn yr haf mae'n frown fel cneuen.

'Dynas smart iawn, ac yn uffar o hogan yn ei hamser,' medda rhywun rhyw dro. Ond mae 'na un peth sy'n ei phoeni: ei dannedd gosod. Tynnwyd pob dant o'i phen pan oedd hi'n bedair ar ddeg wedi i ryw afiechyd eu troi'n ddu. Tydi o ddim yn syniad da i sôn am ddannedd o flaen Dodo PJ.

Bu'n briod am dri mis a dwy awr union, a hynny'n hwyr iawn yn ei bywyd. Roedd hi'n 'hen yn priodi', fel y byddan nhw'n deud. Deugain a dwy i fod yn fanwl gywir – yn 1967. Roedd pawb yn meddwl mai 'hen ferch' fyddai

Megan Penbryn, gan gofio bod pob merch ddibriod oedd dros ei deg ar hugain 'ar y silff' yr adeg hynny.

Gweithio'n y gegin yn yr *infirmary* lleol oedd hi, chwarae chwist bob nos Iau a nos Sadwrn a chwarae'r organ bob dydd Sul yn Bethania. Ac felly y bu, bob dydd, bob penwythnos, bob blwyddyn am flynyddoedd. Nes i Eddie Tyrban gyrraedd y pentre (ddalltis i rioed be oedd arwyddocâd yr enw – rhywbeth i'w wneud efo'i gyfnod efo'r fyddin yn India, meddan nhw). Roedd Eddie wedi byw dros y dŵr am y rhan fwya o'i oes, a'r si ar y pryd oedd ei fod o wedi dod adra i farw; rhyw nam cynhenid ar y galon. Fel y digwyddodd petha, trodd y si yn realiti, ond nid tan ar ôl iddo fo dreulio cryn amser yn chwarae *trumps*, *rummy* a *cheat*, smocio rôlis ac yfed Jack Daniels ym mharlwr gorau Dodo Megan. Byddai Eddie'n byseddu ei gardiau'n gariadus gan syllu i lygaid gleision Dodo Megan dros ei 'law'. Byddai hithau'n syllu arno yntau, a gwylio'i fysedd bach tewion yn mynd yn ôl ac ymlaen dros wyneb ei gardiau, a byddai gwên fach chwareus yn dechrau ffurfio yng nghornel chwith ei gwefus isaf. Weithiau, os byddai llaw rydd Eddie yn gorwedd yn llipa ar ffelt gwyrdd y bwrdd cardiau, byddai Dodo'n estyn am ei Snowball braidd yn drwsgwl gan ymlwybro fodfedd neu ddwy'n ddianghenraid o bell dim ond er mwyn cyffwrdd y mymryn lleiaf ar flaen bysedd Eddie wrth basio. Dro arall, byddai'n ymestyn ei choes fymryn ymhellach nag oedd angen o dan y bwrdd er mwyn cyffwrdd blaen ei esgid ledr, styrdi o efo'i slipar goch brei-neilon hi. Byddai yntau'n codi wedyn, gan ofyn a fedrai lenwi ei gwydryn, ac mi fyddai'n shyfflo heibio iddi gan frwshio'i fol balwnaidd fel pilipala trwm yn erbyn ei chefn neu ei braich wrth stwffio'i gorpws bach byr, crwn rhwng y piano a'r gadair freichiau.

Ac fel yna y bu am bron i dair blynedd. Fawr o sgwrs,

fawr o ddim yn digwydd, y ddau yn byw yn nistawrwydd trydanol y llall, cerrynt tanbaid yn llifo rhyngddyn nhw ond neb yn fodlon pwyso'r botwm. Tan i Eddie, ryw noson, ennill potel fawr o chwisgi mewn raffl ac, ar ôl yfed ei hanner, gofyn i Megan ei briodi. Wedi iddi gytuno'n llawen, yfodd y ddau yr hanner arall yn harti, ynghyd â chynnwys y cwpwrdd cornel, sef dwy botel o Snowball, potel o Asti Spumante, dwy botel o stowt a photel fach o *liqueur* melon o Lanzarote a enillwyd ar dombola ffair Dolig y Soroptimists dair blynedd ynghynt. Petasai'r ddau'n sobor, wrth gwrs, mi fasent wedi gweld ychydig o lwydni o amgylch y papur oedd am geg y botel. Wedyn, agorodd y llifddorau. Cyfaddefodd y ddau bopeth i'w gilydd: eu gorffennol, eu gobeithion am y dyfodol, eu cas a'u hoff bethau. A dyna pryd y dechreuodd petha fynd yn flêr. A dyna pryd heuwyd hadau yr enw 'Megan Pot Jam'.

Roedden nhw wedi trafod carwriaethau'r gorffennol – neu'r diffyg carwriaethau yn achos Megan. Yna wedi cyffwrdd ar blentyndod, diddordebau, galluoedd, hoff liwiau, tymhorau, anifeiliaid, ac wedi troi wedyn at fwyd. Erbyn hyn, roedd Eddie'n chwildrins ar ei gefn ar y mat o flaen y tân, ei fol fel Moelfre bychan a'i freichiau'n chwifio yn yr awyr wrth siarad. Lled-orweddai Megan ar y soffa, a'r peth olaf roedd hi'n gofio oedd Eddie yn deud tasa fo'n sownd ar ynys bellennig am ddwy flynedd a dim ond dewis o un peth i'w fwyta, fetsa fo ddim byw heb frechdanau caws a marmalêd (efo'i gilydd). Penderfynodd hithau yn y fan a'r lle, y byddai'n mynd ati i wneud marmalêd ffresh i'w darpar ŵr boliog i ddathlu eu dywedïad swyddogol, fel y câi o ar ei dost y bore hwnnw.

Roedd ganddi orenau Seville yn y pantri, dau lemwn a digon o siwgwr. Yr unig beth oedd ei eisiau arni oedd potiau gwydr gwag. Rŵan 'ta, yn sobor, byddai unrhyw un yn ei iawn bwyll yn gwybod nad oedden nhw'n debygol o ddod o hyd i botia jam am ddau o'r gloch y bore ar nos Lun niwlog. Ond roedd Megan yn benderfynol, a doedd neb na dim yn mynd i'w rhwystro rhag cyflwyno Eddie efo pot hudolus o jeli oren yn y bore. Byddai'n gweld wedyn cystal gwraig fyddai hi. Roedd hi wedi aros yn ddigon bali hir a doedd neb yn mynd i roi sbocsan yn ei holwyn hi rŵan. Petai hi ddim ond wedi aros a meddwl ychydig cyn gadael y tŷ y noson honno, byddai wedi sylweddoli bod Eddie wedi pasio allan o flaen y tân ac na fasa uffarn o bwys ganddo fo am frecwast o unrhyw fath. Ond ddaru hi ddim. Ac yn ei medd-dod anarferol, i lawr am y fynwent aeth Megan. Am chwarter i dri y bore hwnnw, gosododd ei phen i lawr ar fedd John Elis, Maes yr Hafod, a fu farw ar Orffennaf yr 20fed, 1898 yn chwe deg a dwy oed. Gyda phot jam ymhob llaw, a dau arall ym mhoced flaen ei brat blodeuog, dechreuodd chwyrnu.

Am wyth o'r gloch y bore canlynol, deffrowyd hi gan sŵn annaearol. Peiriant torri gwair Goronwy Lloyd yn hyrddio'i ffordd tuag ati. Cododd yn simsan, gwelodd y potiau gwag wrth ei thraed, a daeth holl erchyllterau penderfyniad y noson cynt yn ôl iddi. Sgubodd ychydig o bricia mân oddi ar ei hysgwydda a theimlodd leithder ei ffedog a'i sgert yn erbyn ei chroen lle roedd gwlith y bore wedi treiddio drwadd.

'Dowcs, Megan?' meddai Goronwy'n anghrediniol, gan ddiffodd ei beiriant *two stroke*. 'Ti'n iawn? Fedra i helpu?' Penliniodd wrth ei hochor.

'Medri, Gron,' meddai gan sythu ac edrych i fyw ei lygaid. 'Fedri di helpu trwy beidio deud yr un gair am yr hyn rwyt ti wedi'i weld yma bore 'ma. Ddigwyddith o ddim eto.' Tynnodd y ddau bot jam allan o'i phoced a'u gosod yn ddel ar y gwair. 'Sori,' meddai'n ddistaw, ac i ffwrdd â hi am adre, ei hwyneb yn fflamgoch, ei phen-ôl yn damp a'r geiriau 'Er Cof' wedi eu stampio'n glir ar ei boch dde. Aeth i mewn i'r tŷ a rhuthro'n syth i fyny'r grisia i'r stafell molchi, lle agorodd y tap dŵr poeth led y pen, cicio'i slipars gwlyb ar draws y landing a rhwygo gweddill ei dillad i ffwrdd. Plymiodd o dan y dŵr. Roedd o'n uffernol o boeth, ond dioddefodd y boen fel tâl am yr hyn roedd hi wedi'i wneud. Fedrai hi ddim peidio â meddwl am Goronwy yn y Llew y noson honno yn deud yr hanes wrth bawb o fewn clyw. Gwyddai ond yn rhy dda mai dyna fyddai'n digwydd. Roedd Gron yn hoff iawn o'i storis – a'i ddiod. Doedd dim dwywaith amdani, mi fyddai'r hanes yn bla ymhen yr wythnos, a byddai'n rhaid iddi fyw efo'r peth am weddill ei hoes, neu o leia nes y byddai pobol wedi anghofio.

Chwerthin yn uchel wnaeth Eddie. Roedd o wedi deffro am chwech y bore â llond ei geg o garped ac, o weld y tŷ yn wag, wedi cerdded adre a mynd i'w wely'n syth i ddiosg gweddill ei gur pen. Nid oedd yn cofio iddo sôn am ei hoffter o farmalêd.

Wedi i Goronwy adrodd yr hanes wrth ei ffrindia yn y dafarn y noson honno, ac wedi i'r rheiny fynd adre ac adrodd yr hanes wrth eu gwragedd a'u cariadon, ac i'r rheiny wedyn ailadrodd y cyfan wrth eu ffrindia hwytha yn siop Sandra Gwallt, y becws, y capel a phob man arall, bedyddiwyd Dodo Megan druan yn Megan Pot Jam. A dyna fuo hi byth. Yfodd hi 'run diferyn o alcohol ar ôl y noson honno, ac ni chaniataodd farmalêd yn agos at ei thŷ byth wedyn chwaith, er mor hoff oedd hi ohono.

Priodwyd hi ac Eddie y mis Medi canlynol, ond bu farw Eddie ymhen tri mis. Daeth ei dymp ar ôl awr o drympio'n wych yng Ngyrfa Chwist Fawr Nadolig y dref. Roedd yn y ffeinal – y *knock-out* digwydd bod. Roedd hi'n *no trumps* y tro yma, ac yntau'n gwybod mai dim ond isio dod â'r clybs allan fyddai ei bartner, ac mi fasan nhw wedi ennill y cinio Dolig i ddau mewn gwesty cyfagos, y tri chant o lo a'r gwerth degpunt o betrol o garej Puw. Yn anffodus, fel yr estynnodd am y Brenin a fyddai'n sicrhau ei dric cyntaf, cafodd boen annisgrifiadwy yn ei fraich; gollyngodd ei gardiau i gyd ar y bwrdd a rhoi ei ben i lawr yn glowt yn eu canol. Aeth o'r byd hwn efo'r llaw orau roedd o wedi'i chael ers blynyddoedd.

Lai nag wythnos yn ddiweddarach, claddwyd Eddie Tyrban efo'r pac cyfan ym mhoced frest ei siwt orau.

'Dyna fasa fo isio,' meddai Megan, 'fetsa fo'm diodda mynd i unman heb ei gardia.' Prynodd Dodo Megan druan y fâs grisial fwya y gallai ddod o hyd iddi ar gyfer y bedd, a phob bore Sadwrn o hynny allan byddai'n llenwi'r fâs efo rhosys cochion. Ni fu pot jam na phot picls, na dim o'r fath, erioed yn agos at fedd Eddie.

Na, doedd Dodo Pot Jam, fel finna, ddim wedi cael bywyd carwriaethol rhy lewyrchus. Ond roedd hi'n un dda am wrando. Dim ond gobeithio y byddai petha'n wahanol i mi y tro 'ma, ac na fyddai'n rhaid i mi ei mwydro hi ynglŷn â'r boi newydd 'ma.

Blŵs Peiriant Golchi

'Ti 'di gorffen efo hwn?' medda Arfon, gan estyn dros fy ysgwydd i godi fy mhlât.

'Duw, gad nhw . . . wh . . . whw . . . w . . . be . . . wh!' Roedd Arfon wedi rhoi'r plât yn ôl ar y bwrdd, a heb unrhyw fath o rybudd wedi dechrau mwytho'i foch dde yn ysgafn ar ochor fy moch chwith. Yn chwythu'r mymryn lleia o'i anadl cynnes, *black bean* sôs, heibio 'nghlust i, a dim ond y mymryn lleiaf, lleiaf o flaen ei dafod i'w deimlo bob hyn a hyn yn llithro dros wyneb y croen – fel adain y pilipala bach ysgafna hedfanodd uwch daear Duw erioed. 'W . . . ym . . . ym . . . w,' ddoth allan o 'ngheg i eto.

'Be?' meddai'n tynnu'n ôl fymryn. Ond o'n i methu ateb. Yn methu rhaffu brawddeg. Be haru fi fod mor wi . . . wir . . . w? Roedd ei law dde'n gorwedd yn gadarn ar fy ysgwydd a dim ond ei fawd yn symud yn ôl ac ymlaen yn araf, yn mwytho'r union le lle ro'n i'n cael yr hen boen llosglyd 'na'n ddwfn yn y cymal bob gaea. Trois fy mhen tuag ato, ac agorodd fy ngheg yn otomatig i chwilio am ei un o nes oedd ein hanadl yn cymysgu'n un cwmwl poeth, tamp o fwyd Tsieineaidd. Tynnodd i ffwrdd eto.

'Reit 'ta, a' i â rhain i'r cefn,' medda Casanova. Cododd y platia budron a thrwodd â fo am y sinc a'm gadael yn syfrdan â cheg agored (go iawn) wrth y bwrdd fel tasa 'na rywun newydd dywallt pwced o rew i lawr cefn fy mlwmar. Be ddiawl oedd hynna i fod? Cerdded i ffwrdd fel'na a 'ngadael i'n damp ac yn despret? A gwaeth na hynny, fy ngadael i fynd i olchi llestri! Dwy blydi blât?

Dwi wedi cael fy ngadael am lot o bethau yn y gorffennol, do – cyn-gariadon (yn ddynion a merched), actoresau gwael o ochrau Caerdydd, gwledydd pell, y ddinas fawr, botanegydd o ochrau Melton Mowbray efo wardrob amheus – ond am bowlan o Fairy Liquid a llestri budron?! Naddo, rioed! Ro'n i'n big rŵan.

'Angharad?' daeth llais o'r cefn.

'Be t'isio?' medda fi'n flin.

'Tyd yma am eiliad – plîs.'

'Be t'isio?' medda fi eto. 'Methu ffindio'r Marigolds?'

'Doniol iawn. Lle ti'n cadw dy blatia?' Es trwodd a thynnu'r lliain sychu llestri oddi arno'n swta a'i luchio'n ddiseremoni ar y llawr.

'Arfon,' medda fi, 'tydi o ddiawl o bwys gen i lle roi di'r sodin platia, ocê? A stopia focha yn fy nghypyrdda fi, ddim dod yma i olchi llestri wnest ti.'

'Naci, ti'n iawn,' medda fo'n syth, a gafael ynof fi a 'nghodi i'r awyr cyn fy rhoi i eistedd yn glowt ar y peiriant golchi dillad. Cofiais yn sydyn mod i wedi llwytho'r peiriant efo'r dillad llawn sangria a chŵd babi, ond mod i heb ei gychwyn.

'Ffansi mynd am spin?' sibrydodd. Gwnaeth le iddo fo'i hun rhwng fy nghoesau â'i freichia'n dynn rownd fy nghanol. Gwthiodd ei hun yn nes ata i a tharo'r botwm fforti digrî seicl efo'i glun. Yn sydyn roedd sŵn dŵr mawr yn diasbedain o dan fy nhin a chrynu dychrynllyd o bleserus yn dod yn hyrddiau oddi tana i. Roedd ei law dde wrthi eto'n gwneud ei gwaith yn gampus, yn troelli fymryn uwchben y *coccyx* ac yn rhoi jyst digon o bwysau wrth wneud. Be oedd y boi 'ma – meddyg esgyrn? Roedd ei law chwith wedi symud yn uwch rŵan, i ganol fy nghefn ac, wrth wneud, yn fy nhynnu'n nes, yn nes o hyd, ac ar yr un pryd roedd o'n mwytho o dan fy nghlust efo'i wefusau.

'O!' medda fi'n uchel, heb feddwl gadael yr ebwch nwydlawn allan o 'ngheg. Ond allan ddoth o, fel cwcw allan o gloc, gan seinio 'mhleser yn uchel dros y gegin.

'Sori? Ddudist ti rwbath?' Cododd ei ben o ddyfnderoedd fy ngwddw.

'Na, na . . . ym . . . caria di mlaen,' medda fi, tra llithrodd y peiriant oddi tanaf i'r seicl gollwng dŵr. Tynnodd Arfon yn ôl ac edrych i fyw fy llygaid am y tro cyntaf, ac yn araf, araf, daeth yn nes. Cyffyrddodd ei drwyn ym mlaen f'un i a rhwbio'n ôl a mlaen fel Esgimo wedi cynhyrfu. Cyt ddy crap, medda fi wrthaf fi'n hun, cusana fi wir Dduw, cyn i mi lewygu. A dyma fo'n plynjio fel deifar proffesiynol am fy ngheg, a'i ddwy law wedi codi mewn harmoni perffaith fel dwy goes *synchronised swimmer* yn tylino 'ngwallt fel Vidal Saswn ar Ginseng. Yn sydyn, daeth 'Hchwwwshhh' o'r peiriant. A dechreuodd lenwi eto gydag Arfon yn ffitio'n daclus rhwng fy nghlunia a'n cegau ni'n dawnsio i diwn y delicet seicl. Fo a fi a dŵr a nwyd fel deuawd, Niagara a Viagra yn un.

Pigau'r Sur-bwch

Yr unig broblem, wrth gwrs, oedd bod y ddau ohonan ni'n dal yn ein dillad. Nid mod i'r math o hogan sy'n tynnu'i *g-string* ar ollyngiad het fel petai. O, na! Ond, weithiau, pan mae petha'n 'iawn', yn teimlo fatha'u bod nhw 'i fod', wel, bygro fo, mae bywyd yn rhy fyr i stwffio madarchen, meddan nhw. Ac felly ro'n i'n teimlo rŵan.

Roedd ein swsian yn frwd, yn mynd a dod i rhythm y peiriant. Llithrodd y Whirlpool i *rinse* cyn lluchio'i hun yn frwdfrydig i *fast spin* – a minnau efo fo. Erbyn hyn, roedd Arfon a finna mor agos â chyrtan a'i leinin, a gallwn ei deimlo'n galed yn erbyn top fy nghoes. Caled iawn, a deud y gwir, a mwya sydyn mi ddechreuodd ddirgrynu.

'Damia, hang on, sori,' meddai gan fy ngollwng a stwffio'i law i'w drowsus – a thynnu'i ffôn symudol allan o'i boced. O! Wela i! Blydi hel! Hyrddiodd y peiriant golchi fel chwyrligwgan yn ei ymdrech fawr olaf i wagio.

'O, cau dy geg y bitsh,' medda fi gan ddiffodd y botwm, yn teimlo'n fwy tamp, yn fwy despret ac yn hollol siomedig. Dyma fi'n gwneud be mae pob Cymro/Cymraes yn ei wneud mewn argyfwng, sef rhoi'r teciall i ferwi. Trwy sŵn y ffrwtian, gallwn glywed Arfon yn siarad yn isel drws nesa. Roedd o'n siarad Saesneg a Chymraeg hanner yn hanner, ac yn addo na fyddai raid i'r person yr ochor arall aros yn hir iawn eto, ac y bydden nhw'n gweld ei gilydd cyn pen dim.

'Caru ti, babs, *love you,* wela i di'n fuan. Ia, 'na ti, *soon,* OK? Swsus mawr,' medda fo wedyn cyn rhoi clic i'r ffôn.

Trwy'r mymryn hollt yn y drws gwelwn bod golwg

digon bethma arno fo. Heglais hi reit sydyn i agor fy nrôr llieiniau sychu llestri a thrio edrych yn brysur a difater. Mewn ychydig, clywais o'n chwythu'i drwyn. Daeth i mewn â'i lygaid reit goch.

'Iawn?' gofynnais. A dyma fo'n deud yr union beth do'n i ddim isio'i glywed. Y peth ro'n i wedi'i glywed ganwaith.

'Gwranda, sori am hyn, ond mae'n rhaid i mi fynd, mae 'na rywbeth wedi codi.'

'Taw â sôn? Wel, dwi'n falch bod 'na rywbeth wedi . . . '

'Yli, ffonia i–'

'Ia, ia, fel lici di.' Torrais ar ei draws, fel nad o'n i'n gorfod gwrando ar ragor o newyddion drwg.

'Ocê 'ta, wela i di 'ta,' medda fo'n cychwyn am y drws ffrynt. Stopiodd a throi i 'ngwynebu. Edrychodd arna i reit ddifrifol.

'Na, wir, mae'n ddrwg gen i, damia. Lle oeddan ni hefyd? I mi gael cofio tro nesa?' Winciodd, a rhoi ryw hanner gwên.

'Ti wedi anghofio'n barod? Hancs fy mywyd i,' medda fi'n trio bod yn ffraeth ac yn teimlo mwy fel llaeth 'di suro. Wedi meddwl mod i'n mynd i gael noson fythgofiadwy ar y *boil wash* ac yn lle hynny'n cael *economy rinse*. Sefyllian wrth y drws oedd o, ac yn symud ei bwysau o un droed i'r llall fel hogyn bach isio pi-pî.

'Dwi'n addo, wnawn ni gario mla–.'

Torrais ar ei draws eto. Do'n i ddim isio clywed unrhyw beth fyddai o ddim yn ei feddwl. 'W! Jòb beryg, y gaddo 'ma, gwell peidio . . . os ti'm yn meindio.' (Duw a ŵyr ro'n i wedi cael digon o addewidion gwag i bara oes.) 'Dos, wir Dduw, neu cau'r drws, mae 'na ddiawl o ddrafft.' Gwenais, er mod i'n teimlo mor siomedig.

'Reit, hwyl.' Caeodd y drws yn swta ar ei ôl a chlywn ei

draed yn cyflymu i lawr y clip serth y tu allan i'r tŷ nes aeth y lle'n dawel. Ofnadwy o dawel.

Wel, dyna hynna drosodd, ac i ffwrdd â fi i'r gegin i glirio gweddill y petha swper. Ro'n i braidd yn isel a deud y lleia. Un funud ro'n i yn fy elfen yn mwynhau pob eiliad o'r paratoad am jymp y ganrif (efallai) a'r munud nesaf dyma fi ar fy mhen fy hun eto, yn fforchio tun aliwminiym o nwdls oer 'di caledu i'r bin compostio.

Roedd y Cŵl Dŵd newydd droi yn Gwd Dwl. Ond eto, do'n i ddim yn hollol ddigalon chwaith. Wedi'r cwbwl, ro'n i wedi cael diwrnod a min nos bendigedig. Ro'n i wir yn teimlo'n ddigon cryf i roi Drong y tu ôl i mi unwaith ac am byth. A deud y gwir, roedd yr holl beth wedi gwneud i mi sylweddoli gymaint o amser ro'n i wedi'i wastraffu'n pampro'r ffal-di-ral diawl, a'i bod hi byth yn gymaint o ddiwedd y byd ag mae rhywun yn ei feddwl. Er nad ydi o'n teimlo felly ar y pryd, mae 'na wastad rywbeth arall yn stelcian rownd y gornel nesa. Felly ro'n i'n eitha optimistig ac roedd gen i ryw deimlad yn fy nŵr y byddwn i'n gweld Arfon eto, er gwaetha'r hogan arall 'ma ar y ffôn – ond yn siŵr i chi, do'n i ddim am ista'n tŷ yn aros i'r ffôn ganu fel ro'n i wedi'i wneud gannoedd o weithiau o'r blaen. Ro'n i ar fy ngwylia, ro'n i'n ffit, yn ddel (yn ôl y boi yn y siop bapur a'r trydanydd randi drwsiodd yr imyrsion), roedd gen i bres yn y banc, ac, i goroni'r cyfan, ro'n i'n sengl!

Coffi efo Heather

Fore trannoeth, mi ddeffris i'n dal i wenu. Roedd gen i boster ar wal fy llofft pan o'n i'n un ar bymtheg oed – yn swatio'n daclus rhwng Barry Sheene mewn siwt ledar wen, a'i Honda'n pyrian rhwng ei goesa, a gwên dannedd-cerrig-beddi David Soul – a'r geiria 'Tomorrow is the first day of the rest of your life' arno a'r llun mwya chwdlyd, sentimental o enfys welodd hogan erioed. Ond Duw, rhyw deimlad felly oedd gen i rŵan. Y 'fedra i wneud unrhyw beth licia i a thwll tin pawb sy'n deud fel arall' math o deimlad. Byr iawn y parhaodd yr iwfforia, serch hynny, oherwydd i mi gamu allan o 'ngwely a rhoi 'nhroed yn syth ynghanol twr ffresh o chŵd cath. Damia'r bygyr blewog.

Dyma fi'n gweiddi, 'Pws? Be ddiawl oedd y pwynt i mi wario saith bunt ar hugain ar fflap magnetig os ti'n gwrthod 'i ddefnyddio fo mewn argyfwng?!' A finna'n hopian ar hyd y landing i olchi 'nhroed yn y bath, canodd y ffôn. Baglais yn f'ôl at erchwyn y gwely a chodi'r ffôn o'i grud gan orwedd ar fy mol efo'r droed chwydlyd, ddrewllyd yn yr awyr.

'Ti'n effro? Ti'n weddus? Ti dy hun?' Llais cyfarwydd Heather, fy ffrind 'bore oes', oedd yn byw ddwy stryd i ffwrdd. Hon, fwy na Dodo Pot Jam hyd yn oed, oedd wedi bod yn gefn i mi pan o'n i eisiau cefn, yn ysgwydd i grio arni pan oedd ysgwyddau'n brin, yn glust i wrando pan oedd clustiau eraill yn llawn o gŵyr, ac yn help llaw yn gyffredinol trwy gydol fy mywyd, a minnau iddi hitha gobeithio. A deud y gwir, doedd 'na ddim darn o'n

anatomi fi nad oedd Heather wedi bod yn gysylltiedig ag
o rhyw ben (*no pun intended*); hyd yn oed gwasgu'r
carbyncl ges i ar fy nhin pan o'n i'n bedair ar ddeg, pan
na fyddai hogan byth, byth wedi dangos ei thin i'w rhieni,
nac unrhyw aelod arall o'i theulu, nac i'r doctor chwaith
tasai'n dod i hynny. Hyn oll, yn ogystal â phartner yfed
penigamp a chyd-adroddwraig hanesion caru'r naill a'r
llall.

Weithiau, wrth gwrs, doedd ganddo ni ddim llawer i'w
adrodd, ond hei lwc! Os oedd hi wedi bod yn wîcendan
go wyllt, mi fyddai'r ailadrodd ac ail-fyw symudiadau a
brawddegau ystyrlawn yn mynd ymlaen am ddyddiau.
Rydan ni'n hŷn rŵan, dwi'm yn deud, ac mae'n sefyllfa
ni'n dwy yn wahanol iawn, ond yr un ydan ni yn y bôn.

'Yndw, yndw gwaetha'r modd ac yndw gwaetha'r
modd eto,' atebais, gan ateb ei thri chwestiwn, 'ac ar ben
hynny, mae genna i chŵd cath ar fy nhroed dde.'

'O wel, paid â phoeni, fedra i feddwl am lawer i le
gwaeth i gael *fur ball*,' medda honno'n ôl, fel yr optimist
bythol ag ydi hi. 'A beth bynnag, mae 'na chŵd babi neu
iogwrt ar bron bob dim dwi'n ei weld o lle dwi'n sefyll
fa'ma!'

'Tara'r teciall ymlaen – reda i draw cyn gynted ag y
bydda i 'di llnau'r llawr, dîtocsio 'nhroed a rhoi gwers i'r
basdad budur fflyffi 'na sut i ddefnyddio'r fflap. Hwyl.'

Roedd Heather a finna'n hollol wahanol i'n gilydd ac
yn anghydweld yn aml. Ond ar ôl pob ffrae, pob dadl, pob
tinc o genfigen a ffansïo'r un boi, yn ôl at yr un ffaith
sylfaenol roeddan ni'n dod bob tro – roedd yr hogia'n
eilradd a ni'n dwy yn ormod o ffrindiau i adael i ryw
liprynnod llawn plorod ddifetha hynny. At ein gilydd y
byddan ni'n rhedeg ymhob argyfwng. Wedi deud hynny,
wnes i ddim cysylltu ar ôl y creisis y tu allan i'r garafán

oherwydd mod i'n gwybod bod Dei, ei gŵr, adra am dair noson a faswn i byth wedi torri ar draws hynny.

Roedd Dei yn yrrwr lorïau pellter hir, a Duw a ŵyr pryd fyddai o adra, nac am ba hyd, felly ar yr adegau prin hynny mi wyddwn i adael llonydd iddyn nhw. Un alwad ffôn fyddai Heather yn ei chael ganddo fo gan amla: 'Haia ciw, dwi'n docia Lerpwl, wela i di mewn dwy awr.' Mi fyddai 'na ras wyllt wedyn. Ffonio fi i fynd draw ar unwaith i luchio'r plant i'r bath, helpu i glirio a llnau, paratoi rhywbeth i swper a mynd lawr i'r Offi i nôl cania a gwin. Yn y cyfamser, byddai hi'n neidio i'r gawod i olchi'i gwallt a siafio blew chwech wsnos oddi ar ei llinell bicini. Wyddwn i rioed mewn difri pam oedd hi'n mynd i ffasiwn drafferth i wneud y peth ola 'na. Roedd Heather yn dipyn o *hippie chick* yn y bôn, i gymharu â fi beth bynnag, ac roedd hi wastad efo mwy o *fringes* ar ei dillad na welwyd ar lwyfannau'r Urdd erioed. Doedd rasal byth yn uchel ar ei rhestr, boed ar saffari neu yn Steddfod. Byth yn siafio'i choesa, hyd yn oed ganol ha' ar draeth prysur. Roedd hi'n gallu gwisgo'r shorts byrra rioed – roedd gan yr ast gorff anhygoel o ystyried nifer y babis roedd hi wedi'u cael. Byth chwaith yn eillio o dan ei cheseilia na phlycio'i haelia, felly methu deall o'n i pam yn y byd mynd i'r afael â'i chrotsh mor ddygn y noson roedd Dei yn diw yn ôl ar y nyth?

'I be gythraul tisio pwyntio'r Gillette at y Jiniwitan,' medda fi, 'a chditha fatha gorila'n bob man arall?'

'O, cym on Anj,' fydda hi'n ddeud, 'tydi o mond adra am ddwy noson felly dwi isio iddo fo allu 'i ffindio hi does?'

'Be, tydi o'm yn mynd i weld 'run rhan arall ohonat ti tra mae o adra 'ta?' medda fi. 'Be os fasa fo isio rhedeg ei ddwylo'n gariadus i fyny ac i lawr dy goesa di? Fydd o'n meddwl bod o'n gwely efo'r dyn llefrith!'

'O, bygyr off, tydi o 'di arfar efo fi'n flewog yn fan'na, ond mae Ffani Ann yn wahanol,' meddai.

'Gwahanol sut? Tydi hi'n sownd yn nhop dy goesa di, a fedrith o'm mynd at un heb gael cipolwg ar y llall!'

'Gwranda Angharad . . . ' Wps! Mae'n rhaid ei bod hi'n dechrau gwylltio efo fi rŵan – dyna'r unig amser y bydd hi'n deud fy enw fi'n llawn! 'Os ydw i isio coesa blewog a ffani foel . . . '

'Iawn, gaea i 'ngheg,' a dyma Heather i ffwrdd i ddechrau rhedeg dŵr y gawod. O'n i'n gwybod o brofiad ar ôl yr holl benwythnosa'n crashio allan yno bod y diawl peth cyn-oesol yn cymryd o leiaf bum munud i gynhesu, felly dyma fi'n dal ar fy nghyfle ac yn rhoi 'mhen rownd y drws. Roedd hi'n eistedd ar y lle chwech yn tynnu hen farnais coch oddi ar fawd ei throed.

'Ocê 'ta,' medda fi'n ofalus, 'be am jyst gadael i fi bleachio'r mwstásh?'

'Ang-har-ad!' Ciciodd ei choes dde allan fel ebol a chau'r drws yn glep.

'Dim ond mymryn o Jolen a fasa ti'm 'run un; fydda i wedi gorffen cyn i ti allu deud *hydrogen peroxide*,' medda fi drwy'r pared.

'Bygyr off.'

'Iawn, bywia efo dy gagla 'ta!' Pwdais ar y landing am ennyd. O'n i'n casáu colli dadl, a finna'n gwybod mod i'n iawn – mi fasai'n edrych gymaint gwell! Dechreuodd Heather ganu'n uchel yn y gawod, dim ond i adael i mi wybod nad oedd ganddi ddiddordeb mewn cael ei gweddnewid. Driais i drywydd arall â 'nhrwyn yn sownd ym mhanel y drws.

'Ti'n cofio dy Fodryb Ethel ar y trip 'na i Lundan efo'r capal?'

'Paid â meiddio,' meddai.

'*Look and learn* Heather bach . . . '

'Oedd hynny'n wahanol,' gwaeddodd eto o'r gawod. 'Roedd hi'n ei sefntis ar y pryd, a mae pobol yn mynd yn fwy blewog fel maen nhw'n heneiddio – ffaith.'

'Be 'di'r gwahaniaeth?' taflais yn ôl. 'Mwstásh ydi mwstásh, a ddoth y gyduras byth dros y sioc o eistedd ar steps yr Amgueddfa Brydeinig a rhywun yn deud wrth ei phasio y dylsai fynd i mewn a chymryd plinth ei hun efo mwstásh felna. Y gyduras yn ei heglu hi fel shot am y cemist agosaf, prynu rasal yn Picadili, a 'nôl i'r gwesty i gloi ei hun yn llofft am ddwy awr. Ti'n cofio dy fam, oedd yn y llofft drws nesa, yn deud nad oeddan nhw wedi cysgu winc trwy'r nos? Ethel yn gweiddi, "Rasal, rasal!" yn ei chwsg? Bechod, ond dyna fo, fedri di ddim cyfiawnhau blew fel'na ar ddynes, tydio'm gwahaniaeth be ydi'i hoed hi. Whiscars 'di whiscars ac maen nhw'n edrych yn iawn ar wiwer, ond nid ar organyddes sefnti-sefn mewn het ffelt werdd a macintosh frown.'

Diffoddwyd y gawod.

'Olreit, cau hi rŵan, ti'n dechra 'ngwylltio fi,' meddai Heather yn rhynllyd o du ôl y drws. Ond ro'n i'n benderfynol rŵan ac yn ei theimlo'n gwanhau. Triais eto.

'Meddylia, dyma i ti restr o bobol enwog efo tyfiant uwch y wefus: Hitler, Orig Williams, Tom Selleck, Lloyd George . . . Modryb Ethel Top Step! A'i nith Heather Ann Williams. Tydi o jyst ddim yn swnio'n iawn rhywsut!'

'Olreit, olreit.' Dyma'r drws yn agor. 'Cau hi ddudis i.' Safai Heather yno mewn lliain Spiderman a'i llygaid yn dywyll, dywyll fel byddan nhw'n mynd pan fydd hi wedi gwylltio'n uffernol, neu'n plygu dros y bwrdd ac yn canolbwyntio ar botio'r ddu yng nghystadlaethau pŵl y White ers talwm.

'Jyst y mwstásh,' meddai, a'i thrwyn bron yn sownd ym mlaen f'un i, 'ac os ti fwy na phedwar munud *max*, gei di anghofio fo. Wedyn gei di fynd â'r plant at Mam tan y bore.'

'Hwrê!' medda finna gan ei chofleidio'n sydyn, cyn rhedeg heibio iddi i'r cwpwrdd wal uwchben y sinc i nôl y Jolen (fi oedd wedi ei roi yn ei hosan Nadolig rywbryd a ddiolchodd hi rioed i mi!).

Cymysgais y powdwr yn bast a'i daenu'n ofalus. Rhuthrodd Heather i'r llofft wedyn i newid dillad y gwely â lluwch o eira o dan ei thrwyn. Minnau'n gorfod ei pherswadio i orwedd yn fflat ar ei chefn ar y landing a gadael i mi ddelio 'fo'r dwfe gan fod y *bleach* yn dod yn rhydd ac yn gadael clympia bach gwyn hyd y llawr i gyd. Ychydig funudau'n ddiweddarach, clwt gwlyb dros y past a dadorchuddio gwefus uchaf o'r blew bach melynaf, gwar cywion ieir, greodd Duw erioed. Dim problem. Diflannais efo'r plant i dŷ Nain rownd y gornel a gadael Heather i lithro mewn i ryw nymbyr bach deniadol fyddai'n gwneud i Dai sylweddoli gymaint roedd o'n ei charu hi a'i cholli wrth iddo fo setlo lawr am noson arall yn ei gab bach rhynllyd yn ei sach gysgu chwyslyd a'i fagia tjips a'i boteli gwag o ddŵr Cerist ar y dash.

Gryduras, roedd hi'n mynd i ffasiwn stad, a'r gwir oedd nad oedd ddiawl o'r ots gan Dei sut siâp oedd ar y tŷ. Roedd o'n uffarn o foi iawn yn y bôn, yn byw i Heather a'r plant, a tasa fo wedi gorfod dod adra i dwlc, wel, mi fasa fo wedi gwneud hynny heb gwyno. Siŵr bod y creadur yn meddwl bod Heather yn Dduwies Ddomestig. Tasa fo mond yn gwybod ei bod hi'n byw fel hwch tra oedd o i ffwrdd! Hwch lân iawn, dwi'm yn deud; roedd y plant yn ddel a thaclus bob amser, eu dillad wedi'u smwddio a bwyd yn eu bolia. Roedd gorwedd ar y llawr fin nos yn gwneud jig-so neu baentio efo'r plantos yn llawer pwysicach na chlirio, a chario'r plant fesul un i fyny'r grisia fel dyn tân yn bwysicach na llusgo'r Dyson o le i le.

Doedd llnau ddim yn uchel iawn ar restr Heather o bethau hanfodol bywyd – roedd bywyd yn rhy fyr o beth cythraul i fod yn rhedag dystyr dros y dodrefn byth a hefyd, a be oedd pwynt hwfro bob dydd? Pan ddôi'r plant, y pedwar ohonyn nhw, adra o'r ysgol a'r babi un mis ar ddeg yn cropian hyd y carped, fyddai'r blydi lot yn yr un stad yn union mewn llai na deng munud. Felly i be aethai rhywun i drafferthu?

Ta waeth, lle ro'n i? O ia, chŵd ar fy nhroed. Ffindis i'r gath euog yn cuddio y tu ôl i'r wardrob yn y llofft sbâr, lle rhedai peipan y gwres canolog o dan y llawr i'r cwpwrdd crasu dillad. Dyma fi'n mynd â hi lawr y grisia a stwffio'i thrwyn i fyny yn erbyn *perspex* y fflap cath.

'Yli,' medda fi, gan wthio'i thrwyn yn ôl a mlaen, 'agor y fflap, cau y fflap, agor y fflap, cau y fflap . . . mae'n hawdd!' 'Nôl a mlaen â ni am o leia dau funud, nes roedd Pws wedi dechrau gwneud synau reit anghyfeillgar, a'i llygaid melyn fel soseri.

'Olreit 'ta, dos, a phaid â'i wneud o eto,' a dyma fi â sgwd iddi allan i'r iard gefn. 'A phaid â dod yn ôl nes ti wedi dysgu llnau ar d'ôl, y sglyfath,' medda fi, a 'ngliniau'n goch a thyllog efo hoel y coco mating arnyn nhw.

Penderfynais redeg draw i lle Heather, felly mi fysa rhaid mynd y ffordd hiraf er mwyn cael unrhyw les o gwbwl allan o'r peth. Rhoi dillad pwrpasol amdanaf, sef sgidiau rhedeg a phâr o Ron Hills (dyna i chi betha i'ch gyrru chi'n rhedeg at y Ryvita os gwelis i rai erioed!). Fest dros fy mrasiyr *minimal bounce* – ia wir, dyna 'di'i enw fo! Ac wedyn, y dilledyn pwysica i gyd, crys T llewys hir wedi'i glymu'n bwrpasol o amgylch fy nghanol i guddio'r tin wrth i mi redeg. Reit, i ffwrdd â fi ar ôl gwneud fy ymarferion cynhesu: rhedeg i fyny ac i lawr y grisia ddwy waith. Ia, ocê, tydi o ddim digon i bobol cîn, ond Iesu, mond i lle Heather am baned o'n i'n mynd. I be awn i i dorri'n llengid?

Doedd 'na ddim llawer o amser wedi mynd heibio ers i mi fod yn ymarfer ddwytha, ond y peth oedd ro'n i wedi cael dwy sesh fawr ers hynny ac roedd o'n dangos. Ro'n i'n brifo drosta cyn i mi gyrraedd diwedd y stryd ac roedd fy nhrwyn i wedi dechrau rhedeg. Erbyn i mi gyrraedd yr ysgol, roedd gen i batshyn tamp rhwng fy nghoesa ac roedd fy mhengliniau'n dechrau 'simsanu braidd', chwedl Waldo. Pam wnes i drafferthu, dwn 'im. Roedd hi mor uffernol o anodd rhedeg a thrio edrych yn soffistigedig ar yr un pryd – ac roedd gen i ofn i rywun fy ngweld yn y ffasiwn stad. Wel, ofn i Arfon fy ngweld i 'ta, a Drong. Do'n i'n bendant ddim isio rhoi'r pleser iddo fo weld mod i wedi colli'n ffitrwydd. Ymlaen â fi gan drio anadlu'n well, ac erbyn i mi ddod heibio cefn y ffatri daffi ro'n i'n mynd reit ddel. Roedd 'na griw o lafnau ifanc yn chwarae pêl-droed ar y tir comin, a dyma un neu ddau yn dechrau gweiddi rhyw betha aflednais. Dyma fi'n clenshio bocha 'nhin yn dynn, dal fy stumog i mewn a 'mhen i fyny, a rhedeg yn syth heibio iddyn nhw.

'W! Tin mawr a tits fflat,' medda un coc oen. Trois fy mhen yn ôl i'w wynebu a gweiddi:

'Gwell na cheg fawr a phidlan fach tydi?' gan gario mlaen i redeg â gwên fawr ar fy wyneb. Wnes i ddim troi'n ôl ond mi wyddwn, o glywed bonllefau'r hogia eraill, mod i wedi llwyddo i gau ceg y cwd bach bolshi yna reit blydi sydyn. Tin mawr a thits fflat? Basdad digwilydd.

Pan gyrhaeddais i 8 Cefn Felin, roedd Heather wrthi'n stwffio'r golch i'r peiriant. Meddyliais am neithiwr a daeth gwên i 'ngwyneb coch.

'Haia,' meddai. Sylwodd ar y Ron Hills. 'O? A dan ni ar y ffitnes *regime* eto yndan? Iesu, ti'n edrych yn nacyrd; ista lawr, wir Dduw.' Symudais tuag at y bwrdd. 'Ond ddim yn fan'na,' meddai'n pwyntio at y lle ro'n i'n anelu amdano, lle roedd 'na rỳg reit neis ar lawr. 'Dos i fan'na, lle mae na deils, ti'n chwys doman . . . ' (sef hen stôl wrth y wal lle byddai'r plant yn mynd i helpu i olchi llestri neu wneud cacen). 'Mae'r teciall wedi berwi, rho ddau eiliad i mi roi powdwr yn hwn, a fydda i efo chdi mewn cachiad. Sut gythral mae plant mor fach yn llwyddo i fynd trwy gymaint o ddillad? Dwi'n siŵr nad oeddan ni'n cael dillad glân BOB dydd, oeddan ni dŵad?' Aeth ymlaen â'i gwaith, ac ar ôl ychydig funudau o ddistawrwydd gofynnais iddi:

'Ti'n meddwl bod 'y nhin i'n fawr a 'nhits i'n fflat?'
Cododd o'i chwrcwd.

'O blydi hel, pwy sy wedi cachu'n seiat tro 'ma?'
'Neb.'

'Tyd 'laen, efo fi ti'n siarad rŵan. Mae 'na rywun 'di deud rwbath.'

'O, Duw, dim byd, ryw dwats yn cae ffwtbol.'

'Ers pryd mae petha di-glem fel'na'n dy boeni di? Tyd wir, ti'n dechra mynd yn sofft ne rwbath?'

'Na, jyst . . . wel ti'n gwybod bod gen i ffôbia am 'y nhin.'

'Reit 'ta, noson ola'r flwyddyn, Llanystumdwy 1995?'
'Be?'

'Ti'n cofio'r boi 'na'n edmygu dy din di?' Yn sydyn, cefais fflach o dafarn fyglyd ac 'Auld Lang Syne' yn bloeddio.

'Arglwydd, do'n i flynyddoedd yn fengach Heather bach, a doedd disgyrchiant ddim wedi digwydd 'radeg hynny.'

'Dis . . . be?'

'Disgyrch . . . o blydi hel, anghofia fo, lle mae'r cystard crîms?'

'Dwi'n cofio'n iawn be ddeudodd o: "Iesu, mae gen ti din fatha dau afal mewn hancias!" '

'Arglwydd mawr, ti mor despret i godi 'nghalon i ti'n meddwl bod ryw lein gachu gin octojynerian chwil yn mynd i wneud gwahaniaeth?'

'Ia, wel, meddylia am y peth, 'sa ti'n lapio dau Cox's Pippin mewn lliain sychu llestri, be 'sa ti'n weld?'

'Dau lwmp.'

'Yn union. Dau lwmp perffaith yn sticio allan yn galed i gyd, ac yn matsio bob ochor. A dyna be oedd y boi yn feddwl ynde? Compliment oedd o, tasa chdi'n ddigon o ddynes i allu nabod un pan ti'n cael un.

'Felly cau dy geg rŵan,' meddai Heather wedyn, gan stwffio bisgedan i mewn i 'ngheg i, 'a doedd o ddim mor hen â hynna beth bynnag.'

'Ogê 'ta,' medda fi'n geglawn, 'rhyw hen weingo chefnciffaif of y ffwgsyn.'

'Hisht, mae hen weino sefnti-ffaif yn well na sod ôl, a hyd y gwela i, ti'm yn ffysi iawn beth bynnag. Ti 'di rhoid yr hîf-ho i'r pen pric 'na o'r *gym* eto? Achos dwi'n deud wrtha chdi Anj–'

'Do.'

'Fedra i'm diodda meddwl amdanat ti'n–'

'Do.'

'Be? Duda hynna eto!'

'Do. Dwi 'di rhoid yr hîf-ho iddo fo.'

'HWRÊ!' meddai, a neidio dwy droedfedd i'r awyr. 'O! Dwi MOR FALCH! Angharad, tyd â sws i mi wir! Dwi 'di bod isio deud wrtha chdi gymaint o weithia. O'n i methu diodda'r pry clust diawl.'

'Wn i, beth bynnag, *end of* stori, ocê? Dwi 'di neud o.'
Ac mi adroddis i hanes y garafán wrthi.

'Blydi hel, da iawn ti 'ngenath i, pam ddiawl 'sa ti 'di ffonio fi?'

'Helô? A chditha efo dy ŵr adra ar ei shag-ffest? Faint o weithia ti wedi rhybuddio fi i beidio ffonio tra mae o adra, y? Be o'n i fod i neud?'

'O, sori Anj. Wir yr, faswn i ddim 'di meindio, achos faswn i MOR hapus bod chdi 'di gweld y gola.' A dyma hi'n neidio i fyny ac i lawr eto yn ei hunfan (neidio fyddai Heather bob tro y byddai wedi cynhyrfu).

'Ydi hynna'n golygu ga i fy hen ffrind yn ôl eto?' gofynnodd (ar ôl gorffen neidio). 'O, paid â meddwl mod i'n bod yn od, ond well genna i chdi pan ti'n sengl. Rhaid i chdi gyfadda, ti 'di bod allan efo llwyth o dwits dros y blynyddoedd dwytha 'ma, ac mi oedd o . . . wel, y twit mwya yn Twitdym y Twitfydysawd.'

'Ti ar gyffuria?'

'Ti'n gwbod be dwi'n feddwl, fedra i'm rhoi geiria at ei gilydd i ddisgrifio mor ddiawledig oedd o.' Roedd hi yn llygad ei lle, ond roedd yr hyn roedd hi'n ddeud yn dal i frifo.

'Na fi chwaith – rŵan – ond diolch i ti am ei wneud o mor berffaith glir i mi bod fy newis i o ddynion wedi bod yn un cachu cocrotsan o lanast, un ar ôl y llall. Mae hynny wirioneddol yn gwneud i mi deimlo'n well, Heather.' O'n, o'n i reit flin rŵan. Nid yn gymaint efo hi am ddatgan ei theimladau mor gryf, ond efo fi fy hun; clywed y gwir plaen o'n i, a do'n i ddim yn licio fo. Dechreuodd fy llygaid lenwi.

'O, Anj,' meddai gan ddod draw a rhoi ei breichiau amdana i. 'Ti'n gwbod na dwi ddim yn trio bod yn gas. Ti ydi'n ffrind gora i yn y byd i gyd, a tydw i ddim isio dy weld ti'n cael dy frifo a dy drin fel baw gan y dynion 'ma. Ti'n llawer rhy dda iddyn nhw. Dwi isio i chdi fod efo rhywun sy'n dy haeddu di.'

'Felly p-pam maen nhw'n ne-neud o dro ar ôl t-t-tro 'ta? Mae'n rhaid bod 'na rwbath yn bod efo f-f-fi, rwbath sy'n deud wrthyn nhw, "Hei, iwsia fi t-tan ddaw 'na rwbath g-gwell. Diflanna yn y b-bore fatha taswn i 'di rhoi roced i fyny dy di-din di." Blydi hel, Heather, welis i ambell un yn b-baglu dros eu trwsusa roeddan nhw'n trio mor galed i ddiflannu cyn i mi dde-ddeffro, a finna'n fan'na yn eu gwylio nhw'n h-h-hopian ar un goes tuag at y landing.'

'Ddeudist ti rwbath wrthyn nhw 'radeg hynny 'ta?'

'Do, deud wrthyn nhw adael y pres ar y bwrdd.'

'O, Anj . . . '

'Wel, dyna sut oedd o'n teimlo ynde? Waeth iddyn nhw fod wedi talu i mi ddim!' medda fi gan estyn am y bocs hancesi papur a chwythu 'nhrwyn fel ceffyl yn trympio.

'Tyd o'na.' Rhoddodd Heather goflaid arall i mi. 'Doeddan nhw i gyd ddim felly, nag oeddan? Be am y boi 'na oedd yn gweithio dros y dŵr yn rwla? Hwnna oeddach chdi'n weld bob Dolig a ha' am flynyddoedd?'

'Hy! Yn union! Fawr o berthynas felly nagoedd? Beth bynnag, toeddach chdi'm yn licio hwnnw chwaith, os gofiai!'

'Ddim yn licio'r ffordd oedd o efo chdi o'n i,' meddai. 'Disgwyl i chdi fod yno bob tro oedd o'n dod adra. Disgwyl i chdi redag.'

'Ond o'n i isio, Heather . . . '

'Ia, ond Anj, hyd yn oed ar ôl i chdi redag, os oedd ei fêts o'n digwydd bod yn y dafarn roedd hi wedi cachu arnat ti'n doedd? Doedd o ddim yn siarad efo chdi wedyn. Anwybyddu chdi'n llwyr. Gadael chdi'n gornel tra oedd o wrth y bar efo'r hogia, yn goc i gyd. Ac oedd o'n disgwyl i ti ddreifio i bob man i'w gyfarfod o! Doedd o byth yn fodlon dreifio i ddod atat ti, nagoedd?'

'Nagoedd, ti'n iawn. Ac o'n i'n ddigon gwirion i adael

i hynna ddigwydd am bymtheg mlynedd a mwy. Ti'n cofio'i eiria ola fo wrtha i? Pan benderfynodd o bod rhaid iddo fo symud mlaen?'

'Yndw, ond deuda wrtha i eto,' medda Heather, yn gwybod mod i am ddeud eto beth bynnag.

'Deud wnaeth o ei fod o'n meddwl y byd ohona i (ha!), a tasa fo wedi aros yn yr ardal' (chwythu 'nhrwyn) 'mi fasan ni wedi priodi efo plant erbyn rŵan mae'n siŵr. A fel tasa hynny ddim yn ddigon, dyma fo'n deud wedyn bod ei 'gariad' (sef yr un go iawn, yr un glamyrys o dros dŵr, ddim rhyw ffling llenwi twll fatha fi) yn cyrraedd ar ffleit pnawn i Lerpwl y diwrnod canlynol a'u bod nhw'n fflio'n ôl efo'i gilydd i dreulio'r Calan yn y blydi Ffiords neu rwla!' (Chwythu trwyn eto).

'A be ddeudist ti?' gofynnodd Heather, gan sychu deigryn oddi ar fy moch efo cornel hancias bapur.

' "O, mae'n iawn, siŵr. Paid â phoeni am y peth, wna i'm haslo chdi." O'n i wedi torri 'nghalon, Heather, ond be fedrwn i wneud? Doedd o'm isio fi nagoedd? A doedd 'na ddim byd yn mynd i newid hynna, felly be oedd y pwynt torri lawr ac udo fel buwch o'i flaen o?'

Dyna'r peth efo ambell i ddyn ynde? Weithiau mae ganddon ni rhyw lun bach euraid ohono fo yn ein hisymwybod, ac mae popeth amdano fo'n ffandwbidâbi, a hyd yn oed pan mae o'n gwneud rhywbeth afiach sy'n troi arnat ti, fel rhechan wrth y bar, torri gwynt yn uchel dros y lle ar ôl cyrri, anghytuno efo chdi ar un o bethau pwysicaf, sylfaenol bywyd, fel dyfodol yr iaith, ti'n dal yn maddau iddo fo, oherwydd ar y pryd dwyt ti'n dal ddim yn gweld dim pellach na'r llun bach 'na sy gen ti yn dy ben, a ti'n fodlon anwybyddu popeth arall. Neu ti'n meddwl y medri di, mewn amser, ei 'newid' o, oherwydd ti'n gwbod y bydd petha'n wahanol efo chdi. Ond fydd o byth! Mae ganddon ni i gyd ein ffaeleddau; does 'na ddim ffasiwn beth â'r person perffaith, ac eto rydan ni ferched yn meddwl ei fod O 'allan yna' yn rhywle yn aros amdanon ni. Wel, HELÔ? Deffrwch! Tydi o ddim yno. Tydi o ddim yn bod! O leia, tydi o ddim yn bod i gyd efo'i gilydd yn yr un corff. Basa, dwi'n gwbod, mi fasa'n neis iawn cael gwallt un boi, dannedd un arall, dawn gynganeddol un arall eto a wil–, ia, wel, tydi o ddim yn mynd i ddigwydd, nacdi? Byth. A dyna fo. Rhowch gorau iddi – rŵan!

Reit, lle o'n i? O ia, y ffling 'dau wylia' blynyddol. I edrych arno fo, fetsach chi ddim ond rhoi deg allan o ddeg iddo fo; roedd o'n ddel iawn, a rhyw dwincl yn ei lygad bob amser, hiwmor grêt hefyd a chyflog da. Ffantastig, meddach chi, be ddiawl sy'n bod efo hynna? Dim byd, dim ond ei fod o mor ddiawledig o dynn efo'r cyflog! Ddim isio rhannu'r un sentan beni efo neb. Wastad yn gyrru rhywun arall at y bar, ac yn dwyn ffags pobol eraill drwy'r amser – byth yn prynu rhai ei hun!

Ar y pryd, wrth gwrs, ro'n i'n meddwl bod hyn yn reit ddoniol, ac roedd o'n ychwanegu at yr apêl rhywsut. Dall 'de? Ta waeth, y gwir ydi, tydw i ddim yn cofio nemor ddim am y noson gynta honno. Toedd hi wedi cymryd blynyddoedd – a dwy botal o asti spiwmante – i mi gyrraedd y llofft efo fo'n y lle cynta? Ar ôl aros yr holl amser, mae'r disgwyliadau'n anferthol, tydyn? A dyna'r unig beth oedd yn anferthol – y disgwyliadau. Doedd 'na ddim gobaith i ni, a deud y gwir, a finna wedi chwarae golygfa'r uniad perffaith 'ma yn fy mhen ers yr holl flynyddoedd.

A fynta? Nerfus 'ta be? Pan gyrhaeddson ni'r llofft dyma fo'n dechrau crynu. Crynu fel llond coedan o ddail, a chrenshio'i ddannedd yn y ffordd odia. Ac mi grenshiodd drwy'r nos! Tan y blincin bore! Wir yr, chysgis i ddim winc, a hynny am y rhesymau hollol anghywir. Roedd o'r un fath â bod yn gwely efo Gnasher. A finna wedi gwitiad blynyddoedd am y profiad. Ia, wir yr, unwaith digwyddodd o, os digwyddodd o o gwbwl. Wel, o'n i'n deall y bore wedyn doeddwn? Doedd y blondan sicsffwtffôrandehâff yn camu ar yr awyren o fewn oriau? Roedd hi'n pacio'i bŵts gwlanog, thyrmal-leind yn ei chês 'az wî spôc', ac yn edrych ymlaen at yr holl 'vôcs in da ffresh Velsh êr zat iŵ hav tôlcd abawt mai darlinc'.

Siŵr bod y creadur bach yn methu canolbwyntio ar ddim. Dim ond meddwl am y cloc (cloc ddeudis i) yn tician, a fynta'n gwneud y dyrti ar Hildyblydigârd neu beth bynnag oedd ei henw hi. Sur? Pwy, fi? Fetswn i ddim maddau iddo fo chwaith am fynd i wlad dramor i weithio a pheidio gweld unrhyw reswm dros ddysgu'r iaith. Fatha pob Brit arall sydd wedi dwyn jobsus dros y byd i gyd, roedd o'n grediniol nad oedd raid iddo fo drafferthu i ddysgu Almaeneg oherwydd bod pawb yn siarad Saesneg yno beth bynnag! Nacdyn ddim! Ac nid dyna'r pwynt beth bynnag, y twpsyn. Wedi meddwl, o hogyn galluog, nefoedd, mi roedd o'n dwp.

'Fues i'n lwcus yn fan'na, Heather bach,' medda fi. 'Meddylia, 'sa fo 'di crenshian ei ddannadd yn stwmps erbyn rŵan, a dychmyga ddeffro drws nesa i hwnna bob bore. 'Swn i'n hannar disgwyl iddo fo ddeud 'Saus-ag-es' bob yn ail air.'

Cododd Heather i roi'r teciall ymlaen eto, tra chwythais y dafnau ola o'r boi dan sylw allan drwy 'nhrwyn. Gwaeddodd Heather o du ôl i ddrws y gegin.

'Be am y boi bach annwyl 'na o'r Alban?'
'Bach oedd y gair, Heather,' gwaeddais yn ôl.
'Ia, ond oedd o'n neis, doedd?'

'Twll din o Aberdeen ti'n feddwl, ia? Oedd, neis iawn, ond does 'na mond hyn a hyn o "neis" fedrith rywun fyw arno fo. Gyfrannodd y diawl tyn 'run ffardding tuag at doilet rôl na thorth, na dim byd arall chwaith. Yn diwadd, gorfod i mi dalu am blydi tocyn iddo fynd adra at ei fam, ti'n cofio?'

'Iesu, ti wedi pigo rhai, Anj, waeth iti gyfadda ddim.'

'Dwi yn cyfadda!'

'Wel, yli,' meddai gan ddod trwodd efo tebotiad ffresh (roeddan ni'n yfed rhyw bedwar tebotiad o de pan oeddan ni'n cael un o'n sgyrsia 'dal i fyny'). 'Mwynha dy hun dros yr ha' rŵan. Paid â boddran efo blydi dynion. Edrych ar ôl dy hun, dos ar dy feic, dos i redeg, paentio, nofio, paid â hyd yn oed meddwl am ffindio rhywun arall – ac mae hynna'n cynnwys fflings – dim fflings, dim byd, ocê?'

'Be ti'n feddwl ydw i – mync? Mwynhau fy hun medda chdi, ac wedyn ti'n swnio fatha mod i'n mynd i blydi *rehab*. A beth bynnag, ti'n rhy hwyr.' Codais a mynd at y ffenast – to'n i ddim awydd bod o fewn hyd braich i Heather a hitha ar fin darganfod mod i â diddordeb mewn rhywun arall yn barod.

'Rhy hwyr? Pam, ti'n mynd?' meddai Heather wedi camddeall ac yn stopio ar hanner tywallt llond myg o Glengettie. 'O'n i meddwl bo chdi isio panad arall?'

'Ti'n rhy hwyr efo dy ddarlith dwi'n feddwl. Mae gen i rywun 'di leinio fyny . . . '

'HOWLD ON, Angharad,' meddai fel mellten a tharo'r tepot i lawr yn glowt ar y bwrdd coffi. 'Does 'na mond dyddiau, llai nag wythnos, ers y busnas carafán, a rŵan ti'n deud bod 'na rywun arall – yn barod?'

'Es i i barti Jesus, hogyn bach Sophia, do?'

'Braidd yn ifanc, hyd yn oed i chdi, tydi o ddim?'

'Ha, ha. Na. Arfon 'di'i enw fo.'

'Arfon?'

'Ia, Arfon. Gweithio efo gŵr Sophia yn y Ganolfan Gweithgareddau Awyr Agored.'

'O? Pwy ydi o 'ta? Does 'na'm Arfons rownd ffor hyn rŵan, nagoes?'

'Wel, mae 'na un mae'n rhaid,' atebais.

'Mond un dan ni wedi nabod erioed, ia ddim? Ti'n cofio'r *saddo* 'na o'r hufenfa? Ond fasa hyd yn oed y ddynas mwya despret yn Despretdym ddim yn landio'i hun efo Arfon Arvonia. Er, mae hwnnw 'nôl ffor 'ma meddan nhw.'

'Pwy? Be ti'n feddwl "yn ôl ffor 'ma"?'

'O, rhywun yn sôn yn Ti a Fi wythnos dwytha; Arfon Mary, Arvonia Dairy, ti'n cofio fo'n 'rysgol dwyt? *Weirdo.* Ond pam ddylia chdi gofio fo o ran hynny, doedd o'r llinyn trôns teneua, mwya plaen welodd dyn erioed, bechod? Iesu, oeddan ni'n tynnu ar y creadur bach, doeddan? Dim rhyfedd ei fod o wedi mynd i ffwrdd am flynyddoedd!'

'Ia, Arfon Mary . . . ' medda fi'n meddwl. Aeth Heather yn ei blaen.

'Synnwn i ddim mai chdi yrrodd o i ffwrdd! Ti'n cofio chdi'n stwffio gweddillion dy frechdana tomato i lawr cefn ei drwsus o ar y trip hanas 'na i Erddig?' A dyna pryd glywis i fi'n hun yn canu ar iard yr ysgol, yn gwisgo'r *hot pants* coch crimplin erchyll rheiny efo'r bycla gloyw a'r tanc-top streips brown, gwyrdd a melyn hwnnw o ffair Cricieth. Yn straffaglu mynd yn y *wedges* plastic brown ro'n i wedi mynnu eu cael, cyn bod sôn am beryglon bynions a phetha felly, a dyma fi'n edrych yng ngwydr y ffenest ar adlewyrchiad fy wyneb deuddeg oed ac yn dechrau adrodd . . .

'Arfon Dairy Queen, dau dwll din,
Un i gadw cwstard a'r llall i gadw crîm.'

Ac o rhywle y tu ôl i mi ymunodd Heather yn y gân.

'Dannadd ceffyl, sbectol Nain,
Plorod piws a gwallt o saim.'

Ac efo'n gilydd wedyn yn un côr o sylweddoliad . . .
    'BLYDI HEL! ARFON SODIN ARVONIA?!'
Dechreuais chwerthin, roedd y peth mor amhosib. Hollol, hollol amhosib.

'Naci, ddim fo ydi o. *No way!* Mae hwn yn blond beth bynnag. Gwallt brown llygodlyd, seimllyd oedd gan Arfon Mary 'te?'

'Ia, bechod,' meddai Heather. 'Wsti be, 'sa gen i gymaint o gywilydd taswn i'n ei weld o eto. Fasa raid i mi ymddiheuro iddo fo. Iesgob, oeddan ni'n greulon. 'Swn i'n hanner lladd rhywun tasan nhw'n gneud hynna i un o'r plant acw.'

Ro'n i'n dal i edrych trwy'r ffenest ar yr ardd. Roedd teganau'r plant yn dal i orwedd yng nghysgod y gwrych lle gollyngwyd nhw neithiwr pan ddaeth eu mam i'r drws i weiddi, 'Swpar! Rŵan! Mewn i'r tŷ . . . dwi'n cyfri . . . 1 . . . 2 . . . 3 . . . ' Roedd fy meddwl yn rasio, yn mynd o un peth i'r llall. Yn trio osgoi meddwl am yr un peth ro'n i'n gwybod y byddai'n rhaid i mi feddwl amdano unrhyw eiliad rŵan. A dyma fo'n nesáu, yn nesáu, a dyma'r gwirionedd allan o 'ngheg i, ac roedd hi'n rhy hwyr troi'n ôl rŵan . . .

'O'n i'n gwybod. O'n i'n blydi ama . . . aaaa!' Dyma fi'n troi at Heather.

'Ama be, Anj?'

'Arfon Mary blydi Arvonia Dairy ydi o . . . fo oedd o . . . fo ydi o . . . o'n i'n gwybod bod 'na rwbath amdano fo . . . '

'Na,' medda hi'n bendant.

'Ia,' medda fi'n ôl, yn fwy pendant fyth.

'Paid â malu cachu, Angharad. Arfon sodin Arvonia Dairies? Y llipryn mwya rhechllyd oedd flwyddyn yn hŷn na ni'n 'rysgol? Choelia i fawr. Tyd 'laen, fasa chdi byth bythoedd yn ei ffansïo fo! Roedd o fel llinyn trôns. Dau drôns. Gwaeth na hynny hyd yn oed, llinynnau llond lein o dronsia.'

'Tydi o ddim rŵan.'

'Ti'n cofio'r plorod 'na? A'r gwallt seimllyd 'na, wastad yn sownd yn ei dalcian o fel hen *welcome mat* dy Nain?'

'Ddim rŵan,' medda fi eto. Aeth Heather ymlaen i gofio popeth amdano fo, petha ro'n i wedi eu llwyr anghofio, neu wedi dewis peidio â chofio.

' . . . a'r sbectol uffernol 'na, a phlastar yn dal un ochor yn sownd. Chafodd o byth ei thrwsio hi tra oedd o'n 'rysgol, dim ond plastar glân weithia a dyna hi.'

'Tydio'm yn gwisgo sbectol rŵan, wel o leia, doedd o ddim ddoe,' medda fi.

'Fedrith rhywun ddim newid cymaint â hynna, siŵr!' gwaeddodd Heather. 'Tydi o ddim yn bosib!'

'Sbia arna chdi,' medda fi'n diwedd, isio iddi stopio f'atgoffa o'r petha 'ma.

'Be ti'n drio ddeud?'

'Wel, gwallt syth, hir, brown gola oedd gen ti'n 'rysgol yn 'de? A rŵan sbia arna chdi. Mae o'n felyn efo heileits ac yn fyr, fyr. A ga i fod mor hy â d'atgoffa di fod gen titha hefyd sbectol tan oeddach chdi'n un ar hugain. Mae o wedi darganfod *contact lenses* hefyd mae'n rhaid.'

'Hang on,' medda Heather, gan blymio tu ôl y soffa ac agor y gist oedd yn erbyn y wal. 'Mae o yma'n rhywle. Toes 'na'm mis ers i Mam a finna edrych arno fo.' Roedd â'i thin i fyny yn y gist yn lluchio teganau amrywiol ar y llawr o'i hamgylch. 'Aha!' meddai'n fuddugoliaethus.

Tynnodd allan rolyn wedi'i glymu efo darn o gortyn a daeth yn ôl dros gefn y soffa efo un naid o'i choesau ebol, a phloncio'i hun yn ôl i lawr. Pwyntiodd fys ata i yn feiddgar.

'Paid byth â deud wrth y plant mod i wedi neidio dros gefn y soffa, achos dwi'n hannar eu lladd nhw pan maen nhw'n neud o,' meddai. 'Reit Arfon bach, lle wyt ti?' A dyma hi'n datod y cortyn a dadrowlio'r llun. Llun ysgol du a gwyn oedd o, un o'r rhai hir hynny sy'n dangos pawb oedd yno yn y cyfnod hwnnw, yn cynnwys y staff. Un o'r petha rheiny sy'n dod allan cyn bob aduniad ysgol neu ar ôl i rywun farw. Es draw ati ac eistedd ar y llawr wrth ei thraed. Dechreuodd fy llygaid wibio i fyny ac i lawr y rhesi. Roedd Heather yn rhedeg ei bys yn araf ar draws ac yn ôl, ond ro'n i wedi'i hen sbotio fo, ac mi lifodd 'na don mwya uffernol o euogrwydd drosta i. Fetswn i ddim peidio â meddwl amdano fo y noson cynt, mor annwyl, yn dod â hancias i mi chwythu 'nhrwyn. Dyna lle roedd o, 'ngwas i, reit y tu ôl i mi, yn saim ac yn blorod, yn sbectol ac yn ddannedd i gyd, yn edrych fel y peth lleia tebyg iddo fo'i hun welodd neb erioed. Faint o weithia, sgwn i, oedd o wedi gorfod sychu'i drwyn a'i lygaid oherwydd geiriau cas pobol fel fi? Roedd o'n ddiawl o foi i hyd yn oed siarad efo fi eto ar ôl hynna. Yn cymryd, wrth gwrs, ei fod o wedi fy nabod? Wrth gwrs ei fod o. *Hand-grenade,* medda fo ddoe yn y parti. 'Ms Austin,' medda fo wedyn. Oedd, roedd o'n cofio'n iawn.

'Aaa! Dyma fo yli! Blydi hel, mae o tu ôl i chdi . . . sbia!'

'Wn i,' medda fi'n ddistaw.

'O! Nefoedd, Anj! Fedri di ddim, wna i ddim gadael i chdi.'

'Tydi o ddim byd tebyg i hynna rŵan, Heather, a beth bynnag, pwy sy wastad wedi deud wrtha i mai dim sut mae rhywun yn edrych sy'n cyfri, ond eu personoliaeth nhw?'

'Ti o ddifri? Ac ers pryd wyt ti wedi gwrando arna i?'

Daeth cnoc annaearol ar ddrws y ffrynt, a dyma ni'n

dwy'n neidio. I mewn i'r tŷ daeth Peg, fel llong mewn smòc, gan weiddi'n uchel:

'Haia Heather, mond fi sy 'ma! Ww! Haia Anj . . . heb dy weld ti ers wythnosa . . . ysgol 'di gorffan? Gei di holideis neis rŵan . . . lle ei di? Rwla glamyrys? Ti'n ocê 'ta?'

Ches i ddim amser i'w hateb. Un fel'na oedd Peg. Dim saib rhwng ei brawddegau, fel bod un yn llithro i mewn i'r llall yn un llifeiriant diderfyn, di-anadl, nes y byddai'n ochneidio'n uchel nawr ac yn y man i drio anadlu ar hanner gair. Yr unig ffordd i gael sgwrs efo hi oedd ei stopio hi'n gorfforol trwy roi llaw dros ei cheg weithia a gweiddi, 'FI RŴAN!' Aeth yn ei blaen.

'Wnewch chi byth gesio pwy dwi newydd weld yn y post – Arfon blincin Davies, Arvonia Dairies, cofio FO? A wnewch chi byth goelio hyn 'de, ond mae o'n hollol, totali, anhygoel o gorjys! O'n i'n methu coelio! Dach chi'n cofio fel bydda fo'n 'rysgol?'

'Yndan . . . '

'Sboti a grîsi, a'r hen sbecs 'na a dannadd fel–'

'Yndan . . . ' medda ni eto, a dyma Heather yn codi'r llun a'i stwffio fo reit o dan ei thrwyn.

'Blydi hel, lle mae o, lle mae o?' medda hi eto, yn dechrau sganio'r rholyn.

'Tu ôl i fi,' medda fi'n ddiamynedd.

'Aaa! Blydi hel, mae o tu ôl i chdi, Anj!'

'Dwi newydd ddeud hynna 'ta be?' medda fi wrth Heather.

'Do,' meddai Heather yn nodio'i phen a throi ei llygaid tua'r nenfwd. 'Gad iddi, ddaw hi lawr yn munud – hormons . . . '

'Pwy fasa'n meddwl fasa rhywun yn gallu newid cymaint?' sgrechiodd Peg. 'Faswn i byth 'di nabod o 'blaw bod o wedi dod ata i i ddeud helô. Gofyn sut o'n i, a faint o'n i wedi mynd a bob dim,' meddai'n patio'i bol beichiog twt yn ysgafn. 'Rêl *new man*. Toes 'na 'run dyn arall wedi boddran gofyn i fi sut dwi'n teimlo, ddim hyd yn oed y blydi tad. *Least of all* y blydi tad!'

Gwelodd Heather ei chyfle i siarad, a neidiodd i mewn efo, '*New man* ydi o, Peg, dyna'n union ydi o. Dyn newydd i Anj yn fa'ma.'

'Siriys?' medda Peg, yn edrych arna i fatha taswn i newydd ddod allan o long ofod.

'Dim cweit,' medda fi. 'Does 'na'm llawer o'm byd wedi digwydd eto. Tydi o ddim yn ddeunydd priodas, nacdi? Cyfarfod rhywun mewn parti plant bach, rhannu platiad o sosej rôls a chael uffar o grôp pleserus ar y peiriant golchi dillad yn ystod yr economi seicl.'

'Grôp be?!' gwaeddodd Heather. 'Sonist ti bygyr ôl am grôp, y bitsh fudur! Iesu, o'n i'n meddwl mai pasio'r blydi parsal a ballu oeddan nhw'n chwara mewn partis fel'na!'

'Ddim yn y blydi parti siŵr, yr hulpan; wedyn, yn y tŷ, oedd hyn!' medda fi'n trio egluro, heb egluro gormod.

'Be? Mae o 'di bod yn y tŷ hefyd?!' medda'r ddwy.

'Heather! Ches i ddim cyfle i sôn naddo? O'n i'n mynd i ddod at hynna pan geuthwn i gyfla! Tasach chi'ch dwy'n cau'ch cega ar yr un pryd a rhoi cyfla i rywun arall, falla faswn i'n gallu deud y petha 'ma wrthach chi.'

Tawelodd y ddwy ac edrych ar ei gilydd, ac wedyn arna i'n ddisgwylgar. Es yn fy mlaen, rŵan bod gen i lwyfan.

'A beth bynnag, oedd hynna i gyd cyn i mi wybod pwy oedd o. A rŵan mae genna i gymaint o blydi cywilydd, dwi ddim yn meddwl y galla i byth edrych arno fo eto.'

Cadw dy Blydi Tips

'Wrth gwrs medri di,' harthiodd Peg, yn dal ar ei chyfle i reoli'r sgwrs eto. 'Jyst deud wrtho fo bod chdi'n gwbod pob dim, a'i bod hi'n wirioneddol ddrwg gen ti am yr holl gachu roist ti iddo fo yn 'rysgol, a bod chdi'n gobeithio y gallith o faddau i chdi, ac y gallwch chi anghofio am y gorffennol a dechra o'r dechra. Bod chdi wedi tyfu fyny rŵan, a bod chdi'n sylweddoli na ddylia chdi fod wedi deud y petha 'na wrtho fo, nad oedd ganddo fo ddim help sut oedd o'n edrych, a bod gen ti gywilydd o'r ffordd wnest ti ymddwyn. Nad oeddat ti, yn y bôn, yn ddim byd ond bwli mawr cas. Ond rŵan dy fod ti'n hŷn, rwyt ti wedi sylweddoli difrifoldeb y peth, yn enwedig a chditha bellach yn athrawes, ac yn gweld effaith seicolegol y math yna o beth bob dydd ar yr iard–'

'TI WEDI GORFFEN?!' gwaeddais, ac am unwaith caeodd Peg ei cheg yn glep. Edrychodd arna i â'i llygaid yn hanner cau'n fygythiol. Es yn fy mlaen beth bynnag. 'Diolch i ti, Peg, am dy sylwadau defnyddiol,' medda fi'n bwysig i gyd. 'Ond dwi'n llawn sylweddoli mai fi sydd wedi bod ar fai, ac mi wna i 'ngora i drio datrys y peth yn fy amser fy hun, diolch yn fawr i ti. Rŵan cau dy sodin ceg am eiliad a dos i'r cefn i daro'r teciall mlaen os wyt ti isio rwbath i neud. Tydi'r ffaith dy fod ti'n disgwyl ddim yn golygu na fedri di gerdded i'r cefn i roi bagia te'n y tebot.' Anadlais yn ddwfn.

'Iawn, ocê . . . ' meddai fel oen bach, ac i ffwrdd â hi'n wargam. Edrychodd Heather arna i efo ryw olwg 'wel, mae hi'n iawn yn y bôn' ar ei hwyneb.

'Olreit, olreit . . . ' medda fi gan edrych arni'n euog.
Roedd hitha wedi gwneud ei siâr o weiddi enwau ar ei ôl
o hefyd dros y blynyddoedd. Ond dyna fo, nid hi oedd â
diddordeb ynddo fo rŵan, naci. A dyna'r gwir, mi ro'n i â
diddordeb ynddo fo. Diddordeb mawr, a byddai'n rhaid i
mi ei wynebu o'n hwyr neu'n hwyrach, roedd hynny'n
siŵr.

'Beth bynnag, mae o'n mynd i ffonio medda fo,'
gwaeddais i gyfeiriad y cefn, 'a dwi'n meddwl gneith o
hefyd!' medda fi'n ddistawach wrth Heather. Ond roedd
Peg 'clustia eliffant' wedi clywed gweddill y frawddeg ar
ei ffordd drwy'r drws dwbwl efo'r hambwrdd, a dyma hi'n
agor ei cheg ogof eto a difetha'r blydi freuddwyd mewn
un frawddeg fer.

'Be? Mynd i ffonio ddeudist ti? Pryd fydd hynny 'ta? Ar
ôl iddo fo ddod yn ôl, ia?'

'Be mae hon yn baldaruo eto?' medda fi wrth Heather.
Roedd Peg wedi codi 'ngwrychyn i braidd ac ro'n i'n
bigog efo hi. ''Nôl o lle? Newydd gyrraedd yma mae o
neno'r tad!' medda fi'n chwerthin yn harti ar
anwybodaeth Peg druan, a chodi'n aelia i gyfeiriad
Heather.

'Cernyw 'de,' meddai'r graig o wybodaeth. 'Sôn oedd o
i fod o mond yma am fis a bod rhaid iddo fo fynd yn ôl i
Cornwall. Petha i'w sortio allan. Oedd o'n postio uffar o
barsal mawr yno beth bynnag. Un mawr scwiji, meddal.'

'Iesu, am faint fues ti yn y blydi post 'na, dŵad?' Roedd
y ffaith ei bod yn gwybod yr holl fanylion 'ma'n mynd ar
'yn blydi tits i rŵan. Ond ro'n i'n despret i wybod mwy, ac
os mai Peg oedd ffynhonnell yr holl wybodaeth 'ma ro'n i
isio, wel, byddai'n rhaid i mi wrando arni.

'Mynd yn ôl?' gofynnais. 'Ti'n gwbod uffar o lot mwya
sydyn.'

'Dyna ddudodd o. Mynd yn ôl i Cornwall, wel, Cernyw ddudodd o 'de. Sori Anj, falla mod i 'di cam–'

''Dio'r ots,' medda fi, wedi 'nhaflu'n llwyr. Pam wnes i feddwl y byddai hwn yn wahanol i 'run o'r lleill, wyddwn i ddim. Ac, wrth gwrs, roedd y ffaith bod Peg wedi gallu dod i wybod mwy am Arfon wrth siarad am chydig mewn ciw yn y post nag o'n i ar ôl oriau mewn parti, oriau wedyn yn bwyta tecawê a hanner awr o snogio, yn mynd ar fy nhits i'n waeth byth!

Ond 'na fo, roedd Arfon, am ryw reswm, wedi dewis peidio deud y petha bach yma wrtha i, ac mae'n rhaid fod 'na reswm. Os oedd o'n cofio Peg yn yr ysgol a hithau ddwy flynedd yn iau na mi, siŵr Dduw ei fod o'n fy nghofio i. Ac, felly, yn cofio popeth arall hefyd. Ac roedd hynny'n rywbeth roedd o wedi llwyddo i osgoi siarad amdano fo. Roedd y peth yn corddi y tu mewn i mi rŵan, ac ro'n i'n methu byw yn 'y nghroen. Ro'n i isio'i weld o, i sortio'r peth allan unwaith ac am byth. Neidiais oddi ar y soffa a thynnu 'nghrys tin-guddiol o amgylch fy nghanol, oedd rŵan fodfedd yn fwy ers i mi gyrraedd oherwydd i mi fyta hanner paciad o cystard crîms. Byddai'n rhaid i mi redeg adra efo bol balŵn.

'Hold on, Robat John,' meddai Heather Ann. 'Lle ti'n mynd rŵan ar gymaint o frys? Os dwi'n dy nabod di, Angharad Austin, mi fyddi di'n rhuthro adra ac yn gneud smonach llwyr o betha eto. Os ffonith Arfon Mary . . . o, sori . . . Arfon, paid â chymryd arnat dy fod ti wedi clywed dim o'i hanas o. Os ydi o'r boi annwyl, difyr, cariadus 'ma ti'n ddeud ydi o, mae o'n siŵr o ddeud wrthat ti yn ei amser ei hun. Wedyn gei di ddeud dy bwt, ac os wyt ti wirioneddol isio ymddiheuro am rywbeth wnest ti bron i ugain mlynedd yn ôl, wel, mae hynny i ti benderfynu, tydi. Ond plîs, paid â gneud dim byd byrbwyll – yn enwedig dim byd sy'n cynnwys lluchio coed a chicio petha. Gaddo?'

Ochneidiais. 'Iawn, gaddo. Ffonia i chdi os digwyddith rwbath. Hwyl Peg, diolch am yr holl inffo.'

'Sori Anj, do'n i'm yn deall–'

'Does 'na'm byd i ddeall, Peg, ddim eto . . . *watch this space*.' Ac i ffwrdd â fi i lawr llwybr yr ardd a 'mhen yn llawn o 'beosfasas', 'pamnafasas' a 'beosfaswniwedis'.

Trois y gornel a dechrau rhedeg i fyny'r stryd. Tynnais fochau fy nhin a chyhyrau fy mol i mewn wrth weld y giang o hen lafna tracsiwtaidd eto ar y gornel, ond y tro yma ro'n i hyd yn oed yn fwy parod amdanyn nhw. Ro'n i ar dân, a ddim mewn unrhyw stad i gymryd lol gan neb. Camodd y llyffant lanci mewn tracsiwt sgleiniog allan o 'mlaen. Roedd o'n amlwg am dalu'n ôl i mi ar ôl imi wneud iddo edrych yn rêl lemon o flaen ei ffrindia.

'Hei, mae tits fflat yn dod yn ôl yndi?' meddai. 'Gwranda, nain, be 'di pwynt i chdi wisgo bra? Sgen ti'm byd i roid yn'o fo nagoes, e?' Ochrgamais yn sydyn a dartio heibio iddo fo (hen dric o 'nyddiau rygbi yn y coleg) a gweiddi'n ôl:

'Ti'n gwisgo trôns dwyt? Ac yn ôl genod y dre 'ma, sgen ti bygyr ôl yn hwnnw chwaith!' Rhedais fel melltan i fyny'r rhiw. Tasa fo wedi meiddio deud unrhyw beth arall, mi faswn i wedi mynd yn ôl a rhoi clatshian anferthol i'r mochyn. Ond roedd fy ateb wedi'i lorio fo. Roedd ei fêts yn chwerthin o'i hochor hi ac yn tynnu arno fo eto. 2–0 i mi dwi'n meddwl.

Erbyn i mi gyrraedd adra ro'n i'n hollol nacyrd. Eisteddais i lawr ar y soffa'n un lwmp chwyslyd, fy nghalon yn curo a 'mhen i'n powndian. Syllais i lawr ar y patshyn mawr tamp rhwng fy nghoesa – pa mor annifyr ydi hynna? Pam fedra i ddim chwysu mewn lle call fatha genod eraill? Fel fy ngheseilia, neu dan fy mronnau? Neu 'nghefn? Na, yn fy nghrotsh ro'n i'n ei chael hi bob tro, felly ro'n i'n gorfod gwisgo du i fynd i'r *gym*, i redeg a seiclo, neu mi fydda'r patshyn mawr tamp yn denu llygaid pawb i rywle anghyfforddus ar y naw. *Typical*, fetswn i ddim hyd yn oed gwneud rhywbeth mor naturiol â chwysu'n iawn.

Canodd y ffôn. Doedd gen i fawr o awydd ei ateb. Doedd gen i fawr o awydd siarad efo neb, na gweld neb. Roedd gen i beth wmbreth o waith meddwl i'w wneud am Arfon, a be ddiawl o'n i'n mynd i ddeud wrtho fo y tro nesa welwn i o. Os gwelwn i o. Os basa fo'n ffonio. Arfon hynny ydi. Blydi hel, Arfon? Rhedais at y ffôn.

'Helô?'

'Wel, helô. Hen bryd hefyd, os ga i ddeud. Ti'n anodd cael gafael arna chdi,' meddai ei lais i lawr y wifren.

'Pam,' medda fi'n ddifater, 'wyt ti 'di trio o'r blaen 'ta? Dwi 'di bod allan a 'di bod yn rhy brysur i tsiecio fy negeseuon na dim ers i mi ddod i tŷ.'

'Wyt ti wir?' gofynnodd, a thinc drygionus yn ei lais.

'Yndw, pam? Ti'n swnio'n amheus.'

'Ti ddim wedi cael cawod eto 'ta?'

'BE?' Panic. Oedd o wedi 'ngweld i'n rhedeg? Oedd o wedi 'ngweld i'n trio rhedeg i fyny rhiw'r llyfrgell a 'nhin yn pwmpio fel dau biston wobli?

'Be ti'n feddwl, cawod?' gofynnais.

'Be mae bobol yn gael ar ôl iddyn nhw fod allan yn rhedeg, jogio a phethau felly.' Blydi hel oedd, roedd o wedi 'ngweld i!

'Olreit, olreit, ffyni ha-ha. Do, fues i allan yn trio rhedeg a naddo, tydw i ddim wedi cael cyfle i fynd i'r gawod ocê? Ydi hynna'n iawn efo ti?!'

'Berffaith. O leia ti'n deud y gwir rŵan! Oeddat ti'n

edrych yn dda iawn hefyd, os ca i ddeud. Tydi'r rhiw 'na wrth y llyfrgell ddim yn hawdd – ddim yn ddrwg am hen ddynes dros ei deg ar hugain.'

'Lle oeddach chdi'n cuddio 'ta'r pyrfyrt? A sut ddiawl ti'n gwbod be 'di'n oed i?' gofynnais, yn gwybod yn iawn sut oedd o'n gwybod, wrth gwrs.

Atebodd o ddim, dim ond newid y pwnc.

'Pryd ga i weld chdi 'ta?'

Faint o amser gymrith hi i fi molchi a newid meddyliais cyn ateb. 'Duw a ŵyr, fel ddeudis i, dwi ar 'y ngwylia, sgen i ddim byd mawr yn galw, a tydw i ddim yn gorfod mynd i unman.' Rhoddais bwyslais ar y 'tydw i' gan obeithio y byddai hyn yn arwain ato fo'n cyfadde ei fod o'n gorfod bygro off i Gernyw i wneud beth bynnag oedd rhaid iddo fo'i wneud yn blincin Cernyw. Ond wnaeth o ddim.

'Faint o amser gymrith hi i ti molchi a newid, 'ta?' gofynnodd.

'Ym . . . ' Do'n i methu dod o hyd i eiriau i'w ateb yn ddigon cyflym. Gwnaeth y penderfyniad drosta i. 'Reit 'ta, roi ddau funud i chdi. Hwyl a haul.' Distawrwydd.

Aaaa! Gas genna i gael fy mrysio. Wyddwn i ddim lle i ddechrau. Rhwygais y crys T tin-guddiol i ffwrdd, a 'nghrys T arall, a stryglo wedyn efo'r brasiyr tyn *racerback* pwrpasol, oedd i rwystro fy mronnau rhag bownsio. A dyna lle ro'n i hanner ffordd i fyny'r grisia, yn noeth o 'nghanol i fyny, yn gwthio un *trainer* oddi ar fy nhroed chwith efo 'nhroed dde ac yn brwydro'n aflwyddianus efo togl fy Ron Hills, pan ddaeth cnoc ar y drws. Blydi hel! Es yn ôl i lawr a gafael mewn cwshin go lydan cyn croesi at wydr y drws ffrynt. Roedd siâp go dal i'w weld trwyddo.

'Helô? Pwy sy 'na?'

'Ti am agor y drws 'ta be?' meddai Arfon. 'Tydi dau

funud yn mynd yn gyflym pan ti'n edrych mlaen at rwbath dŵad?' O! Am beth annwyl i ddeud, meddyliais. Ond roedd o'n rhy blydi buan!

'Fedrai ddim agor y drws rŵan, a ti ddim wedi rhoi dau funud i fi, y bygyr,' medda fi. 'Dwi'n toples, a dwi isio cawod. Dos o'ma, a tyd yn ôl mewn dau arall.'

'O, tyd 'laen, mae hi'n pigo bwrw fa'ma. Gad fi mewn. Eistedda i ar y soffa i aros amdanat ti. Dwi'n addo peidio symud.' A deud y gwir, nid amser i folchi o'n i isio. Amser i feddwl. Meddwl sut ro'n i'n mynd i ddeud wrtho fo mod i'n gwybod pwy oedd o a mod i'n gwybod ei fod o'n fy nghofio inna hefyd. Trio meddwl hefyd, sut ro'n i'n mynd i ymddiheuro wrtho fo, os o gwbl!

'Iawn,' medda fi, ac agorais y drws droedfedd gan ddal y cwshin o 'mlaen. Daeth ei ben i'r golwg rownd y drws, fel Jack Nicholson yn y *Shining*.

'Helôô . . . ' medda fo'n chwareus gan edrych ar y cwshin o 'mlaen ac wedyn ar y patshyn tamp rhwng fy nghoesa. Gwthiodd y drws ar agor fymryn yn fwy nes roedd lle iddo wthio i mewn heibio i mi. Edrychodd arna i, yna'r glustog a'r patshyn gwlyb eto.

'Wyt ti wedi bod allan yn rhedeg, neu wyt ti jyst yn falch o 'ngweld i?' chwarddodd. A heb feddwl o gwbwl dyma fi'n rhoi lab iddo fo efo'r glustog, gan adael fy mronnau i fowndian yn rhydd o'i flaen. (Na, ddim yn fwriadol . . . wir . . .)

'Wel, diolch am y croeso!' medda fo a thinc chwareus yn ei lais, a gafael yn y glustog a'i lluchio'n ôl ar y gadair. Daeth yn nes a rhoi ei freichiau amdanaf, nes roedd fy mronnau tamp wedi'u dal rhwng y ddau ohonan ni fel llenwad go sylweddol i frechdan wlyb. Dechreuodd fy nghusanu. Fy ngwefusau a'm gwddw bob yn ail, nes ro'n i'n ymwybodol o flas hallt fy nghorff fy hun ar ein tafodau. Ac yn sydyn doedd ddiawl o bwys gen i am fy mhatshyn tamp na'r ffaith bod fy ngwallt yn un gacan ar fy nhalcian, ac mae'n siŵr bod fy nhraed i'n drewi hefyd. Ond hei! Doedd Arfon i'w weld yn malio dim am bethau felly. Roedd o'n fy nghusanu'n frwd, fatha mai dim ond fi a fo oedd yn bodoli yn yr hen fyd 'ma.

Gafaelais am ei ganol a'i dynnu'n nes; nid dyma'r amser i sôn am y gorffennol. Y cwbwl oedd yn bwysig rŵan oedd bod y ddau ohonan ni wedi tyfu i fyny a'n bod ni wedi ailddarganfod ein gilydd, ac yn dod i ailadnabod ein gilydd – yn gyflym.

'Sgen ti gawod go fawr 'ta be?' sibrydodd yn fy nghlust.

'Be ti'n awgrymu?' medda fi, yn deall yn iawn beth oedd o'n ei awgrymu, ac yn mwynhau pob munud.

'Wel, rhyw feddwl y buaswn i'n dod i sgrwbio dy gefn di.'

'Ond wnei di wlychu wedyn!' atebais yn chwareus, 'a dwyt ti ddim angen molchi, nagwyt? Dwyt ti ddim wedi bod yn gneud dim byd *energetic* naddo?'

'Ddim eto,' meddai, gan fy nhroi i wynebu'r grisiau a'i ddwylo rownd fy nghanol.

Ac felly, yn sownd yn ein gilydd, yr aethon ni i fyny i gyfeiriad yr ystafell molchi, ris wrth ris. O fewn eiliadau roedd y ddau ohonan ni'n noeth, yn sefyll ynghanol y llawr yn syllu i lygaid ein gilydd. Ro'n i'n hollol gartrefol efo fo. Wnes i ddim poeni am eiliad am faint fy nhin na dim. Ac roedd Arfon . . . wel, be fedra i ddeud? Roedd o'n amlwg yn falch iawn, iawn o fod yno efo fi! Fuo bron i mi ddeud yn uchel, 'O! Da iawn, rhywle arall i hongian 'y nressing gown, ond wnes i ddim!

Fan'no fuon ni am hydoedd, yn cusanu a rhedeg ein dwylo dros gyrff ein gilydd, nes estynnodd Arfon am fwlyn y gawod a'i rhoi i redeg cyn camu i mewn a 'nhynnu ar ei ôl. Ac yno, y tu ôl i'r cyrtan, yn un cwlwm llithrig mewn cwmwl o swigod o dan lif y dŵr cynnes, cynnes y toddodd y ddau ohonan ni'n un, a diflannodd holl eiriau creulon ein plentyndod i lawr y plwg efo'r sebon.

Ddwy awr yn ddiweddarach, roedd Arfon a finna'n eistedd ar fy ngwely wedi'n lapio mewn tywelion ffresh, ac yn rhannu tun o fefus efo dwy lwy de. Nefoedd!

Ddwy awr yn ddiweddarach eto, roedd Arfon a finna'n eistedd ar fy ngwely'n gwisgo dwy ddressing gown yn perthyn i mi (Arfon yn yr un flodeuog a minnau yn yr un streips) ac yn bwyta tost efo jam mwyar duon ac yn rhannu tebotiad mawr o de.

Ddwy awr wedi hynny, roedd Arfon a finna'n eistedd yn y bath, hyd at ein gyddfau mwn swigod persawrus ac olew lafant, fy nghanhwyllau aromatherapi i gyd wedi'u goleuo a photel o Cava ar ei hanner mewn bwcad rhew ar y llawr.

Ddwy awr yn nes ymlaen, roedd y ddau ohonan ni'n ôl yn y gwely yn gorwedd ym mreichiau ein gilydd fel petaen ni'n gariadon erioed.

Roedd hi bellach yn un ar ddeg y nos. Ro'n i'n ymwybodol bod y ffôn wedi canu unwaith, ond ar wahân i hynny ro'n i wedi fy nghyfareddu'n llwyr. Roedd bore 'ma yn nhŷ Heather yn teimlo fel misoedd yn ôl. Ro'n i wedi bod yn troelli mewn rhyw gocŵn bach o bleser ers i Arfon f'arwain i fyny'r grisia tua hanner awr wedi tri y prynhawn! Ro'n i wedi cyffwrdd pob rhan ohono, edrych ar bob modfedd o'i wyneb, bob brycheuyn bach, y ffordd roedd ei wallt yn cyrlio dros ei glust; siâp ei gêg, siâp ei drwyn, siâp ei . . . ia, wel . . . ei ddwylo, ei fysedd hirion perffaith ar gyfer chwarae'r piano (ond doedd o ddim yn gallu rhyw lawer, medda fo), y graith ar ei glun – 'siarc' medda fo i ddechrau, cyn chwerthin a chyfadda mai wrth drio neidio'n feddw dros weiren bigog ar y ffordd adref o barti ddeng mlynedd ynghynt y digwyddodd o. A'i ddannedd o!. Dannedd cryf, gwyn, syth, a bu bron i mi ddechrau crio wrth feddwl amdano'n yr ysgol efo'r weiars yn ei geg, a ninnau'n tynnu arno.

Flynyddoedd wedyn, a minnau wedi gadael yr ysgol, gorfu i mi gael *brace* i wthio 'nannedd allan, a gwyddwn yn iawn pa mor annifyr oedd o. Ond roedd weiars Arfon wedi talu ar eu canfed oherwydd roedd ei ddannedd yn berffaith rŵan. Fyddai dim rhaid i hwn neidio allan o'r gwely a diflannu at y deintydd medda fi wrthaf fi fy hun gan wenu. Syllais arno; roedd yn cysgu'n braf. Yn anadlu'n gyson trwy'i drwyn a'i wefusau'n symud yn sydyn bob hyn a hyn. Cusanais o'n ysgafn ar ei dalcen. Crychodd o ryw fymryn.

'Arfon,' sibrydais, 'mae'n ddrwg calon gen i am yr holl bethau cas ddwedais i wrthat ti'n yr ysgol. O'n i'n ifanc ac yn wirion, ac yn mynd efo'r crowd 'sti, fatha dafad ddwl. Dim bod hynna'n esgus o gwbwl. Ti'n cofio fi'n iawn, yn dwyt? Dwi'n cofio chdi rŵan hefyd. Dwi'n cyfadda, wnes i mo dy nabod di i ddechra, ti 'di newid cymaint! Ond ar ôl siarad efo Heather a Peg a sylweddoli mai chdi oeddach chdi, wel . . . o'n i methu credu, o'n i byth isio dy wynebu di eto. Mae genna i gymaint o gywilydd. Plîs maddau i fi am fod yn gymaint o hen ast. Mae'n wir, wir ddrwg gen i . . . ' Trodd ychydig yn ei gwsg a chrychodd ei dalcen eto.

'Ssshhh...' medda fo. Iesu, oedd o wedi 'nghlywed i? Anadlodd yn drwm a griddfan yn isel. Na, roedd o'n dal i gysgu.

'O, Arfon,' ochneidiais, 'plîs duda wrtha i y bydd popeth yn iawn.'

Saethodd ei fraich allan tuag ataf a hyrddiodd ei goes ymlaen fel petai'n trio cicio rhywbeth anweledig, a gwaeddodd ar dop ei lais, 'No way! Gwyneth loves me and I love her!'

Gwyneth? Codais fy hun i fyny ar un benelin. Pwy ddiawl ydi blydi Gwyneth pan ma hi adra? Agorodd ei lygaid ac edrych arna i, fel petai'n trio cofio pwy o'n i, a be ar wyneb y ddaear oedd o'n ei wneud yn fy ngwely.

'O . . . helô chdi,' meddai'n ddryslyd, gysglyd. 'Iesgob, o'n i'n cysgu'n sownd yn fan'na rŵan o'n? Oedd 'na rywun yn gweiddi?'

'Na, neb,' medda fi'n siort.

'Ti'n iawn cyw?' Estynnodd fys a'i redeg i lawr fy moch wrth ofyn.

'Fi?' medda fi'n tynnu'n ôl. 'Fel y gweli di.' Gwenais arno'n ffals, a thynnodd fi'n nes a gafael yn dynn.

'Iesgob, am eiliad yn fan'na o'n i'n meddwl bo chdi'n difaru!' medda fo'n chwareus yn fy nghlust gan redeg ei law i fyny ac i lawr fy asgwrn cefn. 'Rŵan 'ta, ti isio 'ngneud i'n hapus, hapus?'

'Be, eto?' medda fi. Oedd 'na ddim diwedd ar egni'r boi 'ma?

'Ia,' medda fo'n plygu mewn eto yn nes at fy nghlust. 'Wnei di'm mynd i neud panad?' Gwthiais o i ffwrdd gan chwerthin.

'Ond paid â meddwl mod i'n mynd i neud hyn yn amal chwaith,' medda fi wrth ddringo drosto a thaflu crys T mawr amdanaf. Mi faswn wedi cytuno i wneud panad iddo fo ar yr awr, bob awr tan ddiwedd y byd, ond ro'n i'n dal yn corddi isio esboniad am y Gwyneth 'ma. Diolch byth mai dim ond panad oedd o isio, meddyliais, wrth fynd lawr y grisia. Doedd gen i mo'r nerth am sesiwn arall o garu gwallgo – wel, ddim am o leia awr beth bynnag!

Wrth aros i'r teciall ferwi pendronais ynglŷn â 'Gwyneth'. Pwy ddiawl oedd hon 'ta? Pam oedd o wedi gweiddi fel'na, mor ddirdynnol? Be ddiawl oedd o'n wneud yn fa'ma efo fi os oedd o mewn cariad efo'r blydi ffliwjan Gwyneth 'ma? Roedd gen i gymaint o gwestiynau yn fy mhen. Ond wedi deud hynny, ro'n i wedi cael diwrnod bendigedig a do'n i ddim am ddifetha'r cwbwl trwy drio siarad ag o rŵan ynglŷn â dim. Pwy bynnag oedd y ddynas arall 'ma, doedd o ddim yn meddwl digon ohoni i fod yn ffyddlon iddi, nagoedd? Ac nid fy mai i oedd hynny, naci? Digon i'r diwrnod . . . ac roedd ganddon ni fory, a'r fory wedyn gobeithio. Os oedd Peg yn iawn ei fod o'n gorfod mynd i Gernyw i sortio ryw betha allan, siawns – a ninnau fel petasan ni ar gychwyn perthynas – y buasai'n egluro popeth i mi cyn bo hir. Ond be'n union oedd yn ei dynnu i fan'no? Oedd o isio sortio'r Gwyneth 'ma allan 'ta be? Os oedd o mewn cariad efo hi, lle ddiawl oedd hynna'n fy ngadael i? 'Sa well i mi ddeud wrth y cwd clwyddog lle i fynd rŵan, cyn i mi gael fy mrifo?

Cliciodd y teciall a thywalltais ddŵr berwedig i mewn i'r tebot cyn estyn am ddwy gwpan lân. Clywais Arfon yn codi a mynd i'r lle chwech, ac yna clywais ffôn yn canu. Nid f'un i oedd o. Es trwodd i'r lolfa a sylweddoli bod y sŵn yn dod o boced ei gôt. Tynnais y teclyn bach arian allan o'r boced a 'digwydd' gweld yr enw oedd yn ei ffonio. Rhywun o'r enw MG. Clywais sŵn dŵr. Stopiodd y ffôn ganu ac mewn ychydig eiliadau gwelais amlen fach yng nghornel y sgrin. Roedd MG wedi gadael neges, pwy bynnag oeddan nhw. Agorodd Arfon ddrws y stafell molchi, hyrddiais y ffôn yn ôl i mewn i'r gôt a rhuthro'n ôl am y cefn.

'Te'n barod!' gwaeddais yn ffwrdd-â-hi, a daeth Arfon i lawr y grisia. Roedd o wedi ryw hanner gwisgo, felly ro'n i'n cymryd yn syth bod yr hwyl drosodd am heno a'i fod o ar fynd. Ddaeth o ddim i mewn i'r gegin ar ei union. Gwelwn o'n mynd i boced ei gôt ac yn codi'r ffôn at ei glust. Es trwodd efo'r te.

'Rhywbeth pwysig?' gofynnais, fatha 'sa fo ddiawl o bwys genna i.

'Dim byd na fedra i adael tan y bore,' atebodd, gan gydio yn y gwpan efo un llaw a llithro'r llall rownd y 'ngwddw a mwytho'r croen o dan fy ngwallt.

'Ydi hynna'n golygu dy fod ti am aros efo fi heno 'ta?' mentrais holi.

'T'isio fi?'

'Ydi'r arth yn cachu'n y coed?' medda fi. Ac o fewn hanner awr roeddan ni'n ôl yn chwara tonsil-tennis ar y fatras Slymbyrland.

Estynnais am fy oriawr i drio gweld faint o'r gloch oedd hi. Fetswn i yn fy myw â chysgu; roedd y dyddiau diwetha wedi bod yn dreiffl emosiynol go iawn, un haen ar ôl y llall o wahanol brofiada a theimlada, a'r cwbwl wedi digwydd mor sydyn hefyd. A dyma fi, yn gorwedd yn edrych i fyny ar y tolc bach wnaed yn y nenfwd efo corcyn potel siampên ryw noson wyllt ha' diwethaf.

Troi ac edrych ar Arfon yn cysgu'n sownd. Sut oedd dynion yn gallu gwneud hynna? Dyna lle'r o'n i'n poeni'n enaid am godi hen grachod dyddiau ysgol a phwy oedd y Gwyneth 'ma a ballu. Pryd oedd o'n mynd i sôn am honno? Neu oedd o'n disgwyl gallu cael ei gacan a'r blydi *butter icing* i gyd ar yr un pryd? Roedd o'n amlwg yn cofio popeth ond yn dewis peidio sôn, a minnau'n methu byw yn fy nghroen HEB sôn am y peth. Sut fetswn i adeiladu perthynas a dyfodol efo fo, a finna'n meddwl am y gorffennol bob tri pwynt pump eiliad? Oedd o'n aros i mi sôn? Oedd isio sôn o gwbwl? Be os fasa rhywun arall yn sôn? Ro'n i wedi trio ei holi am ei blentyndod, ond troi'r sgwrs fydda fo bob tro, neu wneud rhywbeth arall, fel mynd i'r lle chwech neu gau 'ngheg i efo sws. Pam oedd o'n trio osgoi siarad am y petha 'ma, damia?

Llithrais allan o'r gwely a mynd i lawr grisia i nôl gwydraid o ddŵr.

Eisteddais ar y soffa ar ôl goleuo cannwyll y llosgwr aromatherapi ar y silff ben tân. Gobeithio ro'n i y byddai'r arogl olew lafant yn help i mi ymlacio a chysgu.

Heather oedd wedi fy nysgu am bethau felly. Roedd hi byth a beunydd yn rhwbio rhywbeth i mewn i'w chroen ar rannau arbennig o'i chorff, yn dibynnu lle oedd yr anhwylder y diwrnod hwnnw. Lafant bob ochor i'w thalcen ar gyfer cur pen, neu ar waelod ei chefn ar adegau arbennig o'r mis, *tea tree* fel antiseptig ar ei chyfer hi a'r plant os caent frathiad neu bigiad, ac ychydig o rosmari yn y bath os oedd un ohonyn nhw efo dolur bach neu sgriffiadau. Mynawyd y bugail i godi'r ysbryd, a joch go dda o rosyn y graig ar gyfer ansicrwydd a hunan-gasineb. Ia, hwnnw o'n i isio. Lle ddiawl cawn i afael ar lond berfa o'r stwff yr adeg yma o'r nos? Ro'n i'n teimlo'n gachu rŵan. Mwya o'n i'n eistedd yn hel meddylia, gwaetha o'n i'n mynd, a'r hen deimlada 'na o ddiffyg hyder a theimlo'n da-i-sod-ôl yn dod yn ôl i mi dro ar ôl tro.

Roedd gen i ddyn yn fy ngwely oedd ymron yn berffaith – hyd yma (doedd o ddim yn cynganeddu, ond hei, dwi 'di nabod llawer un sy'n gallu ac maen nhw'n dal yn gocia ŵyn). A lle o'n i? Ar y soffa yn poeni! Fyny efo fo ddyliwn i fod, wedi lapio rowndo fo. Be oedd yn bod arna i? Bob tro y down o hyd i fymryn o hapusrwydd, roedd o fel pe bai'r botwm bach hunan-ddinistriol yn cael ei bwyso. Ro'n i fatha un o'r bobol hynny sydd ddim yn gallu ymdopi efo hapusrwydd, fel petaswn i'n gorfod ei ddinistrio fo. Am mod i'n meddwl nad o'n i'n ei haeddu o am wn i. Do'n i ddim yn gallu cynnal perthynas os nad oedd 'na elfen ymfflamychol ynddi. Os nad oedd 'na ffraeo, rycshiwns a chrio, doedd o ddim yn iawn. Llwyth o nonsens, wrth gwrs. Ro'n i wedi sylweddoli hynny ers blynyddoedd, ond do'n i jyst methu peidio â bod felly, roedd o'n dod mor naturiol i mi bellach. A do'n i wir ddim isio bod felly tro 'ma. Ro'n i isio bod efo Arfon. Heb y ffraeo, heb y tân gwyllt (heblaw y rhai rhywiol), heb y gweiddi a'r meddwi a'r lluchio llestri. Jyst bod efo fo. Yn hapus, ac yn gallu derbyn bod rhywun isio bod efo fi. Bod 'na ddim byd yn bod efo fi, mod i'n berson roedd pobol yn gallu ei hoffi. Roedd yr amser wedi dod i wynebu hen fwystfilod ac, am y tro cynta am wn i, ro'n i'n barod i wneud hynny.

Teulu Oer Nant Bach

Ro'n i'n rhoi y bai i gyd ar fy magwraeth, wrth gwrs. Falla nad dyna oedd y rheswm o gwbwl, ond roedd yn rhaid i mi roi'r bai ar rywun. Roedd hynny'n haws na chyfadda bod 'na rywbeth yn sylfaenol o'i le ar fy nghymeriad.

Ond doeddan ni rioed wedi bod yn agos fel teulu. Roedd y blydi lot ohonan ni efo hang-yps o ryw fath. Fy mam yn flin a sur rownd y rîl. Cega, cega, cega. A nhad druan, fel ci wedi'i gicio, yn diflannu i'w gwt bob nos am oriau yn hytrach na dioddef ei chlebar di-stop. Fan'no y dechreuodd y diffyg hyder, siŵr o fod. Ches i rioed anogaeth na'm canmol, na'm cofleidio. 'Tyff titis, *get on with it*,' meddach chi, 'ches i ddim chwaith.' Ia, digon teg, ond dowch o'na, damia, y dyddiau cynnar 'na sy'n eich gwneud chi'n pwy ydach chi, ia ddim? Ac os ydi pwy ydach chi'n tueddu at iselder, yn ddihyder tu mewn ac yn gorfod rhoi ryw 'act' fawr ymlaen yn gyhoeddus, yn casáu chi'ch hun, yn hunanddilornus ac yn ddilornus o bobol eraill, bron fel rhyw wal amddiffynnol, yna mae rhywbeth wedi digwydd yn rhywle i'ch gwneud chi felly'n does?

Ches i mo 'ngeni felly, siawns? Dysgu gan bwy bynnag sy'n ein magu ni rydan ni gyd yn y bôn, ia ddim?

Dwi'n cofio un achlysur yn arbennig. Tua pedair ar ddeg o'n i, yn paratoi i fynd allan yn fy sgert newydd. Ro'n i newydd ei gwnïo fy hun ar y peiriant, ac wedi bod wrthi'r rhan fwyaf o'r dydd. Sgert syth, hir mewn brethyn patrwm tartan glas, a hollt i fyny'i chefn hi. Gofyn i fy mam am ei barn wnes i, a chael yr ateb arferol – 'Pwy ddiawl sy'n mynd i sbio arnat ti?' O wel, be o'n i wedi'i ddisgwyl? Troi am y drws, a mynd oddi yno â'm calon yn un lwmp o blwm, eto. Cyrraedd tŷ Heather, cnocio'r drws a mynd i mewn. Mam Heather o flaen y tân yn gweu jympyr ar gyfer un o'r plant iau. Rhoi'i gweu i lawr yn syth.

'Angharad fach, tyd i mewn wir, mae hi'n oeri heno. Fydd Heather Ann ddim chwinciad. Tydi hi wrthi efo'r fflics 'na'n ei gwallt ers oria. Dwi 'di deud a deud ei bod hi ddigon tlws fel mae hi heb fynd i guddio'i gwynab efo'r mêc-yp 'na i gyd, ond dyna ni, tydi ddim isio gwrando ar ei mam henffasiwn! Dow! Tyd i mi weld dy sgert di! Tyd â *twirl*. Neis iawn wir! Fydd yr hogia ar d'ôl di fel gwenyn heno, byddan wir. Watsia di nhw!' meddai efo winc.

Mam fel'na o'n i isio. Mam yn llawn gwên a chariad, oedd yn sylwi ar fy sgert newydd i. Oedd yn sylwi pan roedd gen i gymylau duon yn fy mhen a stormydd taranau yn fy nghalon. Mam oedd yn egluro petha i mi am fywyd. Oedd yno i mi trwy bob dim. Fel mam Heather. Llamodd Heather i'r stafell ar ei choesa ebol hirion, yn llawn egni.

'Haia Anj, dan ni'n barod 'ta? God, dwi 'di cael trafferth efo'r blwming fflics 'ma'n do, Mam?'

'Do,' meddai ei mam, a rhoi winc arall arna i cyn i ni'n dwy ddiflannu trwy'r drws i'r oerni. Roedd fy sgert yn llenwi efo gwynt nes roedd gen i ddrafft rownd fy nghanol ac roedd fflics Farrah Fawcett trafferthus Heather yn codi'n *horizontal* yn yr hêth.

'Blydi fflics,' meddai wrth gamu mewn i gefn y Maestro, lle roedd ei thad yn refio'r injan. Roedd ar frys i fynd â ni i Neuadd y Dref lle roedd y disco er mwyn cael rhoi'r car yn y garej am y noson a mynd am ei beint wythnosol i'r White. Roedd Heather yn clebran yn hapus efo'i thad a minnau yn fy myd bach fy hun yn y cefn, yn gwylio'r goleuadau'n gwibio heibio, a 'Pwy ddiawl sy'n mynd i sbio arnat ti?' yn gytgan yn fy mhen.

A rŵan dwi'n grediniol bod pawb yn mynd i fod fel'na efo fi, ymhob perthynas, agos neu beidio. Felly pan mae rhywun yn deud rhywbeth neis wrtha i dwi'n meddwl eu bod nhw'n deud celwydd, neu eu bod nhw isio rhywbeth. Dwi'n disgwyl dim gwell na chael fy nhrin fel baw, mai dyna dwi'n ei haeddu, a dyna pam mod i wedi bod allan efo'r dynion 'ma oedd yn gwneud yn union hynny. Mynd yn ôl at y peth ro'n i wedi arfer efo fo ro'n i'n 'de? O leia o'n i'n gwybod lle o'n i'n sefyll wedyn, sef nunlla, ac yn disgwyl dim gwell. Cael fy mrifo o'n i bob tro, ac roedd hynny wedi dod yn ail natur i mi. Wedi hen arfer. 'Ond tro 'ma,' meddyliais, 'dwi ddim isio hynna. Dwi wedi cael llond bol. Mae'n *rhaid* i'r tro yma fod yn wahanol. Mae'n rhaid i'r tro yma fod yn ddechrau newydd i mi. Hyd yn oed petai Arfon yn diflannu oddi ar wyneb y ddaear fory nesa, mae'n rhaid i hyn fod yn ddechrau newydd i Fi. Efo 'F' fawr.' Damia, mae gen i ddagra yn fy ll'gada a mi wnes i addo i mi fy hun na faswn i ddim yn gadael i'r atgofion 'ma fy mrifo i eto. Lapiais fy mreichiau o amgylch un o'r clustoga a suddo 'mhen i'w grombil. Doedd dim dal yn ôl ar yr atgofion rŵan.

Dyma fi'n ôl, yn wyth oed, a hen ffrind i Nain wedi dod acw i de. Doedden nhw ddim wedi gweld ei gilydd ers tua ugain mlynedd. Roedd pawb yn eistedd o amgylch y bwrdd, tua naw ohonan ni i gyd, finna gyferbyn â Mam. Cofiais drio deud petha doniol er mwyn cael sylw, unrhyw fath o sylw, ac o'r diwedd dyma rhywbeth ddywedais i'n llwyddo i wneud i'r dieithryn 'ma chwerthin yn harti dros y lle. Oherwydd hynny, dechreuodd pawb, yn cynnwys fy mam, chwerthin hefyd, ac ro'n i'n byrstio efo hapusrwydd a balchder. Ro'n i wedi llwyddo i wneud iddi hi edrych arna i efo chydig o edmygedd. Roedd pawb yn edrych arna i fel taswn i'r peth doniola, clyfra ar wyneb daear. Ro'n i'n ysu am estyn allan i gyffwrdd fy mam a dangos iddi gymaint ro'n i am iddi fod yn falch ohona i, gymaint ro'n i am ei phlesio a'i gwneud yn hapus, gymaint ro'n i am iddi fy licio i.

Cofio rhyw hanner sefyll, gymaint ag oedd ongl y gadair yn ei ganiatáu, ac estyn fy llaw ati yn sydyn ar draws y bwrdd. Ymestyn fy ngobeithion ar draws y platia cig oer a'r bowlen o fetys ffresh o'r ardd a'r treiffl *sherry*. Cyrraedd dros y brechdanau wy, y creision a'r jar o bicl ffresh. Yn ysu, ysu i'w chyrraedd yn gorfforol ac yn emosiynol. Ei chyffwrdd, i rannu'r angen dirdynnol yma ro'n i'n ei deimlo ar yr eiliad honno – pan darawais ei chwpan de'n glowt a llenwi ei glin efo hylif berwedig. Neidiodd ar ei thraed dan weiddi,

'Be ddiawl ti'n feddwl ti'n neud, y bitsh fach wirion?' Roedd pawb yn syllu arna i rŵan, ond nid y math yma o sylw o'n i isio. Pawb yn edrych arna i fel petaent am fy lladd. Fy mam yn rhedeg i'r gegin gefn, yn dadglymu ei ffedog wrth fynd, a nhad yn rhedeg ar ei hôl i nôl clwt i sychu'r gadair a'r carped. Dechreuais grio. Doedd neb yn deall. Damwain oedd hi! Isio Mam o'n i, dyna i gyd. Doedd hynna ddim i fod i ddigwydd. 'DAMWAIN!' gwaeddais ar y tu mewn.

'Dos o 'ngolwg i,' meddai Mam yn dod yn ôl o'r cefn a phatshyn glas tywyll gwlyb ar ei sgert orau, las golau.

'O'n i ddim yn trio,' medda fi'n crynu.

'Ddim yn trio wir!' gwaeddodd eto. 'Dos i'r llofft 'na. Dos rŵan, cyn i mi nôl y wialen fedw!' Edrychais yn ymbilgar i lygaid y dieithryn. Fasa fo'n deall tybed? Fasa fo'n egluro iddyn nhw? Ond roedd o'n rhy brysur yn sgwrsio efo Nain. Roedden nhw wedi anghofio amdana i'n barod. Roedd popeth wedi'i ddifetha, a doedd neb yn deall. Neb yn sylweddoli be o'n i'n drio'i wneud. Neb. Ac i'r llofft y ces fy ngyrru eto. Ac yno y bûm i, yn gwrando ar y mwmian lleisiau o'r lolfa ac ambell bwl o chwerthin bob hyn a hyn yn codi trwy'r llawr. Clywais sŵn drws y seidbord yn agor a chau efo'i wich arferol. Gwyddwn mai yno roedd yr albwms lluniau i gyd yn cael eu cadw, ac fe'u gwelwn yn fy nychymyg yn hel yn hapus ddisgwylgar o gwmpas y llyfr clawr caled gwyrdd, yn ail-fyw eu doeau mewn du a gwyn; ail-fyw blynyddoedd pan nad oedd sôn amdana i, cyn i mi ddod i ddifetha pob dim.

Does 'na fawr o berthynas rhyngof fi a Mam heddiw – o ddewis. Deud beth sydd raid, gwneud fy nyletswydd bob hyn a hyn, ond dim mwy. Fedra i ddim maddau. Mynd yno unwaith bob pythefnos, dair, a gwrando arni'n lladd ar hwn a'r llall. 'Run gair da i'w ddweud am neb na dim. Yn un cowdal sur, unig. A'i bai hi ydi hynny, hyd y gwela i. Diawl o beth, ia ddim? Wel, os felly, bydded. Does gen i ddim ar ôl i'w roi. Fe gegodd hi bob gronyn o gariad oedd gen i tuag ati allan ohona i. A tydi hi'n newid dim. Hyd yn oed rŵan, pan fydda i'n ei ffonio, y munud mae hi'n clywed fy llais, mi ddeudith rywbeth fel,

'Fedra i ddim siarad rŵan, dwi ar 'yn ffordd i gael 'y ngweithio.' A dyna'r ffôn yn mynd yn ôl i'w grud efo clync. A dyna ni, y sgwrs yn ei chyfanrwydd. Dim 'Helô, sut wyt ti? Be wyt ti wedi bod yn neud wythnos yma? Sut wythnos ges ti yn 'rysgol a hitha'n ddiwadd tymor 'ta?' Dim byd. Dim ta-ta. Bygyr ôl. Dim ond hi a'i thwll tin yn dragywydd.

A finna'n dal yma efo'r cleisiau dwi'n dal i'w cario efo mi i bob man. Yn fy nhri degau ac yn dal i chwilio am y cariad hwnnw ro'n i ei angen yn wyth oed. Mae'r peth yn pathetig.

Cwsg Od – a Chrwban

Diffoddais y gannwyll lafant rhwng fy mys a 'mawd ac eistedd yn y tywyllwch. Doedd yr uffarn cannwyll yn da i ddim beth bynnag. Y cwbwl o'n i wedi llwyddo i'w wneud oedd gwneud fy hun yn hollol blydi dipresd ac o'n i'n teimlo'n waeth rŵan na phan ddes i lawr y grisia awr yn ôl.

Clywais sŵn traed yn mynd o'r llofft i'r lle chwech, a sŵn dŵr mawr yn diasbedain trwy'r tŷ.

'Angharad?'

'Ia?' medda fi'n ddistaw. Daeth i lawr hanner y grisia.

'Be ti'n neud yn fa'ma'n twllwch? Ti'n iawn? Tyd yn ôl i gwely, dwi'n colli chdi.' Daeth i lawr ac estyn ei law am f'un i, a chodais i'w gyfarfod. Arweiniodd fi'n ôl i fyny'r grisia i'r gwely. Gwasgodd fi'n dynn a lapio'i hun amdana i a chlywn ei anadlu'n mynd yn ddyfnach a gwyddwn, mewn sbel, ei fod o wedi mynd yn ôl i gysgu. Dwn 'im am faint y bues i'n gorwedd yno, ond mae'n rhaid mod i o'r diwedd wedi gallu pendwmpian ychydig, oherwydd yn y bore ro'n i'n cofio i mi freuddwydio am hedfan uwchben bwrdd mawr o fetys ffresh a chriw o bobol aflednais, grotésg, yn chwerthin a chwerthin wrth fy ngweld uwchben, ac yn taflu'r betys piws ataf fi. Roedd bysedd pawb yn binc ac roedden nhw'n gleisiau amryliw o'u corun i'w sawdl, ac roedd darnau o'r llysiau piws tywyll yn glynu i'r papur wal fel clotiau mawr gwaedlyd.

Tra oedd Arfon i lawr grisia'n gwneud te, penderfynais mod i am sôn am yr ysgol doed a ddelo. Ei gael o allan fyddai ora – yn blwmp ac yn blaen, a dyna fo, wedi'i ddeud, unwaith ac am byth. Daeth yn ôl i fyny efo hambwrdd ac arno ddau fŷg mawr o de a phlatiad o dost a marmalêd.

'Wow, nei di uffar o ŵr da i rywun, Arfon,' medda fi.

'Pam, ti'n cynnig?' atebodd gan roi'r te ar y llawr a neidio ar fy mhen a'm cosi ymhobman. Rŵan amdani, medda fi wrthaf fi'n hun.

'Fi? 'Sa chdi ddim isio 'mhriodi i nafsat? Ddim ar ôl yr holl betha cas 'na ddudis i amd–' Canodd y ffôn. Damia. Estynnodd Arfon amdano.

'Na, paid Arfon! Paid ag ateb 'yn ffôn i'n fa'ma 'radeg yma o'r bore; be ddiawl fydd pobol yn feddwl ti'n da yn 'y nhŷ i am hanner awr wedi wyth ar fore dydd Gwener?'

'Helô?' meddai Arfon yn fy anwybyddu.

'Helô-ô?' meddai llais ro'n i'n ei adnabod yn syth. Tynnais y ffôn oddi arno.

'Diolch byth mai chdi sy 'na Heather . . . '

'W! Petha wedi datblygu'n arw os ydi o yna 'radeg yma o'r bore! *Tell me all*! Cymryd felly ei fod o wedi maddau i chdi am y penillion a'r tynnu coes.'

'Tydw i ddim–' dechreuais ddeud, ond roedd hi wedi mynd yn ei blaen.

'Gwranda Anj, creisis . . . ! Mae'r blydi crwban ar goll. Mae Ifan wedi torri'i galon yn rhacs, bechod, ista fyny coedan yng ngwaelod yr ardd ac yn gwrthod dod i lawr, ac mae Ana'n llofft yn crio.' Ystumiodd Arfon arna i ei fod yn mynd am gawod a chodais fy mawd arno.

'Be am y ddau arall 'ta?' gofynnais.

'Mae John yn tŷ mam, a 'dio ddiawl o bwys gin Carys, nacdi? Crwban ydi crwban ac mae 'na betha llawer pwysicach, fel peintio'i hewinedd a meddwl am be i'w wisgo i fynd i dre efo'i mêts pnawn 'ma – cofio petha felly? A mae'r babi'n fflat owt yn y pram.'

'Hapi deis! Ond be fedra i neud am y blydi tortois?'

'Ti'n un dda am ddod o hyd i betha. Bob tro fyddai rhywun yn colli modrwy ar lan y môr neu gôt mewn disgo neu bres ar lawr, ti oedd yr un i ddod o hyd iddyn nhw. Dwi'n erfyn arna chdi, plîs tyd draw. Mond am awr. Dwi jyst â mynd yn nyts. Pwy ddiawl feddyliodd am wyliau ha'? Mae o'n blydi lladdfa. Tyd â fo efo chdi os lici di, fasa'n dda ei weld o, a falla ga i gyfle i ymddiheu–'

'Na!' torrais ar ei thraws eto, 'tydw i ddim wedi cael cyf–'

'Olreit, olreit Ifan, dal dy ddŵr!' gwaeddodd i lawr y ffôn, bron â ffrwydro drwm fy nghlust. 'Chdi ddringodd i fyny, felly gei di blydi wel dringo i lawr,' meddai eto, cyn troi'n ôl i siarad efo fi. 'Paid â chael plant, wir Dduw, a pheth arall, ar ben bob dim, mae blydi Dei newydd ffonio i ddeud bod o ddim yn dod adra penwythnos nesa wedi'r cwbwl. Oedd o fod *off* am dair wythnos i helpu fi, a rŵan mae o wedi gorfod cymryd ryw jòb arall ymlaen dros dŵr! . . . Olreit Ifan! . . . Rhaid mi fynd, Anj, wela i chi'n munud 'ta ocê?'

'Paid a sôn gair am–' Aeth y ffôn yn fud. Roedd hi wedi saethu i waelod yr ardd siŵr o fod, i achub Ifan oedd yn danglo o'r goeden. Neu wedi mynd i waelod yr ardd i saethu Ifan, er gwaetha'r ffaith ei fod yn danglo! Faswn i'n synnu dim, y stad oedd hi ynddi hi.

Daeth Arfon allan o'r gawod yn sychu'i gorff efo un o 'nhyweli llifo gwallt, sef un o'r rhai tyllog efo staens mawr piws, fatha taswn i wedi llnau'r llawr efo fo ar ôl llofruddio rhywun. Cefais f'atgoffa eto o'r freuddwyd hedfan dros y bwrdd a phawb yn lluchio'r bitrwt ata i. Roedd o'n amlwg wedi bod i mewn yn fy nghwpwrdd poeth i'n nôl tywal, ac felly wedi gweld y bocsys tampons a'r panti-lainyrs a'r nicyrs papur (ar gyfer campio – mewn

99

pabell hynny yw, nid i wisgo fyny'n OTT mewn clwb nos efo fy ffrindia hoyw), a'r blydi cwbwl.

Roedd tridiau braidd yn fuan iddo weld fy mhethau bach personol i gyd – ocê, ocê, roedd o wedi gweld fy mhetha 'mawr' personol i neithiwr, ond nid y petha personol yna dwi'n feddwl, naci? Y petha 'bach' personol sy'n ymwneud â 'nghorff i a sut mae o'n gweithio. Y petha sydd ynghlwm â gwaed a llysnafedd, poer a gwlypter, a'r petha ych a fi sy'n dod allan o bob un ohonan ni. Doedd dim angen iddo fo gael ei atgoffa o betha felly a ninna dim ond yn y 'ffyrst fflysh'!

'Iawn?' gofynnodd, yn rhwbio'i wallt efo'r erchyllbeth llofruddiaethol.

'Creisis,' medda fi. 'Un, ti wedi defnyddio'r tywal mwya uffernol sy'n y tŷ 'ma, a dau, mae'n ffrind i wedi colli'r crwban, mae'i phlant yn mynd yn nyts, un i fyny coeden yn gwrthod dod i lawr, a fydd ei gŵr hi ddim adra i helpu am dair wythnos.'

'Amser braidd yn hir i blentyn fod i fyny coeden os 'di'n disgwyl i'w gŵr helpu, yndi ddim?' Rhowliais fy llygaid. 'Felly be 'di'r broblem?' meddai eto, dan wenu.

'Sori, dwi wedi addo yr a' i draw i helpu; yli, 'na i jyst cael cawod sydyn, gwna banad arall os lici di, fyddai'm dau funud.'

'Ddoi efo chdi os t'isio.'

'I'r gawod? Na, dim–'

'I chwilio.'

'Am y crwban?'

'Naci, am gyfansoddiadau Steddfod Môn 1983. Wrth gwrs y blydi crwban, dyna be ddudist ti oeddan nhw 'di golli ia?'

'Ia, ond Duw . . . s'im isio chdi.' Roedd f'ymennydd i'n tarannu. Be wnawn i rŵan? O'n i'n cachu brics, yn gweithio'n hun i fyny i ffasiwn stad. Fetswn i drystio

Heather i beidio â deud unrhyw beth? Ro'n i isio cyfle i siarad efo fo'n hun gynta. Do'n i ddim am i rywun arall sôn a finna'n sefyll yno'n gywilydd i gyd. Blydi hel!

'Tyd o'na 'ta, be 'di'r broblem? Dwi'n gwbod be mae · crwban yn edrych fel, wsti, wna i'm codi cywilydd arna ti'n chwilio am y peth anghywir!' meddai Arfon. O wel, os oedd y cachu am hitio'r ffan, dyna ni. Falla y buasai'n gwneud lles i'r holl beth ddigwydd. Does 'na ddim llawer fedrith fynd o'i le mewn gardd tŷ cyngor yng nghefn gwlad Cymru efo tri oedolyn a dau blentyn ar eu glinia'n chwilio am grwban, nagoes? Doedd o ddim fatha 'sa'r sodin peth yn gallu rhedeg a dringo ffensys.

'Iawn,' medda fi trwy dwll fy nhin, ac i mewn i'r gawod â fi. Wedi gwisgo, rhedais i lawr y grisia a gafael yn fy ngoriada.

'Dŵad 'ta?' Tarais olwg dros f'ysgwydd a sylweddoli ei fod newydd ddod oddi ar y ffôn, a golwg reit bethma a phell i ffwrdd arno fo.

'Dŵad?' medda fi eto'n uwch. Cododd ei ben.

'Be sy'n bod efo ti bore 'ma? Ti'n bigog iawn ers i chdi fod ar y ffôn.'

'Dim.' Ac allan â fi.

'Pam ti'n bigog 'ta?' medda fo'n dod ar fy ôl.

'Dwi'm yn bigog,' medda fi'n bigog, 'a dwyt ti'm yn edrych yn rhy hapus dy hun os ca i ddeud. Deud y gwir, ti'n edrych fatha 'sa chdi wedi cael slap ers i ti fod ar dy ffôn di jyst rŵan.'

'Neges ges i, do'n i ddim wedi bod "ar y ffôn".'

'O, pwy sy'n hollti blew rŵan 'ta?' Blydi hel! Oeddan ni'n cael ein ffrae gynta'n barod 'ta be? I ffwrdd â fi, mewn dipyn o hyff a deud y gwir. Nid efo fo, ond efo'r ffaith mod i methu ymdopi efo'r sefyllfa. Rhag ofn i rywun ddeud rhywbeth. Ofn, ac eto isio iddo fo gael ei ddeud. Isio iddo fo gael ei ddeud, ac eto ofn.

'Be sy'n bod, Angharad? O'n i'n meddwl ein bod ni wedi cael noson ffantastic. Dwi 'di neud rhywbeth o'i le? Deud rhywbeth falla?'

'Naddo, dim. Beth bynnag, 'dio'r ots. Os oes gen ti betha ti ddim isio'u rhannu efo fi, Arfon, mae hynna i fyny i ti, tydi?'

'Pam ti fel'ma rŵan?'

'Fel be?'

'Wel, yn oer a phell mwya sydyn.'

'Dwi'm yn oer, mae gen i gardigan, a tydw i mond troedfedd i ffwrdd.'

'Ti'n bod yn blentynnaidd rŵan.' Roedd o'n iawn wrth gwrs.

'O? A fasa ti'n gwybod basat?'

'Gwybod be?'

'Gwybod sut beth ydi o i fod yn blentynnaidd.'

'Wel, o'n i yn blentyn unwaith 'sti, fatha chditha.'

'O? A sut blentyn oeddach chdi, Arfon?' Taflais olwg dros fy ysgwydd. Roedd o'n edrych ar y llawr fel tasa fo wedi colli rhywbeth. Wnaeth o ddim ymateb. Siaradon ni'r un gair wedyn, yr holl ffordd i dŷ Heather.

Agorais giât yr ardd i weld tin siapus Heather yn sticio allan o lwyn *cotoneaster*, a meddwl wrthaf fi fy hun, 'Liciwn i iddi gadw ei thin siapus iddi hi ei hun', gan ei fod mor fach a chyhyrog o'i gymharu â'r horwth peth blewog 'ma oedd gen i'n sownd yn nhop fy nghlunia. Do'n i ddim am i Arfon sylweddoli ei fod o newydd gysgu efo babŵn, a ffansio'r bambi o beth oedd o flaen ei lygaid.

Ym mhen draw'r lawnt roedd coesau bach pum mlwydd, main Ifan Deio, efo trainyr *Action Man* ar waelod bob un, yn hongian o ganghennau'r goeden afalau.

'Bolycs!' meddai llais o'r llwyn pigog o fafon oren o'n blaenau.

'Bolycs i chditha hefyd! 'Na chdi ddiawl o groeso!' medda fi, a daeth gweddill corff Heather allan o'r deiliach.

'Dim sôn am y basdad calad! Wps!' meddai wrth sbotio Arfon.

'Helô! Haia . . . ym . . . Arfon?' meddai'n wên i gyd. 'Reit, petha pwysig yn gynta, panad ia?'

'Na,' medda fi.

'Ia, grêt,' medda Arfon. Edrychais arno'n flin. Do'n i ddim isio eistedd rownd y bwrdd yn mân siarad oherwydd nad o'n i isio wynebu'r sgwrs a allai gychwyn.

'Ifan, dan ni'n mynd i'r tŷ rŵan; ti am ddod i lawr?' gwaeddodd Heather.

'Naaaa!' gwaeddodd yr hogyn ar dop ei lais.

'T'isio fi drio?' medda Arfon a'i chychwyn hi am waelod yr ardd. Grêt, cyfle i mi rybuddio Heather. Rhoddais fy mraich drwy ei braich hi wrth gerdded am y tŷ.

'Wel . . . gwaith campus a chyflym, Ms Austin,' meddai.

'Cau dy geg a gwranda,' atebais. 'Tydan ni'm wedi sôn gair am y gorffennol na'r ysgol na dim. Mae o fel tasa fo isio osgoi'r peth. Felly, plîs, plîs, paid â deud dim, ocê? Dwi isio'i neud o yn fy amser fy hun.'

'Iawn *chief*!' Rhoddodd salŵt i mi wrth roi'r teciall i ferwi, ac erbyn iddi roi tri myg o de poeth a phaciad o Garibaldis ar y bwrdd, roedd Arfon wedi dod i mewn ag Ifan ar ei ysgwyddau.

'Wow! Sut wnest ti hynna?' gofynnodd Heather, wedi gwirioni. 'Iesu, mae gen ti ffordd efo plant mae'n rhaid – dyn a hanner yn fa'ma, Anj!' winciodd arna i. Cymerodd Arfon arno nad oedd wedi clywed, dim ond pasio bisged i Ifan oedd, yn amlwg, yn llawn edmygedd. Edrychais ar Heather â'm llygaid yn llawn rhybuddion.

'Mami, lle mae Hardcês 'ta?' meddai Ifan yn obeithiol. Cododd Arfon un ael yn anghrediniol.

'Paid â gofyn,' medda Heather. 'Roedd o'n uffarn o enw da ar grwban noswyl Nadolig ar ôl hanner potel o *peach schnapps*.'

''Swn i feddwl bod unrhyw beth yn syniad da ar ôl hanner potel o *peach schnapps*!' chwarddodd Arfon 'Sgen ti beth? Ella helpith o ni i ddod o hyd i'r tortois 'ma!' A dechreuodd Heather chwerthin hefyd, ac wedyn finna.

Ro'n i mor falch. Wnes i ymlacio trwydda. Roedd o'n bwysig iawn i mi bod fy ffrindia'n licio Arfon, oherwydd mod i'n ei licio fo. Doedd Drong rioed wedi bod yng nghartref yr un o'n ffrindia i. Roedd ei sgwrs o'n gymaint o embaras. Doedd o ddim yn gallu dilyn sgwrs os nad oedd hi'n cynnwys y geiriau: *lift, down, push, feel it* a *relax*. A hynny fel arfer mewn ystafell llawr pren oedd yn drewi o sanau chwyslyd ac ogla crotshus tamp, a rhechfeydd oedd wedi llithro allan efo straen yr *inner thigh abduction* i gyfeiliant 'Moving on Up'.

Ar ôl sgwrs ysgafn, hwyliog cododd y tri ohonom o'r bwrdd i barhau efo'r chwilio. Fel roeddan ni'n cychwyn i lawr llwybr yr ardd i'r lle gwelwyd Hardcês ddwytha, trwy'r giât, fel Môbi Dic wedi'i weindio, dyma Peg. O na! Na! Plîs Dduw, unrhyw beth heblaw hon. Wna i unrhyw beth! A' i i capel ddwywaith ar y Sul. Llnau bob dydd. Fyta i semolina, fyta i sbrowts . . . blydi hel, fyta i semolina a sbrowts efo'i gilydd . . .

'Aaaa!' Lluchiodd Peg ei dwylo i'r awyr pan welodd ni'n tri. Teimlais fy nghalon yn suddo, ac am y chweched tro'r wythnos honno beryg, daeth y geiriau 'cachu' a 'ffan' i'm meddwl. Dechreuodd y bitsh blentynnaidd bwyntio'n anghrediniol aton ni. Ydi bod yn feichiog yn gwneud hynna i ferched weithia 'ta be? Canodd ffôn Arfon a throdd ei gefn fymryn cyn dechrau siarad yn ddistaw a difrifol. Dechreuodd Peg lafarganu wedyn, a finna'n rhythu arni â'm llygaid fel soseri, yn trio'i siarsio hi i gau ei hen geg.

'Arfon Dairy Queen, dau dwll din?' meddai, a throdd Arfon i'w hwynebu wrth ddiffodd ei ffôn. Roedd o'n welw, a golwg 'di cael newyddion drwg arno fo. Aeth Peg yn ei blaen. 'Un i gadw cwstard a llall i gadw . . . '

'CRR . . . ÎÎ . . . ÎÎ . . . ÎÎ . . . MM!' gwaeddodd Arfon. Caeodd Peg ei cheg yn wirfoddol am unwaith. Trodd Heather a fi rownd fel shot i weld Arfon yn sefyll ar lwybr yr ardd â'i ben yn ôl, yn gweiddi â'i holl nerth. Syllodd yn orffwyll arnon ni â gwythiennau ei wddw'n byljio fel balŵns o dan y croen. Roedd Ifan druan wedi dechrau rhedag yn ôl am y goeden nerth ei goesa.

'Blydi hel Arfon, paid wir, mae Ifan ofn trwy'i din! A ninna hefyd o ran hynny,' medda Heather yn nerfus, yn methu symud modfedd.

'Ifan!' gwaeddodd Arfon, 'mae'n olreit, washi, paid â dychryn. Tyd 'nôl!'

Trodd yn ôl i 'ngwynebu. 'Ocê? Dach chi'n hapus rŵan? Y blydi lot ohonach chi?' medda fo gan wneud pwynt o edrych yn syth arna i. 'Wedi'i gael o allan o'ch system rŵan do?'

'Arfon–' medda fi, a chychwyn cerdded tuag ato, ond roedd o'n syllu heibio i mi, i'r gwagle. Fel y cyrhaeddis i o, cychwynnodd am y giât fel taswn i ddim yn bod; gwthiodd heibio i mi gan beri i mi droi fel top i wynebu'r ffordd fawr eto.

'Tyfwch i fyny, wir Dduw,' meddai. 'Mae genna i betha pwysicach i neud na gwrando ar y malu cachu plentynnaidd 'ma. Be sy'n bod efo chi, e?' Ac i ffwrdd â fo drwy'r giât.

'Blydi hel, Peg!' gwaeddodd Heather yn gryg.

'Ffwcin hel, Peg!' medda fi'n rhwystredig a blin a siomedig a blydi wel gwyllt efo hi.

'Ti'm i fod i regi fel'na,' gwaeddodd Ifan bach a'i wyneb yn wyn yn pipian allan y tu ôl i *hydrangea*. Cerddais draw tuag ato. Doedd hi ddim yn deg ei fod o wedi cael ei ddal ynghanol y llanast 'ma i gyd.

'Ti'n iawn, Ifan? Mae'n ddrwg gen i,' medda fi'n plygu lawr ato fo'n llawn cywilydd. Tynnais o ataf. 'Mae Arfon chydig bach yn drist am rywbeth.'

'Ond mae o fod i ffindio Hardcês i fi,' medda fo â'i lais yn llawn siom.

'Blydi hel, Peg,' medda Heather eto gan ysgwyd ei phen.

'Bolycs!' medda Peg, gan bwyso mlaen a gafael yn ei bol anferth. 'O! Coc y gath! W! Sori am regi, Ifan . . . W! O!' meddai eto, cyn rhoi sgrech reit siarp. Eiliad wedyn, torrodd ei dŵr a rhedeg yn un rhaeadr i lawr ei choesa, ar draws y *crazy paving* ac i'r border bach, lle cafodd *lobelias* piws Heather eu dyfrio efo hylif amniotig cynnes y babi.

'Blydi Nora! Be nesa?' medda Heather a rhedeg i'w helpu. 'Arfon!' gwaeddodd nerth ei 'sgyfaint, 'tyd 'nôl, mae 'na fabi ar y ffordd!' Gyrrais Ifan i'r tŷ i ffonio'i nain, yna rhedais i nôl cadair haul gyfagos er mwyn i Peg gael ista. Wrth ddod yn ôl, gwelwn Arfon yn rhedeg i fyny'r pafin. Gwenais yn ddistaw bach i mi fy hun.

'Ond mae gen i bron i bythefnos i fynd!' sgrechiodd Peg.

'Fuest ti rioed yn dda iawn efo maths, naddo?' medda Heather, yn dechrau chwerthin. Chwerthin wnes innau hefyd, er, ar yr eiliad honno, mi fyswn i wedi licio stwffio'r babi'n ôl i mewn. Roedd Peg a'i cheg anferth wedi difetha'r peth gora oedd wedi digwydd i mi ers blynyddoedd, ac oni bai ei bod hi'n disgwyl dwi'n meddwl y buasai wedi cael clustan!

'Mae Nain ar ei ffordd,' medda Ifan bach o ddrws y cefn.

'Reit, a' i i ffonio am dacsi,' medda Heather.

'Aaaaaa . . . aaaa!' sgrechiodd Peg.

'A' i i ffonio am ambiwlans,' medda Heather yn ailfeddwl. 'Ti'n iawn am funud, dwyt Peg? Tisio panad neu rwbath i ddarllan?'

'Panad?' medda fi, 'a rwbath i ddarllan? Cael babi mae hi, nid blydi *lowlights*!'

Trodd Heather ata i'n filain. 'Pwy sy wedi arfer dilifro babis yn y lle 'ma, e? Pwy sy wedi cael pump, fi 'ta chdi?'

'Point têcyn,' medda fi. 'Sdim isio rwbio fo fewn y ffwcsan. 'Wyt ti isio cwshin neu rwbath, 'ta?' gofynnais i Peg, gan drio bod rhywfaint neisiach wrthi.

'Dŵr,' meddai, 'diod o ddŵr plîs,' a dechreuodd grio. Udodd dros yr ardd, a phan welodd Arfon yn dod drwy'r giât, ymddiheurodd wrth hwnnw drosodd a throsodd. Roedd hi'n meddwl ein bod ni i gyd wedi trafod y peth, medda hi, a bod bob dim yn iawn a hithau wedi trio gwneud jôc o'r peth. A dyna hi eto wedi agor ei cheg fawr a difetha bob dim.

'Cau dy geg, Peg, a chym dy wynt, ffoffycsêc,' meddai Arfon. Chwara teg iddo fo, roedd o'n dysgu'n gyflym. Dechreuodd hitha anadlu fatha 'sa hi ar fin cyrraedd top yr Alpe d'Huez ar ôl dwy awr o ddringo, ac yna glafoerio â'i thafod allan a mwy o bantio na chewch chi rhwng Porthmadog a Bryncir.

'W . . . w . . . Wwwww . . . Hyyyy . . . WWw . . . w . . . H yyy!' meddai eto, cyn distewi.

'Poen?' gofynnodd Dr Arfon, yn edrych ar ei oriawr.

'Ia . . . w! 'Di mynd rŵan,' atebodd hitha'n ffwrdd-â-hi, wedi dod ati'i hun am chydig o funudau.

'Reit, fydd yr ambiwlans ddim yn hir,' medda Heather yn dod draw efo'r dŵr ro'n i wedi anghofio'i nôl, a cyrhaeddodd Nain efo John bach. Rhedodd Ana allan o'r tŷ i'w chyfarfod.

'Nefoedd yr adar,' medda Nain, yn methu credu'r hyn oedd yn digwydd wrth y border bach. 'Tyd Ana bach, yn ôl i tŷ,' meddai, ac wedyn o ochor ei cheg aton ni, 'ma hi'n rhy ifanc i weld yr artaith sy o'i blaen hi.'

Dechreuodd Peg anadlu yn y dull 'beiciwr Alpaidd' eto.

'O na . . . na! Wwwww . . . Hyy . . . O . . . gngh! . . . Wwwww . . . www . . . Hyy . . . O!' Roedd 'na batrwm yn datblygu, beryg. Roedd Arfon â'i fys ar ei phyls ac yn edrych ar ei oriawr eto. Cyrhaeddodd yr ambiwlans a chlywais Arfon yn deud wrth y paramedic bod y contracsions bum munud ar wahân a'i phyls yn normal. Digon o amser eto . . .

'Ti 'di gneud hyn o'r blaen?' gofynnodd Heather iddo fo.

'Ti'n gorfod gneud chydig o'r petha 'ma weithia pan ti allan ar y mynydd, wsti. Ti byth yn gwybod be sy'n mynd i ddigwydd ynghanol nunlla, ac mae'n rhaid i ti fod yn barod amdano fo.'

'Wow! Fyddi di'n saff lle bynnag ei di efo hwn, Anj. Mae o'n barod amdano fo'n rhywle!' Winciodd Heather arna i, ond roedd fy nghalon i'n dal yn fy mhenglinia. Do'n i ddim yn meddwl y byddwn i'n mynd i unman efo Arfon eto ar ôl y ffiasco yma. Gwthiwyd Peg i mewn i gefn yr ambiwlans a gofynnodd y boi pwy oedd am fynd efo hi. Edrychodd y tri ohonan ni ar ein gilydd.

'Wel, peidiwch â blydi sbio arna i,' medda Arfon, 'chi ydi'i ffrindia hi!'

'Ar ôl hyn?' medda fi.

'Tyd, Anj,' medda Heather yn neidio i mewn i'r cefn, 'falla'i bod hi'n hen het ar adega, ond mae hi'n hangen ni rŵan.' Neidiais inna i mewn ar ei hôl, a llwyddais i ddal llygad Arfon am eiliad cyn i'r drws gau. Oedd o wedi codi'i law at ei glust mewn ystum ffonio? Neu jyst ei chrafu? Dechreuodd Peg ar ei moshiwns eto fel oeddan ni'n cychwyn i lawr y ffordd a chafodd fasg ar ei hwyneb o fewn eiliadau.

'Pasia'r masg 'na i mi,' medda fi wrth Heather, 'mae genna i fwy o'i angen o na hon ar ôl y bore dwi 'di gael.' Chwarddodd y ddwy ohonan ni.

'Paid â wyrio, *sweetheart,*' medda'r nyrs wrth afael yn llaw Peg, 'gei di *pethidîn,* epidiwral, y drygs i gyd os tisio, fyddi di'n *fine,* plentiotaim . . . *keep breathing . . .* '

'Dim *painkillers,*' medda fi wrthi.

'Ia . . . ia, *of course,* bob dim yn help,' medda Nyrsi'n nodio'n llawn cydymdeimlad.

'Na,' medda fi'n hollol o ddifri. 'Dim *painkillers*! Deud ydw i, ddim gofyn. Mae Peg yn benderfynol o beidio cael unrhyw boenladdwyr o gwbwl, yn dwyt Peg? Ddeudodd hi gynna'n do Heather? Isio'i neud o i gyd yn naturiol, heb ddim cyffuria. Llwy bren a cwshin ar lawr ac awê . . . ' Edrychodd Heather arna i efo rhych mawr yn ei thalcen a chwestiwn ar ei thafod.

'Ffyg off, y gonc,' gwaeddodd Peg drwy ei masg a'i llygaid fel platia cinio. 'Dryyygs! Gwisio'r sodin dryyyygs i gyd! RŴAN . . . Aaaa!'

Chwerthin wnaethon ni eto wedyn, fel petha ddim yn gall, tan gyrhaeddon ni'r 'sbyty.

Ac Wele! Fe'i Ganwyd!

Ganwyd Seren Arfonia Griffiths yn wyth pwys a dwy owns o 'sgyfaint sgrechlyd pinc a gwallt du yn sticio i fyny fel brwsh lle chwech.

'Lle ddiawl ddoth y gwallt?' sibrydodd Heather yn fy nghlust tra cludwyd y lwmp i'w golchi. Gwallt coch, tenau oedd gan Peg. Doedd 'run ohonan ni'n gwybod pwy oedd tad y babi. Roedd Peg yn reit siŵr o'i phetha, ond doedd hi rioed wedi yngan ei enw. Un noson fuo hi efo fo. Mi ddigwyddodd yn y Clwb yn Aberboncyff pan roedd hi yno efo fi a Heather, yn dawnsio i gerddoriaeth yr wyth degau fatha petha 'di gollwng. Sut gythraul gafodd hi gyfle i ddod o hyd i ddyn, mynd â fo allan i rywle y tu ôl i'r clwb, boncio fo a dod yn ôl i mewn efo uffarn o frathiad coman ar ei gwddw a gwên ar ei hwyneb cyn cario mlaen i ddawnsio, Duw a ŵyr! Ond dyna ddigwyddodd, medda hi! Welson ni uffarn o neb, dim ond cysgod tal yn ei snogio hi'n ddidrugaredd mewn cornel dywyll cyn i ni i gyd faglu ar y bỳs am adre.

'Seren Arfonia Griffiths?' medda Heather pan oeddan ni wedi hel rownd y gwely ar y ward.

'Wel, y peth lleia fetswn i neud, dan yr amgylchiada, oedd rhoi mensh i Arfon. God, ti'n lwcus yn fan'na Anj, oedd o'n blydi briliant,' medda Peg.

Torrodd Heather ar ei thraws. 'Ti'n siŵr o'r enw 'ma, Peg? Ti'm yn meddwl fydd o'n ddiawl o faich iddi'i gario?'

'Na fydd siŵr, compliment fydd o 'de? Ddudai wrthi pan fydd hi ddigon hen i ddallt ar ôl pwy enwis i hi a pham.'

'Ddim yr Arfonia o'n i'n feddwl, Peg, y blydi lot efo'i gilydd. Seren Arfonia Griffiths – S.A.G. Sag?! Fydd hi 'di cachu arni bydd, unwaith fydd yr hogia 'di dechra ar eu jôcs. Fedri di ei rhoi hi trwy hynna, o gofio'r hasl gest ti?'

'Be ti'n feddwl?' medda Peg yn edrych ar y ddau felon chwyddedig, caled oedd yn ysu am ryddid o dan ei choban dynn (un o rai Heather ddoth hi efo hi o'r tŷ).

'Wel, doedd dy dits di rioed y petha mwya "pyrt" nagddan? "Jyngl tits" oeddach chdi am flynyddoedd yn 'de? Ti'n cofio hogia dosbarth pump yn pasio'r National Geographic 'na o gwmpas yn y dosbarth daearyddiaeth? Deud bod gen ti dits fatha 'sa chdi'n dod o Papwa Niw Gini?'

'Ia wel, oedd hynna flynyddoedd yn ôl,' atebodd Peg. 'Do'n i ddim yn hapus ar y pryd, ond heddiw faswn i'n weld o'n complimentary. Maen nhw'n ddiawl o genod. Geni babi y tu ôl i goeden, ffling iddo fo dros yr ysgwydd mewn mymryn o flanciad, ac off â nhw yn ôl i'r cae i blannu llysia.'

'Wel, ia,' medda Heather, 'mae hynna'n grêt wrth gwrs, os ti'n digwydd byw fan'no. Ond ddim os ti'n byw yn 3 Stryd Fawr, Aberboncyff. Ac os bydd Seren druan yn tynnu ar ôl ei mam yn yr adran bŵbs, pa obaith sy ganddi efo enw fel'na? Dwi'n deud wrthach chdi rŵan Peg, fel mam i hogan sy ar drothwy ei thîns . . . '

'Iesu, hold on Heather! Braidd yn farddonol yn fan'na,' medda fi'n torri ar ei thraws. 'Swnio fatha blydi salwch. "Sori, ond fedrith Carys ni ddim mynd i nofio efo'r ysgol heddiw, ma hi ar drothwy ei thîns"!'

'Cau di dy geg, pwy sy 'di cael y plant yn y triawd yma? A beth bynnag, fuo gin ti rioed blydi syniad, dau wy 'di ffrio fuo gin ti rioed.'

'Wel ia, diolch i Dduw,' medda fi, 'neu faswn i byth 'di

gallu chwara hoci fel gwnes i, strapio nhw i lawr a ryw nonsans, mae 'na rwbath i ddeud dros fod yn fflat.'

'Ti'n iawn yn fan'na,' medda Peg druan, yn edrych yn anghyfforddus ar y naw, a'r botyma ar flaen ei choban yn sgrechian 'Agorwch ni, neu mi fydda ni 'di pingio!'. 'Ond fi ydi ei mam hi, ac mi wna i'n siŵr na cheith hi byth gam,' ychwanegodd, yn syllu'n annwyl ar ei lwmpyn gwingllyd hyfryd.

'Mi ddaw dy dro di 'sti, Anj . . . ' medda Heather, yn gweld mod i wedi fy mrifo fymryn, ond ro'n i wedi cael llond bol ar sôn am dits a babis, ac ro'n i isio mynd o'r bali lle domestoslyd.

'Olreit, olreit, ein mam ni oll! Rywun isio panad? Dwi'n mynd am y peiriant coffi,' medda fi'n codi a'i chychwyn hi am y drws.

Roedd Heather a finna wedi bod efo Peg ers pnawn ddoe, a dwn 'im am Heather ond ro'n i'n hollol bygyrd. Ar ben hynny, ro'n i'n cael un o 'mhylia duon. Roedd Heather yn fam i bump o blant a gŵr ganddi roedd hi'n ei garu; roedd Peg, er nad oedd 'na ddyn ar y sîn, yn fam i'r babi bach diniwad 'ma, a hitha'n addoli pob blewyn ar ei phen brwsh hi. A dyma fi, yn fy thyrtis, yn mynd o un sinario hurt i'r llall yn chwilio am y dyn perffaith, am rywbeth do'n i ddim hyd yn oed yn siŵr oedd yn bodoli, rhywbeth ro'n i'n gwybod yn iawn oedd ddim yn bodoli, dim ond yn fy mhen bach cymysglyd i. Damia, doedd o ddim help mod i 'di blino'n rhacs a 'nghefn i'n hollti ar ôl lled-orwedd ar ryw fainc NHS am oria. Es i â phanad i Heather a deud mod i am ei chychwyn hi am adra. To'n i ddim wedi meddwl, wrth gwrs, mod i filltiroedd o adre a hynny heb sentan goch y delyn yn fy mhocad. Ddoth Heather efo fi'n diwadd a gawson ni ddyn tacsi oedd yn fodlon i ni redeg i mewn i nôl y dosh i dalu iddo fo ar ôl i ni gyrraedd. Gostiodd o thyrti cwid i ni. Deg punt ar hugain? Ar ôl y blydi trychineb o bedair awr ar hugain ro'n i wedi ei gael, ro'n i'n gorfod talu am y fraint hefyd? Iesu, roedd Peg yn mynd i dalu am hyn! Roedd arni o leia hanner cant o jin a thonics i mi. 'Runig beth oedd, rŵan bod y babi ganddi fasa hi byth yn gallu dod i'r pyb i dalu amdanyn nhw. Jadan.

Bechod, roedd hi'n edrych mor pathetig wrth i ni adael. Y gwir amdani oedd y byddai hi'n hollol ar ei phen ei hun rŵan. Hi a Seren mewn fflat bach pôci, tywyll, di-nod. Dyma fi'n rhoi'r goriad yn nhwll y clo a chamu i mewn i nhŷ bach pôci, tywyll, di-nod fy hun, cau'r drws, gorwedd ar y mat a chrio fel y rhech hunandosturiol ag ydw i. Ar ôl rhai munudau, teimlais flew cynnes yn rhwbio'n erbyn fy moch damp a sŵn grwndi mawr yn fy nghlust. Doedd y gryduras heb gael bwyd ers bron cyn hired â fi ac mi es trwodd i lenwi sosar o'r casgliad *handy pouches* ar y silff wrth ymyl y drws cefn. Llenwais y teciall efo dŵr ffresh a rhoi swits y tanc dŵr poeth ymlaen i gynhesu. Roedd hwn yn mynd i fod yn fath a hanner. Ar ôl y fath noson, ro'n i'n barod am bampyr. Clywais sŵn y twll llythyrau'n fflapio ac edrychais ar y cloc. Hanner awr wedi un ar ddeg? Sut fath o blydi amser oedd hwnna i gael dy bost yn y bore? Be os oedd 'na rywbeth uffernol o bwysig roedd rhywun ei angen i fynd efo nhw i'r gwaith, neu siec bwysig oeddan nhw am ei rhoi yn y banc yn yr awr ginio? Grrrr . . .

Dyma fynd â 'mhanad a darn o dost drwodd a'u gosod ar lawr wrth ymyl y soffa, yna nôl y twr o gachu jync oedd wedi landio ar y coco mating. Bil. Grêt. Cerdyn efo amlen goch roddes i ar un ochor. Llythyr gin y banciwanc, grêt, jyst be o'n i isio a finna ar fy ngwylia oedd gwybod mod i'n rhy sgint i fynd i unman. Cerdyn mewn amlen las roddes i ar ben yr amlen goch. Cerdyn mewn amlen felen roddes i ar ben yr amlen las a'r amlen goch. Cerdyn arall, amlen wen blaen â llawysgrifen fy mam, a dyma roi hwnnw hefyd ar ben y lleill ar un ochor. Amlen wen arall â llawysgrifen Dodo Megan Pot Jam? Be ddiawl oedd yr holl gardia 'ma? 'Sa rywun yn meddwl ei bod hi'n ben-blwydd arna i. Pen-blwydd? Be oedd y dyddiad? Rhedais at y ffôn lle roedd calendr bach y papur bro'n hongian ar hoelen. Ffoffycsêc! Fy mhen-blwydd i! Roedd hi'n ben-blwydd arna i! 'Dwi'n thyrti blydi ffôr,' meddyliais. 'Dwi mor blydi hen, o'n i 'di anghofio!' Canodd y ffôn.

'Helô?'

'Pen-blwydd hapus i ti, pen-blwydd hapus i ti, pen-blwydd hapus 'rhen ffwcsan, pen-blwydd hap–'

'Ia, ia, diolch, pam ddiawl 'sa ti 'di deud pen-blwydd hapus cyn i ni adal y 'sbyty 'ta?' medda fi wrth Heather.

'Sori cyw, rhwng bob dim wnes i anghofio.'

'Dwi'n madda i chdi, o'n i 'di anghofio'n hun. Meddylia. Pa mor drist ydi hynna?'

'Sori, wnawn ni rwbath neis, dwi'n addo, jyst ddim heddiw achos sgin i neb i warchod. Oedd Mam yn dringo'r blydi walia pan ddois i'n ôl bore 'ma. Ifan 'di ffindio'r tortois yn cysgu yn ei focs. Wedi cael llond bol ar yr ha' cachu dan ni'n gael ac wedi mynd i blydi haibyrnêtio dri mis yn gynnar! Fedra i'm meiddio gofyn iddi eto am o leia wsnos ar ôl palafa ddoe.'

'Iawn, siŵr,' medda fi'n siomedig, a thrio peidio bod, 'dwi am gael pampyr bach rŵan, a phwy a ŵyr be wna i wedyn, ella a' i i dre i slapio rwbath ar y Visa!'

'Wela i di fory,' medda fy ffrind, 'neu galwa heibio am banad nes mlaen, neu tyd draw heno efo potal neu ddwy i ddathlu. Gawn ni sgwrs ar ôl i'r trŵps 'ma fynd i'w gwlâu. Hynny yw, os ti ar dy ben dy hun, ynde? Ella

114

alwith Arfon 'sti, neu gwell fyth, ffonia di fo a'i wadd o draw i ddathlu efo chdi.'

Dyma fi'n rhoi'r ffôn i lawr a mynd i agor fy nghardia. Pumpunt gin Dodo Megan, 'run fath bob blwyddyn chwara teg; cerdyn gin hen ffrind coleg i mi do'n i heb ei gweld ers hynny. Byw yn yr Alban, efo dau o blant a dyn ar yr *oil rigs*. Hynny yw, fo oedd ar yr *oil rig*, nid hi a'r plant, wrth gwrs. Cerdyn gin fy nghnithar, byth yn methu; dwi'm yn meddwl i mi rioed yrru un iddi hi. Rhaid mi ffonio rhywbryd . . . a . . . hang on . . . hwrê! Nid llythyr gin y banc yn deud mod i wedi mynd dros fy ffinia menthyg oedd o, ond ryw hen gylchlythyr yn cynnig gwasanaethau eraill i'w cwsmeriaid gorau!

Ro'n i'n nabod y sgwennu yma 'fyd – Drong. Do'n i ddim am foddran agor y rwtsh, er, wedi deud hynny, roedd hi'n ben-blwydd arna i a finna fan'na fel Bili blydi No Mêts felly ro'n i angen pob laff allwn i gael. Llithrais fy mys o dan y fflap a'i rwygo'n agored a thynnu allan y cerdyn mwya di-chwaeth fetsa'r cwd ddod o hyd iddo fo – o Spar, siŵr o fod. Llun chwydlyd o ystafell wely Fictoraidd efo gwely mawr pres a chlustogau plu efo les erchyll neilon yr olwg yn disgyn yn donnog hyd y llawr pren, pín, melyn a rhyw wawr niwlog dros y llun i gyd yn y dull rhamantus/wyth degau troëdig hwnnw. Ac yn goron i'r cyfan, tedi bêr digalon, moel yn eistedd ar y gwely ac yn edrych yn ymbilgar i lens y camera. 'Tri chynnig, neu falla bedwar, ar be mae o'n debygol o ddeud tu mewn,' medda fi wrtha fi'n hun.

Cynnig un: y tedi'n siarad, wrth gwrs. 'Wneith rhywun agor y sodin ffenast neu fydda i 'di mygu yn y *dry ice* 'ma!'

Cynnig dau: y tedi'n siarad eto. 'This lonely old teddy's missing you'. Faswn i'n rhoi pres ar hwnna – jyst y math o beth fasa'r prat yn meddwl oedd yn glyfar.

Cynnig tri: 'I'm stuffed, how about you?'

Cynnig pedwar: 'My legs are full of sawdust but my heart is full of love.' Mmm. Fy syniad i, wrth gwrs, ond yn dal yn llwyth o gachu sentimental. Dyma agor y cerdyn.

'Really sori am y *past*. Mae *teddy* fi'n colli ti, a fi hefyd . . . *I ballsed up big time*. Fedra ni sortio fo allan? Fedrai dod rownd i nôl fy *tapes* a stwff a gawn ni *talk* bach ia *honey bunch*? Pen-blwydd hapus, ffonia fi a 'na i neud o'n hapusach byth. Loveio ti 2 bits a dwi'n *sorry big time*. Dave xxx

'P. S. Mae genna i *class* newydd dros y *summer season* yn y *Leisure Centre*, 7–8 bob nos Iau. Basa'n *amazing* dy weld yn gneud dy *inner thigh abductions* eto.

'P. P. S. Mae Leanne *off* y *scene for good* – a doedd hi ddim yn expectio.'

Haaahaaaḥaaahaaahaaa! Pasiwch y nodwydd, mae fy ochrau'n hollti. Rhif dau ddim yn bell ohoni 'ta! Be ddiawl welis i ynddo fo? Dyma fi'n rhwygo'r erchyllbeth rhad yn ei chwarter. Ych a fi, ro'n i'n crynu drosta, yn lympia croen gŵydd o atgofion anghysurus. Nodyn meddyliol i mi fy hun. Chwilio drwy'r tŷ rhag ofn mod i wedi anghofio lluchio unrhyw beth o'i eiddo. Go brin. Roeddan nhw'n betha hawdd iawn i'w sbotio. Un ai wedi eu gwneud o leicra, a hwnnw mewn lliw llachar di-chwaeth, neu'n llyfr efo sgwennu bras a dim llawer o dudalennau, a theitl tebyg i rywbeth faswn i wedi'i ddarllen yn fy arddegau. Hynny neu lawlyfrau ar edrych ar ôl hamstyrs. *How to Ensure your Hamster's Longevity*, *How to Breed Successfully from your Hamster*, *How to Clean your Hamster's Teeth*. Prat. Do'n i ddim am iddo gael unrhyw esgus o gwbwl i ddod ar fy nghyfyl i.

Dyma daflu gweddillion y cerdyn i'r bin cyn troi'n ôl at weddill y post. Un bach ar ôl, gin fy mam. Tewach nag arfer. Rhwygo'r amlen i ddadorchuddio . . . W! Blodau am unwaith, rhaid ei bod hi'n sylweddoli mod i'n ddynes yn fy oed a'n amser. Llun o anifail anwes fyddwn i'n ei gael fel arfer. Ar wahân i un flwyddyn yn y coleg pan ges i lun o ddraenog, a ryw jôc ynddo am fod yn bigog . . . Be ydi hwn 'ta? Tu mewn i'r cerdyn mae cerdyn arall, efo'r geiriau 'Gift Token' ar y tu blaen, a thu mewn i hwnnw mae'r geiriau 'A Day of Pampering at the Garden of Eden Health Spa – Mwynhewch yng Ngardd Eden'. Y lle newydd posh 'na lawr y ffordd! Plas Bryn Rhedyn Uchaf oedd ei enw fo ers talwm, cyn i'r Saeson 'ma gael gafael arno fo. Ond wow! Mae hyn yn anhygoel. Mam o bawb, yn gyrru rhywbeth ro'n i wironeddol ei angen. Rhywbeth faswn i'n wirioneddol fwynhau. Be ddoth drosti? Dyma fi ati i'w astudio i weld be'n union oedd y dewis. Ro'n i'n edrych ymlaen yn barod ac yn dychmygu Tyliniad Indiaidd i'r pen, *facial*, trin ewinedd fy nhraed neu 'nwylo, jacwsi falla, neu hyd yn oed fy lapio mewn gwymon am hanner awr i golli modfedd oddi ar fy nghanol. Roedd y posibiliadau'n ddiddiwedd. Agorais y ddalen a byrstiodd fy malŵn llawn brwdfrydedd efo clec fyddarol. O'm blaen roedd y geiriau:

Gardd Eden

This token entitles you to One Colonic Irrigation
at the Garden of Eden Clinic
Dewch i lanhau a diheintio, gorff ac enaid,
yng Nghlinig Gardd Eden

Our professional, fully trained alternative health therapist will explain the procedure on your arrival. The treatment is carried out to hospital sterility standards at all times. After the half-hour cleanse you will feel energised and de-toxed and within days you will see a marked difference in your skin's elasticity and a boost in your energy levels.

Pen-blwydd Hapus i fi! Cachu Mot. Mi gymerodd funud neu ddau i mi sadio'n hun. Methu credu y basa Mam wedi gyrru'r ffasiwn beth i mi. Canodd y ffôn eto. Atebais.

'Gech dio, ca?' Roedd Mam yn amlwg â'i cheg yn llawn eto.

'Ges i be, Mam? Y cyfle gwych i fynd i sticio peipan a deg galwyn o ddŵr cynnes i fyny twll fy nhin dach chi'n feddwl ia?'

'Wel ia, gosgiodd o fforciwn. 'Dio'm yn chgle rhag, llsti.'

'Dwi'n deall bod o reit ddrud, Mam, ond Colonic Irigêshiyn? O'r holl betha drud, lyfli faswn i wedi gallu eu cael. Pam hwn?' Daeth sŵn llyncu mawr o ben arall y ffôn a slyrpio cegiad o de.

'Wel,' meddai, 'ti'n gwbod am y traffarth dwi'n gael efo 'mŵals. Cymra rŵan er enghraifft.' ''Sa well gin i beidio,' medda fi wrtha fi'n hun, gan wybod o brofiad am y darluniau graffig o arferion toiled dyddiol fy mam oedd ar fin cael eu cyfleu i lawr y wifren.

'Dwi'm 'di pasio lwmp ers dydd Sadwrn,' meddai, 'a dim ond ryw fymryn o gachu cwningan oedd hwnnw. Dim gwerth ei ollwng. Dwi'n rhwym fel corcyn ers cinio Merched y Wawr nos Wener. Gymrais i grêpffrwt i gychwyn, er mwyn y ffeibr, a fytais i beth gythral o brocoli efo'r bîff, a ffrŵt salad i orffan. 'Sa ti'n meddwl 'sa hynna'n hen ddigon da i shifftio rwbath erbyn bore, basat? Dim byd ond drybola o wynt. Goro mi fynd allan o'r post, i'r stryd, i drympian; ffasiwn ogla a bobol 'di mynd i ddechra sbio ar ei gilydd. 'Na ti nos Sadwrn wedyn, dyma fi â'r ysfa ddiawledig 'ma i fynd, hannar ffordd drwy'r whist dreif. Rhuthro i lle chwech ynghanol y semi-ffeinal. Pawb yn aros amdana i er mwyn cael symud byrdda, a finna'n yr hen doilet tamp 'na'n cefn llwyfan yn gneud dim byd ond gwthio a rhechan bob yn

ail nes o'n i'n wantan. Hen sefyllfa gas i fod ynddi hi 'sti.'
Dyma fi'n cael pwl o chwerthin.

'Ia, wel, chwardda di 'ngenath i, ond tydi o ddim yn
ddoniol. A dyna pam o'n i'n meddwl liciat ti fynd i gael
clearance; sgennon ni ddim hanas da iawn fel teulu yn y
bŵal dipartment wsti, a well iti ddechra edrych ar eu hola
nhw rŵan.'

'Ond, Mam, dwi'n cachu fel watsh bob bore.'

'Wyt, rŵan falla. A 'sdim isio siarad yn gwrs, Angharad.
Ond ma watshis yn gallu stopio. Buddsoddiad yn y
dyfodol ydi hyn. Meddylia, chydig o wario rŵan ar y
driniaeth yma ac mi safi di gannoedd o bunnau ar
Senokots nes mlaen. Dwi 'di gwario dwn 'im faint ar
senna pods, *senna leaf*, licris, te raspri, riwbob, Exlax,
pesaris, syposotris, Anusol, Germolene, digon i dîm . . . '

'Un i gadw cwstard a llall i gadw crîm?' medda fi.

'Be?'

'Dim byd, Mam, dim ond meddwl o'n i, tydi o ddim yn
swnio'n neis iawn, nacdi? Ac o'n i wedi edrych mlaen at
gael ryw *treat* bach ar fy mhen-blwydd, dyna'r cwbwl – a
dim hwn oedd gen i mewn golwg. Ylwch,' medda fi'n trio
ongl arall. 'Fasa rwbath fel'ma ddim yn well i chi, a
chysidro sut siâp sydd ar eich cylla chi?'

''Ngheillia fi?'

'Cylla – *intestines*, Mam.'

'Duw, Duw, mae hi'n rhy hwyr i mi. Does 'na ddim
modd fy nadflocio i bellach.'

'Oes, mae 'na; mae o'n deud yn fa'ma, yn y pamffled,
bod angen sawl triniaeth i gael gwared â'r wast sydd yno
ers misoedd a mwy, ond bod y peth yn bosib, a'i fod o'n
gweddnewid bywyda pobol weithia. Ambell un yn ei alw
fo'n wyrth. Mae 'na stori'n fa'ma er enghraifft: dyn chwe
deg chwech oed oedd yn meddwl ei fod o'n marw. Methu
symud bron. Heb yfad dim ond Guinness a choffi du ers

ugain mlynedd, ac yn gwagio'i fŵal unwaith yr wsnos os oedd o'n lwcus. Colonic oedd ei *last chance saloon,* o medda fo. Wel, doedd o'm 'run un wedyn. Troi'n llysieuwr. Seiclo can milltir yr wsnos, yfed tri litr o ddŵr y dydd, rhedeg marathons, dringo mynyddoedd, ac mae o wedi priodi rŵan!'

'Arglwydd mawr, Angharad, i be ddiawl yr a' i i ben mynydd yn 'yn oed i? A dwi'n cael digonadd o ddŵr yn fy nhe bob dydd, diolch yn fawr, a ti'n gwbod mod i'n casáu *courgettes,* a 'na ti beth arall, fetswn i'm byw heb gig mochyn.'

'O, Mam!' gwaeddais yn llawn rhwystredigaeth, 'dach chi'r union math o berson ddylia fynd! 'Sa'm byd yn bod efo fi!'

'*Precautionary,* Angharad. *Precautionary* ydi o i gyd. Tria fwynhau o. W! Gwranda, rhaid i mi fynd, mae genna i gnoi . . . ' Ac mi roddodd y ffôn i lawr. Do'n i ddim yn siŵr ddylwn i chwerthin 'ta crio.

Dyma fi fyny grisia a llenwi bath mawr llawn swigod i mi fy hun. Tra'n swatio yn y dŵr am ryw awran, penderfynais o'r diwedd y buaswn yn rhoi cynnig ar y colonic. Jyst un. Doedd gen i ddim byd i'w golli, nagoedd? Pwy a ŵyr, ella baswn i'n teimlo'n llawn egni a 'nghroen i'n glir a gloyw fel roedd o'n ddeud ar y daflen. Doedd Arfon ddim wedi ffonio na gadael neges na dim, ac ro'n i ar fy mhen 'yn hun ar fy mhen-blwydd. Be ddiawl arall oedd genna i i edrych mlaen ato fo? Roedd meddwl am gael peipan i fyny 'nhin yn fwy pleserus na meddwl be o'n i am ddeud wrth Arfon y tro nesa gwelwn i o. Dyma fynd ati i siafio 'nghoesa a wacsio 'mhen-ôl. Do'n i ddim am i'r therapydd druan feddwl ei bod yn rhoi colonic i gorila.

Pawb â'i Fys Lle Bo'i Ddolur Rhydd!

Bedair awr yn ddiweddarach, ar ôl galwad ffôn i'r clinic a darganfod bod apwyntiad rhydd y pnawn hwnnw, ro'n i wedi cyrraedd Gardd Eden. Roedd 'na rywbeth reit amhleserus mewn tynnu 'mlwmar a lapio'n hun mewn tywel mawr gwyrdd yng ngŵydd dieithryn. Wel, na, a deud y gwir ro'n i wedi'i wneud o ganwaith o'r blaen, yn y pwll nofio a ballu, ond yn fa'ma, mewn stafell fach gyfyng, a gwely ar droli yn y canol, ro'n i reit anghyffforddus. Roedd o fel mynd am *smear* – ond yn waeth. Mae rhywun yn derbyn eu bod yn gorfod mynd i tsiecio'r Ffani Ann McBride bob tair blynedd, ond doedd dim rhaid i mi wneud hyn. Doedd dim rhaid i mi fod yma hyd yn oed! Felly be ddiawl o'n i'n wneud yma?

Cychwynnais yn ôl am y gadair fel rocet hanner noeth ac estyn am fy nillad, wedi panicio'n llwyr. Gafael yng nghlwtyn fy mymryn *g-string* o'n i pan agorodd y drws led y pen a daeth y therapydd i mewn, gan dynnu pâr o fenig rwber am ei dwylo.

'Reit 'ta, Miss Austin, barod? Peidiwch â phoeni. Fyddwch chi'n grêt. Tina dwi, gyda llaw.' Estynnodd ei llaw tuag ataf. Tina? Ydi hi o ddifri? Tina, y therapydd tina? Gorfu i mi ddefnyddio pob un gronyn o nerth oedd genna i i beidio â chwerthin yn uchel dros y lle. Roedd y profiad yma'n mynd o ddrwg i waeth, a do'n i heb gychwyn eto.

'Reit, chydig o gwestiynau i gychwyn er mwyn i mi gael eich cefndir chi i gyd ar ffeil, ocê? Dim byd mawr, fformaliti ydi o.'

Wedi tua ugain o gwestiynau tu hwnt o bersonol ynglŷn â'm diet ac anturiaethau 'nhwll tin yn gyffredinol, dywedodd wrtha i am fynd i orwedd ar fy ochor a rhoi'r tywel drostaf. Roedd hi am i mi ymlacio tra oedd y dŵr yn cyrraedd tymheredd y corff, medda hi. Gorweddais yno am rai munudau yn ysu am fod yn rhywle arall.

'Reit, i ffwrdd â ni, anadlwch mewn i mi, ocê, ac wrth i chi anadlu allan fydd y beipen yn mynd i mewn. Dim ond ryw fodfedd a hanner, dwy ar y mwya – dim byd i boeni ynglŷn ag o.' Blydi digon hawdd i chdi ddeud hynna, meddyliais wrth gymryd fy ngwynt a chau'n llygaid wrth chwythu allan a thrio ymlacio. Llithrodd y beipen fel sliwan denau, oer, i fyny twll fy nhin a –

'Hei ho!' medda fi. 'Pwy ffwc feddyliodd am HYN?'

'Yr Eifftwyr,' medda Tina tina.

'Os felly,' medda fi, 'roedd gan yr Eifftwyr uffar o lot i fod yn atebol drosto fo.' Oedd hwn i fod i wneud lles i mi?

'Reit, dwi am gychwyn y dŵr rŵan, ocê? Jyst rilacsiwch.' Ymlacio? Fasach chi'n gallu ymlacio efo blaen peipan maint Mini Milk i fyny'r 'bac pasej', chwedl Dodo Megan?

Fydd o Drosodd Mewn Cachiad!

Roedd gen i boen yn fy mol fel taswn i wedi cael 'amser y mis' mewn bympyr pac o chwech. Ro'n i isio plygu mlaen, ond ofn i'r beipan lithro allan a sblashio Tina tina a'i hofyrôl wen. Yn sydyn, teimlais hyrddiau y tu mewn i mi. Y dŵr wedi dechrau teithio rownd mae'n rhaid.

'O!' Daeth yr ebwch allan heb i mi ei wirfoddoli. Am embaras. 'Ooo-ych . . . !' medda fi eto.

'Mae'n olreit, anadlwch yn araf a chofiwch ymlacio,' medda Tina, 'jyst y dŵr cynnes sy'n gweithio'i hun i fyny'r *descending bowel*, ddyliwn ni weld chydig o faw yn pasio trwy'r ffenest fach yn y beipen yn y munud. Beth bynnag dach chi wedi'i fwyta bore 'ma a ddoe fydd i'w weld i ddechra, iawn?'

Nacdi, dydi o ddim yn blydi iawn; o'n i'n dechrau amau fyddwn i byth yn gallu codi o'r bwrdd 'ma'n fyw. Dyma fwy o hyrddiau oddi mewn, ond y tro yma'n gryfach, ac yn dŵad yn fwy aml. Taswn i'm yn gwybod yn well faswn i'n meddwl bod 'na fabi ar y ffordd a'i fod o wedi ffindio'r oriffis anghywir i drio dod allan.

'Ooo . . . !' medda fi eto, a phoethi hyd at fy nghlustia. Y tro cynta i mi ffendio'n hun yn cochi a chachu'r un pryd. Dyma deimlad newydd ac annifyr gythreulig; doedd gen i ddim rheolaeth ar ddim. Rhyw wthio, w . . . w . . . w . . . wthio . . . w . . . www! Ac allan â fo! Diolch i Dduw. O! Na! Dyma ni'n dechrau eto. Gwthio . . . i fyny . . . fyny . . . fyny . . . w . . . www. Ac allan â fo. Fedra i'm gwneud hyn, penderfynais. Stopiwch! O na! W! Wwwwww – ac allan â fo eto.

'Wel! Lot fawr o wynt yn fa'ma,' meddai Tina'n rhy joli
o'r hanner. 'Dach chi'n gallu teimlo'r bybls yn dod allan
ar y diwedd? Mae rhywun wedi bod yn bwyta rhywbeth
sydd wedi bod yn creu lot o gramps yn ddiweddar yn do?
Lot o bocedi gwag yn hel gas, ac w!' meddai'n jiglo'r
beipen ar ochrau 'nhwll tin druan, fatha dynas yn trio
cael y mymryn ola o *butter icing* oddi ar ei chwisg, 'dipyn
o hen faw yn dod allan rŵan – mae o'n galed iawn, ac yn
ddu, *very dark*. Fel pelets bach 'wchi. Fel baw cwningen.
Wedi bod yno ers tipyn go lew hefyd, faswn i'n deud.'

Roedd hon yn ymfalchïo yng nghynnwys fy
ymysgaroedd. Wrth ei bodd yn egluro tebygrwydd fy
nghachu i gachu anifail sy'n byw mewn cratsh yng
ngwaelod yr ardd. Mi faswn i wedi gwneud unrhyw beth
i fod mewn cratsh yng ngwaelod yr ardd yn lle bod yn
fa'ma, yn dioddef artaith gwaethaf fy mywyd.

Ysgydwyd y beipen yn ddidrugaredd, a theimlais – a
chlywais – rhyw shhwsh-pop! Allan â'r ffieiddbeth a
gadael twll fy nhin i'n wincio'n braf ar Tina. Ro'n i ar fin
gweiddi 'Amen' a diolch i'r Iôr mod i'n dal yn ymwybodol
a'i fod o drosodd, pan glywais lais Tina tina'n cyhoeddi:

'Rest bach rŵan, doswch i'r toilet am chydig i weld os
gewch chi wared ar fwy o wastraff, *we want the waste out*
i gyd. Dim brys. Dowch yn ôl pan dach chi'n barod i
ailgychwyn.' Ailgychwyn? Dyma fi'n ei heglu hi efo'r
tywel am y tŷ bach, a dim ond jyst ei gwneud hi ddaru fi.
O nunlla, cyrhaeddodd pob un bỳg oeddwn i rioed wedi'i
gael yn Groeg, Sbaen, Ynysoedd y Canêri a Chorsica i
gyd ar unwaith. Sâl? Does dim gair yn yr un geiriadur yn
y byd i ddisgrifio PA MOR UFFERNOL O SÂL O'N I!
Dŵr fel dilyw a hwnnw'r lliw mwyaf anghynnes. *Brown is
definitely not the new black* yn yr achos yma. A drewi?
Wel, roedd gin i gywilydd. Dyma fi'n trio gosod fy nhywel
ar hyd gwaelod y drws lle bod y drewdod yn treiddio oddi

tano a gasio Tina tina. Heb symud oddi ar y pan, dyma fi'n estyn i agor y ffenast y tu ôl i mi i drio cael ychydig o ddrafft, rhag ofn i mi gasio fy hun. Allan â fo fel afon, wel afonydd, nes yn y diwedd gorfu i mi ddybl-fflyshio heb godi i wagio ar gyfer y *second sitting.*

'Popeth yn iawn yn fan'na?' Roedd Tina twll tina wrth y drws.

'Yndw, blydi marfylys! Rioed 'di teimlo cystal!' medda fi dan fy ngwynt. 'Dwi ddim yn dda iawn, a deud y gwir Tina,' medda fi'n uchel, 'tydw i ddim yn meddwl y medra i ddod allan am funud neu ddau.' Dwi'm yn meddwl y medra i ddod allan cyn blydi Dolig.

'Iawn, dim problems, no rysh.' No rysh? 'Sa ti 'di gweld y blydi rysh yn fa'ma, meddyliais.

Wedi rhyw bum munud arall o drio rhechan yn ddistaw a rhedeg y tapia, Duw, dyma ddechrau teimlo'n well. Ro'n i reit saff bod 'na ddim mwy i ddod, a dyma fi â dybl-fflysh arall i'r lle chwech a ryw dwtsh o 'olchi tanat' wrth y sinc. Ro'n i wedi sblashio'n bob man, a bu rhaid i mi archwilio'r walia cyn mynd allan rhag ofn mod i wedi pebldashio'r feinyl emylshiyn. Byth eto. Mi ladda i Mam am hyn, meddyliais, cyn chwistrellu'r toilet dyc i lawr y pan, nes roedd hwnnw'n rhechan wrth wagio.

'Reit, popeth yn ok?' medda Tina wrth i mi ddod allan o'r lle chwech yn wyn fel y galchen ac o leia chwe phwys yn 'sgafnach nag o'n i'n mynd i mewn. Ai fi oedd yn dychmygu petha, neu oedd hi'n troi ei thrwyn rhyw fymryn?

'Gorweddwch i lawr eto, a mi wnawn ni daclo'r *transcending* rŵan. Falla bod 'na stwff yn fan'na sy'n mynd yn ôl yn bellach fyth dach chi'n gweld, ac os wnawn ni ei adael o yna, wneith o ddim byd ond gwenwyno'r corff a chreu lot mwy o *gases*. Barod?' Hei ho! Pawb â'u bys lle bo'r beipan, ac mi lithrodd y slywen blastig i'w gwâl unwaith eto am chwarter awr o artaith pellach.

Gweddi Golonic

Arglwydd, dal fi ar y pan,
Arglwydd, dal fi lle dwi'n wan;
Gwarchod fi rhag therapydd amgen
'Nenwedig therapydd efo peipen.

O! Tyn y Beipen!

Wedi rhyw ddeng munud arall, ro'n i mewn cymaint o boen gorfu i Tina ddadgysylltu'r beipen a'm gadael i lusgo tua'r tŷ bach eto. Fues i rioed mor falch o weld lafatri yn fy myw. Ro'n i wedi fy llorio'n llwyr gan beipen blastig, ychydig o ddŵr cynnes a merch dal efo lot o lipstig a phâr o fenig rwber. Fetswn i fod wedi beichio crio, ond ro'n i'n benderfynol nad o'n i am golli mwy o hylif o 'nghorff. Do'n i rioed wedi bod yn un am golli cyfle i golli chydig o bwysa, ond nefoedd! Ro'n i wedi colli popeth ro'n i wedi'i fwyta yn y tair blynedd dwytha do'n i'm yn ama. Ro'n i'n teimlo'n wag, yn oer, yn grynedig ac yn wan. Â'm llaw ar fy nghalon (brudd), dyna un o brofiadau mwya erchyll fy mywyd hyd yn hyn.

Tolltais fy hun i mewn i 'nillad. Diolch byth mod i wedi gwisgo trwsus go dywyll. Do'n i ddim gant y cant yn siŵr na fyddwn i wedi cael damwain ar y ffordd adre, ac nid un ar y tarmac dwi'n feddwl. Rhoddais y gift token i Tina fel tâl tina am yr artaith. Tâl? Anghredadwy'n tydi? Roedd pobol yn talu am hyn – ac yn mwynhau! Rhoddodd Brenhines y Beipen lond llaw o dabledi bychain brown i mi a deud wrtha i am gymryd un bob nos nes ro'n i wedi dod yn rheolaidd yn y boreau. 'Faswn i ddim yn meindio dod yn rheolaidd yn y boreau,' meddaf fi wrtha fi'n hun, ond doedd o ddim yn edrych ar y funud fatha tasa genna i ddyn fasa'n gallu gwneud y jòb. A hyd yn oed taswn i isio fwya rioed, fasa fo ddim yn dod ar fy nghyfyl i ar y funud beth bynnag, a finna'n rhechu fel giaman.

'Diolch Tina,' medda fi trwy 'nannedd, 'ond dwi ddim

yn meddwl fydda i angen nhw 'wchi. Dwi'n mynd fel watsh bob bore.' Triais wenu a gwenodd hitha'n ôl fatha 'sai'n gwybod rhywbeth nad oeddwn i ddim.

'Wel, doswch â nhw beth bynnag, mae watsh yn stopio weithia 'wchi!' meddai.

Fetswn i ddim credu ei bod wedi ailadrodd geiriau fy mam. Dechreuais feddwl bod 'na gynllwyn rhwng y ddwy. Cynllwyn i'm dinistrio o'r tu mewn allan?

'Dach chi'n nabod fy mam i?' gofynnais. Edrychodd yn hurt arna i cyn deud nad oedd ganddi syniad pwy oedd hi, a beth bynnag, doedd hi ddim yn dda iawn am gofio wyneb. Dim rhyfedd, meddyliais, a hitha'n gweld dim ond twll tina pobol drwy'r dydd. Heglais am y drws, gan ddychmygu Tina'n sodro peg ar ei thrwyn ac yn chwistrellu Orchid Haze yn y tŷ bach. Jòb gachu go iawn oedd gin hon.

Roedd y clinic rhyw dair milltir o'r tŷ, ond ar ôl dwy gorfu i mi stopio mewn lle chwech cyhoeddus oherwydd na fetswn i ddim dal mymryn yn hwy. Roedd criw o blant anystywallt yn disgwyl bỳs y tu allan, a'r rheiny'n edrych arna i'n slei wrth i mi fynd i mewn. Mewn ambell i giwbicl roedd 'na genod reit amheus yr olwg yn smocio a cymharu tatŵs. Dwi rioed wedi teimlo mor fregus. A deud y gwir, do'n i'm llai nag ofn, bron yn llythrennol yn cachu'n fy nhrowsus.

Es i mewn i'r lle gwag reit ym mhen draw'r stafell, rhoi sychiad sydyn i'r sêt efo hancias bapur ac eistedd i lawr cyn gyflymed ag y gallwn i ddatod botymau fy nhrowsus. Cyn hyd yn oed cyffwrdd â'r pan yn iawn, daeth rasbri fawr uchel allan o rywle oddi tanai, a'i sŵn yn diasbedain rownd y muriau oer, budron. Dilynwyd hyn yn syth gan chwerthin afreolus y genod ifanc o'r ochor bella, a theimlais fy hun yn cochi eto wrth i ffrwd arall o'r dŵr

drewllyd lifo allan ohona i. Fetswn i wneud dim. Dim ond
eistedd yno'n edrych ar y walia, a gweddïo y byddai'r
blydi bỳs yn cyrraedd a'r rafins yn mynd o'na reit sydyn.
Yn syth o'm blaen, ar gefn y drws, mewn ffelt tip coch,
roedd y geiriau: 'For a shag, call Shaz the slag', a rhif ffôn
rhyw gryduras anffodus. Oddi tano 'Julie loves Daz', ac
oddi tano wedyn, 'Daz is a spaz' a 'Daz is a big shit'.
Ddim hanner mor fawr a f'un i, meddyliais. Fuaswn i
byth, byth wedi gallu cerdded allan a'u hwynebu nhw.
Jyst fy lwc i bod y bỳs yn hwyr heddiw. O, am fynd adre i
orwedd yn y bath, neu yn fy ngwely efo potal ddŵr poeth
ar fy mol. Dwy rech a phwl arall o riddfan, a diolch i'r
Arglwydd dyma'r Arriva'n araifio a dechreuodd y genod
hel eu bagia a diffodd eu stwmps drwy eu lluchio i lawr y
lle chwech agosa. Clywais sawl 'tsss . . . tsss', un ar ôl y
llall, fel yr hitiai'r ffags wyneb dŵr y pan.

'Welai di – rhechwr!' gwaeddodd un, a chwerthin dros
y lle. 'Joia dy gachiad,' medda un arall wrth biffian ei
ffordd am y bỳs. Daeth distawrwydd dros y lle, a fetswn i
wneud dim, dim ond meddwl pa mor pathetig o'n i, pa
mor sâl o'n i, a sut ddiawl oedd y pen-blwydd yma wedi
troi allan i fod yr un gwaethaf erioed? Llusgais yn ôl am
y car a dyma wisgo fy sbectol haul, rhag ofn i rywun fy
ngweld a rhag ofn i mi ddal i fyny neu basio'r bỳs ar y
ffordd. Agorais y ffenestri i gyd led y pen, anadlu'n ddwfn
a'i heglu hi am adra cyn i mi gael galwad arall o
ddyfnderoedd fy nhrowsus.

Dwi'm yn meddwl i mi rioed fod mor falch o gamu dros y
rhiniog a chloi'r drws ar f'ôl, cau'r llenni a thynnu'r
bleind i lawr dros wydr y drws cefn. Dyma fi hyd yn oed
yn symud y botwm coch ar fflap y gath i'r safle 'cloi'. Do'n
i ddim am weld na chlywed gin neb a do'n i ddim hyd yn
oed am roi'r cyfle i rywun weiddi helô neu stwffio'i law

drwy'r fflap. Ro'n i'n fregus. Yn feddyliol ac yn gorfforol, ac ro'n i am gloi fy hun yn fy myd bach cyffyrddus, unig fy hun nes i mi ddod dros y sioc corfforol ro'n i newydd ei ddioddef.

Stwffiais gopi o'r *Oxford Book of Welsh Verse* i'r twll llythyrau; ro'n i'n gwybod o brofiad ei fod yn ffitio i'r dim, ac yn ei gwneud yn amhosib rhoi unrhyw beth drwy'r drws o'r ochor arall. Y peth olaf wnes i cyn mynd i fyny'r grisiau oedd rhoi'r teciall i ferwi. Unwaith ro'n i wedi gorffen yn y bath, ro'n i am gael cwpanad anferthol o siocled poeth. Pan gyrhaeddis i'r stafell molchi, dyma dynnu bob cerpyn oddi amdanaf a'u lluchio'n un lwmp i mewn i'r fasgiad dillad budron. Felly ro'n i'n teimlo'r funud honno. Budur. A drewllyd. A thrist.

Suddais o dan y dŵr a chreu tonnau bach ar yr wyneb wrth i mi ysgwyd crio. Crio fel babi. Pam fi? Fasa hyn ddim yn digwydd i neb arall nafsa? Gofynnwch i unrhyw un arall fentrodd fynd am beipan i fyny ei dwll tin, a be fasan nhw'n ddeud? Rhwbath fel hyn, siŵr o fod: 'Ffab, cofia. Wnes i rioed feddwl y baswn i'n teimlo mor wych ar ei ôl o – fy nghroen i, fy ll'gada, bob dim yn twinclo' ayyb. A fi? Poen echrydus, crampia, isio chwydu, rhechan, teimlo'n wan, yn boeth ac yn oer bob yn ail, bron â llewygu, a rŵan, ar ben hyn i gyd, ro'n i'n blydi dipresd! Canodd y ffôn. Clywais lais fy mam ar y peiriant ateb. Tagu mawr a sŵn cnoi.

'Angharad, wyt ti yna?' Mwy o gnoi a thagu, fatha 'sa'i isio taflu fflemsan. Aeth yn ei blaen. 'Gwranda, dwi 'di bod yn sâl fel ci; jyst rhag ofn dy fod ti wedi meddwl galw heno, neu bore fory . . . beth bynnag, fasa well i ti beidio dod ar 'y nghyfyl i. Deiarîa mwya diawledig, cofia. Ers oria. O! Dwi 'di bod yn sâl!'

Sŵn mwy o gnoi. Os oedd hi'n sâl, be ddiawl oedd hi'n wneud yn byta fel buwch? Aeth yn ei blaen. 'Lwcus bod 'na neb yma efo fi, wir Dduw, fethis i gyrraedd y pan mewn pryd 'sti. Mae hi wedi cymryd awr gyfa i mi sgwrio'r bali lot.' Tagu. 'Ta waeth, wela i di ryw ben; well i ti ffonio cyn dod draw i mi gael deud wrtha chdi os dwi'n ddigon da i gael fisitors.' Clic, medda'r peiriant.

Chwarddais rhyw fymryn, yn anghrediniol. Neu falla o dan yr amgylchiadau ddyliwn i ddeud anghre-din-iol. Cachu? Doedd hi ddim yn gwybod ystyr y gair, a dyma fi'n suddo'n ôl o dan y dŵr gan arogli'r lafant a'r rhosmari, a gobeithio y buasent yn lleddfu rhywfaint ar fy mhoen.

Ddwy awr yn ddiweddarach a llond fy mol o siocled poeth llaethog, ro'n i'n gorwedd yn fy ngwely yn fy nghoban *winceyette*; yr un wen efo rhosod bach pinc drosti. Roedd hi wedi gwisgo'n dwll mewn mannau, ond i mewn yn hon ro'n i'n rhoi fy nghorff lluddedig bob tro ro'n i angen sicrwydd a bod yn gyffyrddus efo mi fy hun. Roedd gen i gannwyll yn llosgi yn fy llosgwr aromatherapi ac arogl honno'n treiddio drwy'r tŷ. Roedd o i fod i godi fy ysbryd, ond ar hyn o bryd doedd o'n codi sod ôl ond cyfog. Chwythais hi allan. Be faswn i wedi'i wneud dan amgylchiadau eraill, wrth gwrs, oedd troi at y botel. Erbyn yr adeg yma o'r nos, yn enwedig a minnau fy hun ar fy mhen-blwydd, mi faswn wedi gwagio dwy botel o Cava a hanner potel o Tanqueray jin, a wyddoch chi pa mor gry 'di hwnnw?

Dwi'n cofio un noson, wel, nacdw a deud y gwir. Cofio fawr ddim. Y cwbwl wn i ydi mod i wedi deffro ar y landin y bore wedyn a Heather yn cysgu ar y stepan top, lle roedd hi wedi aros wrth f'ymyl drwy'r nos. Roedd hi wedi methu'n llwyr â'm rhoi yn y gwely, a chan fod ganddi ofn i mi daflu i fyny, wedi 'ngwylio tan iddi ddisgyn i gysgu ei hun, bechod. Roedd y parti wedi bod yn nhŷ Malcolm

a Linda, a do'n i ddim yn eu nabod yn rhy dda, ffrindia i
ffrind math o beth. Ar ôl i Heather f'atgoffa mod i wedi
bod yn gwneud y *splits* a dangos 'yn *abdominals* ar fwrdd
y gegin, oedd yn digwydd bod yn dderw unfed ganrif ar
bymtheg a minnau wedi'i sgriffio efo botymau fy jîns, es i
draw i ymddiheuro. Dwi'n cofio cerdded i fyny'r dreif i
weld Malcolm yn jet-washio'i *dahlias* a'r wal rhyngon
nhw a drws nesa, lle ro'n i, yn ôl y sôn, wedi gadael fy
marc. O diar . . . Beth bynnag, heno, a 'mol a 'mhen-ôl i
mor giami, fetswn i ddim wynebu alcohol o gwbwl, na
bwyd. Canodd y ffôn eto lawr grisia, a chliciodd y peiriant
ateb.

'Haia Anj,' medda Heather. 'Ti ddim yn ateb dy mobeil
chwaith, lle ddiawl wyt ti 'ta?' (Ro'n i wedi anghofio am
hwnnw, roedd o yn y car ers dyddia.) 'O wel, dwi'n
cymryd felly dy fod wedi dod o hyd i rywbeth llawer mwy
cyffrous i'w neud ar dy ben-blwydd na chael sesh yn tŷ
efo dy ffrind boring a "myddyr of ffaif". Pob lwc i chdi
dduda i – gwna rwbath rîli secsi drosta i hefyd, wnei di?
Dwi wedi blydi anghofio sut deimlad ydi o! Ffonia fi fory
efo'r niws i gyd ocê, y jadan lwcus.'

Chwerthin braf Heather yn llenwi'r tŷ a'r tywyllwch
nes ro'n i'n crio eto. Roedd hi'n ffrind mor dda. Ddyliwn
i ei ffonio hi'n ôl, ond, wel, roedd gen i gywilydd. Er, mi
fasa Heather wedi deall yn iawn, wedi chwerthin am y
peth, a siarad nes llwyddo yn y diwedd i 'nghael i i
chwerthin hefyd. Ac yn y bôn, roedd yr holl sefyllfa'n
blydi digri. Ro'n i'n siŵr y byddwn i, rhyw ddiwrnod, yn
gallu edrych yn ôl a chwerthin dros y lle o gofio'r diwrnod
diawledig yma, ond ddim rŵan.

Edrychis i ar y cloc: 10.30 p.m. 'Bore fory,' meddyliais, 'os
bydd petha'n well o'r canol i lawr, mi a' i am dro hir ar
hyd y traeth i glirio 'mhen a thrio meddwl o ddifri be dwi

am ei neud am weddill y gwyliau.' Yn bendant, ro'n i angen dianc am sbel. Dyma fi'n diffodd y golau bach wrth ochor y gwely a setlo i gysgu.

Bang, bang, bang!

'Angharad?' Cnoc, cnoc eto ar ddrws y ffrynt. 'Angharad? Agor y drws wnei di?' Bygyr mi. Arfon! Be gythraul oedd hwn isio 'radeg yma o'r nos? Wel, roedd o'n blydi amlwg be oedd o isio 'radeg yma o'r nos a deud y gwir: fi! Ond allwn i ddim! Unrhyw noson arall. Ond ddim rŵan. Ddim heno!

'ANGHARAD?' gwaeddodd. 'Be ddiawl sy'n y twll llythyra? Tyd i agor y fflipin drws 'ma wnei di, dwi isio siarad efo chdi!' Fetswn i ddim mynd at y drws. Byth. Fetswn i ddim gadael iddo fo 'ngweld i fel hyn. Wel, ocê, roedd y goban *winceyette* yn gamgymeriad, ond nid y tu allan oedd y broblem, naci? Y tu mewn. Fy mol a 'nhin i, dyna oedd y broblem. Y ffaith mod i'n pwmpian bob eiliad a 'mol i'n gwneud sŵn fatha sinc 'di blocio. A'r fath ogla! Fetswn i ddim mynd o fewn troedfedd iddo fo heb ei gasio i farwolaeth. A be ddiawl fasa fo'n feddwl ohona i wedyn?

'Angharad? Dwi'm yn gofyn eto, Anghar . . . O! bolycs!' Daeth sŵn rhywbeth yn crashio, a lot o straffaglu ar lwybr yr ardd, a dyma fi'n mentro sbecian trwy fymryn o hollt rhwng fy nghyrtans. Be welis i ond Arfon ar ei gefn yn fy mordor bach, a llond ei law o *Virginia creeper*; roedd o'n amlwg wedi trio estyn am rywbeth i drio sadio'i hun rhag cwympo. Rhoddodd ei ben yn ôl ar y pridd – a dechrau chwerthin. Chwerthin? Be oedd yn bod ar y lari lob yn chwerthin ynghanol 'y delffiniyms i? Dyma fi'n sbio i'r awyr i weld sut siâp oedd ar y lleuad. Mi fasa hynna wedi egluro lot, ond welwn i sod ôl trwy ffasiwn gymylau. Edrychai Arfon fatha tasa fo wedi colli'r plot yn llwyr.

'Angharad! Helpa fi, plîs!' A dyma fo â 'Ha hâ,' fawr dros y lle a giglo'n hurt. Ro'n i'n amau'n gryf bod ganddo fo broblem seicolegol pan glywis i ffenest yn agor a sŵn dŵr. O na! Roedd Breian drws nesa wedi agor ffenast ei lofft ac wedi lluchio bwcedaid o ddŵr i lawr i'r ardd. Roedd o'n casáu cathod ac yn dal ar ei gyfle i'w hanner boddi bob tro y gwelai neu y clywai un yn agos. Roedd Pws druan wedi hen arfer cadw at yr ardd gefn.

'Aaaaa! Be ffw . . . blydi hel Angharad, dim ond isio *chat* o'n i ffoffycsêcs! Dwi'n socian!' Agorais fy ffenast. Do'n i ddim am gael y bai ar gam, be bynnag ddigwyddodd.

'Ddim fi 'nath!' gwaeddais. Safodd ar ei draed a syllu i fyny arna i. Camodd yn ôl yn sydyn ond roedd ei bengliniau fel tasan nhw'n rhoi oddi tano bob hyn a hyn. Fe wawriodd arna i: roedd y twlsyn yn feddw! Hollol blydi rhacs! 'Ti'n chwil,' medda fi.

'Be ti'n ddisgwyl? Dwi wedi bod ar *stag night* yn do? Dyletswydd ydi meddwi mewn peth felly.' Pwl o igian. 'Plîîîs agor y drws i fi, dwi'n cael blydi niwmonia fa'ma.' Dyma fi'n cau'r ffenast a gwneud penderfyniad sydyn: mi adawa i o i mewn i sychu, a rhoi coffi cryf iddo fo. Gobeithio fydd o mor chwil wneith o ddim sylwi ar yr ogla (yn enwedig os oleua i un neu ddwy o 'nghanhwyllau lafant) ac erbyn iddo fo ddechrau sobri mi fydd yn amser iddo fo fynd. Mi dduda i nad ydw i ddim yn dda a mod i isio llonydd. A dyna'r gwir. Er mod i isio'i weld o, do'n i ddim isio'i weld o heno.

Newidiais i bajamas bach reit trendi cyn mentro lawr grisia. Rhywbeth preifat rhyngtha i a'r gath oedd y goban *winceyette* wedi'r cwbwl. Dyma roi pâr o nicyrs mawr efo lastig reit dynn ar dop y coesa ymlaen oddi tan y trowsus pajamas. Rhyw obeithio y basa hyn yn help i gadw'r ffiwms rhag llithro allan drwy'r brethyn. Rhyw lun o 'rech-drap', dicini.

Aeth petha'n reit rhwydd i ddechrau. Roedd Arfon yn gwneud yn union be ro'n i am iddo fo'i wneud, sef eistedd yn swrth ar y soffa heb symud rhyw lawer. Dyma sut oedd o'n ymddwyn pan oedd o wedi bod ar y̱r êl, felly . . .

Roedd o'n rhwbio'i ben a'i grys efo'r tywel rois i iddo fo, ac yn yfed llond myg mawr, mawr o goffi du. Roedd fy mol wedi bihafio reit dda am ddeng munud ond yn sydyn dyma fi â'r teimlad ofnadwy bod rhywbeth ar y ffordd. Dyma wneud f'esgusodion, rhedeg i'r stafell molchi a rhedeg y tap dŵr oer yn uchel tra'n rhechan yn uwch ac yn hir. Agorais y ffenest cyn chwistrellu joch sydyn o ryw hen stwff o Avon ges i gin rhywun Dolig dwytha rownd y stafell. Diolch byth. Ond o fewn eiliad o gyrraedd yn ôl i lawr grisia ac eistedd gyferbyn ag Arfon, dyma deimlo gwynt mawr arall ar y ffordd. Blydi hel!

'W . . . da 'di'r coffi 'ma. Oes 'na un arall?' medda fo.

'Tyd â fo yma,' medda fi'n codi fel mellten a saethu drwodd i'r gegin gefn. 'Aros di'n fan'na, fydda i'n ôl mewn cachiad.' Dyma ailferwi'r teciall yn sydyn a rhedeg y tapia ac agor y ffenestri tra'n gollwng gwynt fel padling pŵl wedi cael fforc. Pryd, o pryd oedd hyn am stopio? Daeth Arfon i mewn yn ddirybudd.

'Be ddiawl 'di'r ogla 'ma? Ti 'di agor dy handbag?'

'Paid â bod yn blydi stiwpid, Arfon. Y gath sy 'di bod yma, bechod. Tydi hi ddim wedi bod yn dda. Gachodd hi o dan y bwrdd gynna, ac er mod i wedi llnau mae'r ogla'n dal yma braidd.'

'Braidd? Blydi hel, ti'n deud wrtha i. Ych! Mae o reit ffresh os ti'n gofyn i fi, ti 'di tsiecio eto? Fetiai bod 'na dwr arall yna.'

'Cau dy geg, be ti'n wybod? Dos o'ma wir,' medda fi wrth ei wthio'n ôl i gyfeiriad y stafell fyw. 'Pws bach, does ganddi mo'r help ei bod hi wedi byta llgodan doji neu rwbath.' Sodris i o'n ôl ar y soffa, a chododd ei ddwy law i'r awyr.

'Olreit, olreit, dal dy ddŵr, blydi cath ydi hi wedi'r cwbwl.'

'Cath – a ffrind,' medda fi'n ddramatig, cyn ei heglu hi'n ôl am y cefn. Doedd hyn ddim yn mynd yn dda iawn o gwbwl! Dyma fi'n ôl i mewn efo panad ffresh, ond yn hollol ddirybudd dyma fwy o wynt allan ohona i a dyma fi'n saethu'n ôl am y cefn eto ac agor y drws. Daeth llais Arfon o'r stafell fyw,

'Blydi hel, ti 'di tsiecio dan y soffa? Mae 'na ddiawl o stensh yn fa'ma 'fyd. Angharad? Lle wyt ti rŵan? Be wnest ti 'fo'r coffi?' Daeth ar fy ôl i'r cowt cefn efo'r banad ro'n i wedi'i gadael ar y bwrdd yn ei law. 'Be ddiawl ti'n neud yn fa'ma yn dy bajamas? Tyd i mewn wir, dwi isio siarad efo chdi.'

Fetswn i ddim meddwl am fynd yn ôl i mewn i drafod dim efo fo, a 'nhin i ar dân mewn yn y ffasiwn fodd. Roedd hyn yn hunllef. Iawn, wn i, does 'na ddim byd yn bod ar rechan yn hollol naturiol o flaen eich partner – os ydach chi wedi bod efo'ch gilydd am sbel. Mae'r petha yma'n dod yn rhan annatod o'r berthynas, tydyn? Fel llnau'ch dannedd tra mae o'n fflosio. Fel siafio'ch coesa yn y bath tra mae o'n pi-pî. Fel dal y bwced pan mae rhywun yn taflu i fyny. Fel deud helô a thorri gwynt ar yr un pryd nes eich bod yn swnio fatha rhywbeth allan o'r *Exorcist*. Ond ddim rŵan! Do'n i ddim yn nabod y boi yn ddigon da. Ddim digon i rechan yn ei wyneb a chwerthin am y peth. Ddim digon i gyfadda mod i wedi cael profiad colonic erchyll a bod hwnnw wedi fy ngwneud yn salach na sâl, a plîs fasa fo'n gadael llonydd i mi nes y byddwn wedi dod drosto fo – plîs?

'Angharad? Be gythral sy'n bod efo chdi heno?'

'Fi?' Dyma fi am yr abwyd fel pirana ar drip pysgota.

Roedd o'n hen dric. Ro'n i wedi'i wneud o ganwaith o'r blaen er mwyn achub fy hun o sefyllfa do'n i methu handlo: ffraeo. Hyd yn oed pan do'n i ddim isio, ond roedd yn un ffordd o'i gael i adael llonydd i mi, fel nad o'n i'n gorfod wynebu sefyllfa anghyfforddus. Weithia, mi fyddwn i'n pechu'r person yna am byth. Weithia, mi fydden nhw'n maddau, a finna'n ymddiheuro am fod yn od. A dyna ni'n ôl lle cychwynnon ni. Roedd y risg yna o golli'r berthynas yn gyfan gwbl. Ond roedd hynny'n well na chreu embaras llwyr, fel heno. Cael gwared o Arfon oedd yr unig ateb. Roedd ffraeo efo fo a'i gael i adael y tŷ yn well na chyfadda dim. Pathetig yn y bôn, methu bod yn onest efo rhywun oherwydd natur ddelicet y sefyllfa. Ond cyn i mi allu dechrau arni dyma'r cordeddu mawr yn fy ymysgaroedd yn cychwyn eto a gorfu i mi redeg i fyny'r grisia eto fyth.

'Angharad? Lle ti'n mynd rŵan?'

'Blydi hel Arfon, jyst dos o'ma wnei di?' gwaeddais. 'Dwi isio llonydd!'

'Iesu, ti'n flin heno, be sy?' Dyma fi â rhech fawr ar y landing.

'Blin? Fi?' medda fi'n dod lawr y grisia, gan adael cwmwl tocsig o'm hôl.

'Ia, chdi,' medda Arfon, gan godi'n rhy sydyn a sylweddoli'n union faint roedd o wedi yfed. Plygodd a rhoi'i gwpan ar y llawr wrth ei draed, cyn rhoi'i law dros ei geg a rhedeg fel y diawl i fyny'r grisia. O na! Do'n i ddim isio iddo fo fynd i fyny fan'na!

'Paid â chwdu'n fan'na, tyd 'nôl! Dos allan i'r ardd!' a dyma Arfon yn troi'n ufudd ar y step uchaf a rhedeg yn ôl i lawr yn hollol ffrantig, yn chwilio am rhywle i ollwng naw peint o chwerw, pedwar chwisgi a dau lond myg o goffi gwaetha Sbar. Agorais ddrws y ffrynt led y pen a gadael i Arfon redeg yn syth drwyddo fel rhywbeth allan o ffilm Chaplin, cyn ei wylio'n chwydu gwerth deugain punt o ddiod ar fy ngostegwr chwyn rhisgl coeden John Innes. Dyna lle roedd o'n griddfan ac yn gwneud rhyw synau bach gwan pan agorodd ffenest llofft Breian drws nesa eto, a chafodd Arfon druan ail fwcedaid o ddŵr ar ei ben.

Anhygoel. Hollol blydi anhygoel. Fetsa petha fynd yn waeth? Eisteddais ar stepan waelod y grisia gyferbyn â drws y ffrynt, a do, mi wnes i chwerthin. Yn enwedig pan ddaeth Arfon yn ôl trwy ddrws y tŷ yn edrych fatha Shelley Winters yn y *Poseidon Adventure* – jyst cyn iddi gael y trawiad.

'A be sy mor blydi doniol?' gofynnodd yn flin.

'Dim . . . dim,' oedd yr oll fetswn i ddeud.

'Ti'n iawn,' medda fo wedyn, 'dim yw dim, ac i ti gael gwybod, mae'r gath wedi cachu ar y landing hefyd. Faswn i ddim yn risgio mynd yn ôl i fyny fan'na i gysgu heno taswn i'n chdi. Ma'r ogla'n ddigon i neud i chdi chwdu. Ac oni bai mai mynd yno i chwdu wnes i'n y lle cynta, mae'n siŵr mai dyna faswn i wedi'i neud. Os ti'n gwybod be dwi'n feddwl. Ma'r blydi tŷ i gyd yn drewi fatha buria.'

'O? A fasat ti'n gwbod yn iawn am betha felly'n basat?'

'Be ti'n feddwl?' Edrychodd yn hurt arna i, a'i lygaid yn hanner cau. Bechod, roedd o'n chwil, yn sâl ac yn nacyrd, ac yn teimlo'r un mor uffernol â fi mae'n siŵr.

'Wel, buria'n de? Llaeth enwyn, llaeth 'di suro a phetha felly.' Pam ddeudis i hynna rŵan? Am beth hollol hurt i'w ddeud.

'Be ydi dy bwynt di, Angharad?' medda fo wedi'i frifo, ac yn syllu i fyw fy llygaid. 'Gobeithio bo chdi ddim yn cyfeirio'n ôl at y busnas Dairy 'na eto, achos dwi isio anghofio am y blydi rybish yna, RŴAN, ocê? Chdi a'r Peg wirion 'na, dach chi cyn waethed â'ch gilydd.'

'Dwi blydi ddim.'

'Wyt mi wyt ti, dyna ti'n neud rŵan, ynde? Chwara blydi gêms. Pam na wnei di jyst anghofio am hynna i gyd? Dan ni fod yn oedolion rŵan, yndan ddim?'

'Ddudis i'm byd! Paid â blydi beio fi am ddoe!'

'Tydw i ddim yn beio neb, jyst mae genna i betha pwysicach i feddwl amdanyn nhw na'r chwara plant 'ma.'

'Bygyr ôl i neud efo fi, mêt,' medda fi. 'Sonis i sod ôl am Arfon Dairy Queen!'

''Na fo! Ti'n neud o eto.'

'Nacdw ddim.'

'Do, mi wnes ti! "Arfon Dairy Queen" medda chdi!' Roedd o'n edrych arna i fatha taswn i ddim yn gall. A do'n i ddim mae'n siŵr.

'Ond wrth basio oedd hynna, Arfon, trio egluro! Sonis i'r un gair am gwstard na chrîm na dau dwll din na dim byd. Peg ddeudodd!'

'Blydi hel, 'na chdi eto!'

'BE?'

'Cwstard a chrîm a dau dwll din a ballu!'

'Wel naddo, ddim yn y ffordd yna, ddim yn yr un ffordd â Peg! Diniwad hollol, ddim i dy frifo di. Paid â bod mor blydi sensitif.'

'Fi'n sensitif?'

'Ia, chdi, o'r blydi cychwyn cynta. Ti 'di gneud dim byd ond gwadu petha. Gwadu dy fodolaeth hyd yn oed. Pam wnes ti'm deud yn y lle cynta, yn y blydi parti 'na, dy fod ti'n gwbod pwy o'n i? Pam na fasat ti wedi deud pwy oeddat TI, e? Fasa'r blydi nonsans 'ma ddim wedi digwydd wedyn, nafsa? Be arall sgin ti wedi'i guddio, e? Oes 'na fwy o syrpreisys?'

'Paid â bod yn stiwpid,' atebodd yn sydyn ac edrych i ffwrdd. Mae'n gas gen i rywun yn fy ngalw i'n stiwpid. Blynyddoedd o fyw efo Mam wedi gwneud hynny i mi.

'Falla mod i'n lot o betha, Arfon, ond tydi stiwpid ddim yn un ohonyn nhw. Rŵan, dwi wedi cael digon ar y sgwrs 'ma, ac mi faswn i'n ddiolchgar iawn tasat ti'n mynd o'ma. Gawn ni wneud hyn rywbryd eto, pan ti'n sobor a finna efo mwy o amynedd.' Ro'n i'n teimlo mŵals yn clenshian ac yn gwybod bod rhywbeth erchyll arall ar y ffordd.

'Iawn, os mai dyna ti isio.' Dechreuodd am y drws yn ddigalon. 'Ond mi fydd hi'n rhy hwyr wedyn. O'n i wedi gobeithio siarad yn gall efo chdi am betha, ond mae'n amlwg nad wyt ti isio gwybod.'

'Arfon, ddim dyna 'di'r pwynt! Mae hi'n hwyr, dwi wedi blino, ti'n chwildrins a fasat ti'm yn gallu siarad yn gall heno am bygyr ôl. Mae'r ddau ohonan ni'n deud petha gwirion. Gawn ni neud hyn fory plîs?'

'Iawn, anghofia fo.' Es ar ei ôl.

'Na, dwi ddim isio anghofio fo, Arfon. Blydi hel, ti'm yn dallt 'ta be? Mi wnawn ni hyn eto, fory, neu diwrnod wedyn ella, jyst ddim heno, iawn?'

'Heno sy'n bwysig. Fydd hi'n rhy hwyr wedyn.'

'Na fydd!'

'Bydd, mae'n rhaid i mi egluro . . . rhywbeth pwysig dwi isio i ti wyb–' Collodd ei falans eto a phwyso'n erbyn ffrâm y drws. Iesu, roedd hyn yn cymryd trwy nos ac o'n i jyst â marw isio mynd i'r lle chwech.

'Reit, ffonia fi'n bore, pan ti 'di sobri,' a dyma fi â gwthiad bach iddo allan. Edrychodd arna i a'r cwbwl fetswn i ei wneud oedd tynnu cyhyrau fy nhin i mewn yn dynn, dynn rhag i'r holl wynt ruthro allan. O'n i'n mynd i ffrwydro. Gwenodd arna i, cyn dod yn ei ôl yn agos, agos a ges i whiff diawledig o chwisgi. Cusanodd fi'n ysgafn ar fy ngwefus cyn deud,

'Reit, dwi'n mynd, ond paid ag anghofio mai dod yma

i drio siarad efo chdi wnes i, ond roist ti'm cyfle i mi, felly dy fai di fydd o os–'

'Iawn, iawn, grêt, fy mai i fydd o. Fy mai i ydi bob dim beth bynnag – dos rŵan.'

'Ocê.' Cusanodd fi eto'n ysgafn cyn sibrwd, 'Angharad Austin, dannadd postyn.'

'BE?'

'Brestia fflat a choesa mochyn,' medda fo wedyn. O'n i'n wallgo. Safodd o 'mlaen i yn piffian fel plentyn bach ac yn symud o ochor i ochor fatha 'sa fo ar fwrdd llong ar fôr tymhestlog. Y basdad.

'O! Blydi hilêriys, Arfon,' medda fi. 'Jyst be o'n i isio'i glywed. Dyna pam ddoist ti yma heno felly, ia? I ddeud hynna wrtha i?'

'Naci siŵr, naci!' Ysgydwodd ei ben, fel tasa fo ddim yn coelio'i fod o wedi deud ffasiwn beth.

'Ers faint ti wedi bod yn cadw hynna i ti dy hun?'

'Sori, cofio wnes i, wnaeth o jyst dod allan.'

'Jyst fatha'r naw peint 'na yfist ti heno, ia?'

'Yli, 'di o mond fatha chdi'n galw fi'n Dairy Queen dau dwll din.'

'O'n i'n meddwl dy fod ti newydd ddeud dy fod ti isio anghofio am y blydi rwtsh yna a dechra eto. A dyma chdi rŵan, yn tyrchu'r blydi lot allan o'r drôr eto. Wel, bygyr off, wnei di? Siarada i efo chdi pan ti 'di sobri. Ti'm yn gwbod os ti'n mynd 'ta dŵad, myn uffar i, sbia arna chdi!'

'Fi?' medda fo'n anghrediniol. 'Sbia arna chdi, ti'n feddwl. Chwythu bob blydi ffor. Un munud ti drosta i fel blydi frech y ffwcin ieir, a rŵan hyn. Sut mae rhywun fod i wybod lle ddiawl mae o'n sefyll, e?'

'Be sy gin blydi ieir i neud efo'r peth?' gwaeddais, yn hollol wyllt rŵan.

'O! Olreit 'ta, gad hi fan'na. Dwi'n mynd,' medda fo'n

troi'i gefn, 'achos ti'n llawn o gachu,' ychwanegodd, wrth gychwyn i lawr y llwybr bach.

Dyma fi'n ei cholli hi'n llwyr ac yn gweiddi. Siŵr bod hanner y blydi pentra 'di clywed.

'Dyna lle ti'n rong mêt! Tydw i ddim yn llawn o gachu, fel mai'n digwydd. A deud y gwir, does genna i ddim gronyn o blydi cachu, ddim hyd yn oed hannar blydi lwmp o gachu, ar ôl yn 'y nghorff i, felly BYGYR OFF!'

Anghofia i byth mo'i wynab o. Doedd 'ddim yn deall' ddim ynddi, ac wrth gwrs, pam ddylia fo? A dyma fi â chlep i'r drws nes roedd y gwydr yn tincian. Y cwbwl glywis i wedyn oedd Arfon yn gweiddi 'Nytar!' wrth gerdded i ffwrdd, a drws ffrynt Breian drws nesa druan yn agor am y trydydd tro, ac yntau hefyd yn mytran rhegfeydd o dan ei wynt, ar ôl cael ei ddeffro unwaith yn ormod. Deirgwaith yn ormod, a deud y gwir!

Wel, dyna hynna. Y cwbwl wnes i wedyn, wrth gwrs, oedd rhedeg i'r lle chwech a gadael ochenaid o ryddhad wrth adael i bopeth arall fynd. Duw a ŵyr sut o'n i am ddod â'r berthynas yma'n ôl o ochor y dibyn. Pam ddiawl agorais i'r drws iddo fo'n y lle cynta? Tasa fo wedi meddwl mod i allan, mi fasa wedi gorfod dod i 'ngweld i'n y bore, pan fyddai'r ddau ohonan ni mewn cyflwr gwell. Ond roedd ganddo fo rhywbeth pwysig i'w ddeud, doedd? A beth bynnag oedd hwnnw, mae'n rhaid nad oedd o'n gallu'i ddeud o'n sobor. Od. Od iawn. Mi ddywedwn i'r gwir gwirion am fy ymddygiad od wrtho fo rhyw ddiwrnod, os cawn i'r cyfle. Gobeithio wir. Penderfynais ei ffonio'n y bore – os o'n i'n well. Mi fyddai wedi sobri, siawns, ac yn gweld petha'n wahanol.

Dwy barasetamol a glasiad o laeth yn ddiweddarach, do'n i'm 'run un. Suddais yn ôl o dan y dwfe. Gwyliau ro'n i eu hangen, rhywle dros y dŵr, wythnos yn yr haul. Ro'n i angen ymlacio go iawn ar ôl y tymor ysgol ro'n i wedi'i gael, a be oedd y pwynt i athrawon gael cymaint o wylia heb wneud defnydd iawn ohonyn nhw? Pwy a ŵyr, ella 'sa Arfon yn cynnig dod efo fi. Fo a fi ar draethell ddinod, wedi'n lapio rownd ein gilydd fel dau sardîn ym mherfeddion Sardinia, wedi'n clymu i'n gilydd fel rhywbeth allan o *Thorn Birds* a'r hufen haul ffactor 15 yn slyrpian hyd ein cyrff poeth. Ww! Ro'n i'n edrych mlaen yn barod! 'Fory amdani 'ta,' meddyliais, 'dwi'n siŵr bydd popeth (yn cynnwys fy nghorff o'r canol i lawr) yn well ar ôl noson iawn o gwsg.'

Fore trannoeth, dyma fi i'r llyfr ffôn i chwilio am rif ffôn cartref Arfon; do'n i ddim hyd yn oed yn gwybod a oedd ei rieni'n dal i fyw yn yr un tŷ ers iddyn nhw werthu'r llaethdy (os oeddan nhw'n dal yn fyw o gwbwl – doedd o rioed wedi sôn am ei deulu chwaith). Honglad o ryw hen fans o beth ar y ffordd allan o'r pentre a chydig o adeiladau ffarm o'i gwmpas oedd o. Roedd gen i rhyw go plentyn o fynd yno i dalu bil efo 'nhad unwaith, pan o'n i tua saith oed. Ro'n i wedi sylwi bod dipyn o waith adeiladu i'w weld yn digwydd yno'n ddiweddar, fel petai'r hen sguboriau'n cael eu haddasu. Roedd rhywun yn gwneud gwelliannau yno, mae'n amlwg. Dyma fi'n ffonio rhif D. A. Davies, Ffynhonnau, Aberboncyff.

O 'In-law' i 'In-law'

'Helô, Ffynhonnau,' meddai'r llais benywaidd.

'Helô, fyddai'n bosib i mi siarad efo Arfon os gwelwch yn dda, os 'di'n gyfleus?' gofynnais yn fy llais parchus 'siarad efo darpar fam-yng-nghyfraith'. Roedd gen i ddarlun hyfryd yn fy mhen o Arfon yn deffro'n araf o drwmgwsg wrth i'w fam weiddi fyny'r grisia bod 'na rywun ar y ffôn. Fyddai o'n neidio allan o'i wely'n awyddus, sgwn i? Fyddai ei dalcen yn crychu wrth iddo gofio ac edifarhau am ei antics y noson flaenorol?

'Wel, wyddoch chi be, tydi o ddim yma mae arna i ofn,' meddai'r llais yn rhy blydi llon o lawer. 'Roedd o'n cychwyn o'ma tua hanner awr wedi pump y bore 'ma a deud y gwir wrthach chi.' O na! Creisys.

'O! Wel, dyna ni 'ta,' medda fi'n trio cuddio fy siom.

'O, rhoswch funud, ella bod John . . . John?' medda'r llais, yn troi i ffwrdd o'r ffôn am eiliad i ofyn cwestiwn wrth rywun oedd yn pasio. 'Ddeudodd Arfon wrtha chdi pryd oedd o'n dod yn ôl efo Gwyni?' clywais hi'n gofyn, a suddodd fy holl ddyfodol i'm penglinia nes roedd rheiny'n gwegian. Gwyni? Gwyneth? Yr un enw waeddodd Arfon yn fy ngwely. Roedd fy stumog yn troi. Dyma'i fam (os mai hi oedd hi) yn ôl ar y ffôn.

'Rhyw wythnos fydd o ar y mwya, dan ni'n rhyw feddwl; faint bynnag gymrith hi i sortio petha allan yn iawn efo'r hogan fach.' Yr hogan fach? Pa hogan fach?!

'O, ia, yr hogan fach,' medda fi.

'O, ia, dan ni wedi gwirioni cofiwch, mae'r sgubor bron

yn barod iddyn nhw rŵan 'fyd, cegin bron wedi gorffen; dechra newydd i'r ddau ohonyn nhw'n 'de.'

'Wel ia, grêt, dechra newydd, jyst be dan ni i gyd isio . . . ' medda fi'n sur.

'Fydd hi'n neis cael dipyn o sŵn yn yr hen le 'ma eto! Gadwith ni'n ifanc am sbel eto, choelia i byth! Ac wrth gwrs dan ni'n falch ofnadwy dros Arfon, mae o wedi bod wrthi ers dwn 'im faint yn trio cael y cystodi.'

'Cystodi?'

'Wel, ia, cystodi o Gwyneth 'te. Mae'n bwysig i blant bach wybod bod ganddyn nhw gartre clyd tydi, a rhieni sy'n eu caru nhw?'

'Rhieni? O, yndi, yndi siŵr iawn,' medda fi jyst â chwydu, 'pwysig iawn. Beth bynnag, Mrs . . . ym . . . '

'O! Galwch fi'n Eirwen.'

'Ym, sori i dorri ar draws, ym . . . Eirwen . . . wela i o pan ddaw o'n ôl siŵr o fod.' Not . . .

''Na chi 'ta. Dduda i wrtho fo bo chi wedi ffonio . . . ym . . . pwy ddeuda i sy wedi ffo–?' Rois i'r ffôn i lawr.

Arfon Dairy Queen, dau dwll din
Un i gadw cystodi a'r llall i gadw crîm.

Dim ond eistedd i lawr ar y mat fetswn i ei wneud. Gwyni. Gwyneth. Roedd ganddo fo ferch. Plentyn. Dyna be oedd o am ddeud neithiwr mae'n siŵr, ynde? Deud y cyfan wrtha i tra oedd o'n chwil, am ei fod o ofn fel arall. Isio deud wrtha i cyn iddo fo fynd i'w nôl hi. Ond roddis i, na 'nhwll tin, ddim cyfle iddo egluro. Wedi dychryn oedd o? Dychryn fy nghlywed i'n sôn am ddynion di-asgwrn-cefn efo llwyth o *baggage* a ballu a finna wedi cael llond bol o'u cario nhw o gwmpas y lle? A dyna lle roedd o, efo'r bag mwya rioed. Un gwerthfawr. Mwy gwerthfawr na faswn i iddo fo byth, beryg. Ac yn fwy o *baggage* na fetswn i byth handlo. Mi es i banic llwyr a dim ond un peth fetswn i feddwl amdano fo – pasport.

Ymadawiad ar Ruthr

Pan agorwyd y drysau o'r diwedd a minnau'n gallu camu
allan o'r awyren, roedd teimlo gwres nefolaidd, tu-mewn-
tŷ-gwydr gwlad Groeg ar fy wyneb, a'r arogl cyfarwydd,
olewyddaidd, siwreji anghynnes – ond eto ddim – yn falm
ar fy nghalon. Cachwr, wel, cachwraig ydw i, wn i hynny,
a does gan hyn ddim oll i'w wneud efo'r colonic. Dianc
wnes i, neidio ar y we a neidio ar yr awyren gyntaf bosib
allan o Fanceinion. 'Allocated on arrival – Greek
mainland'; ac i ffwrdd â fi, £199 yn dlotach.

Mi gawn i drefn ar betha ar ôl mynd adra, ond rŵan
ro'n i isio amser i feddwl am be ro'n i isio go iawn. Ro'n
i'n gwybod mod i isio Arfon. Ond Arfon y tad? Arfon y
rhiant? Rhannu Arfon? Do'n i'm wedi gorfod rhannu neb
na dim erioed. Wel, ocê, do. Ond ddim go iawn: rhannu
matras neu wely ar ôl sesh, rhannu dwfe (weithia, doedd
gan hynna ddim i'w wneud efo sesh), rhannu pabell yn y
Steddfod efo pobol do'n i ddim yn nabod o Lanfair
Crughornwy (bendant ar ôl sesh . . .), rhannu Mars Bar,
rhannu paciad o ffags, rhannu'r ffag ola yn y paciad ar y
ffordd adra o barti am chwech o'r gloch y bore. Rhannu'n
parasetamols wedyn am wyth o'r gloch y bore, ar ôl
cerdded tair milltir yn y glaw, pan doedd gen i ddim
ambarél i'w rhannu. Ond hyn? Roedd hyn yn blydi siriys,
doedd? Gorfod rhannu Arfon efo rhywun arall? Ia, ocê,
iawn, rhywun pedair neu bump oed. A deud y gwir doedd
gen i'm blydi clem faint oedd ei hoed hi, ond Duw, mae
petha fel plant bach isio sylw, yndyn ddim? Rownd rîl?
Ylwch ar Heather. Mae rhieni'n gorfod bod yno i'w plant

o hyd. Bob bore, hyd yn oed ar ddydd Sadwrn! Be 'sa Arfon isio cysgu'n hwyr ar y penwythnos? Be os o'n i isio cysgu'n hwyr efo fo? Pryd oedd o'n mynd i allu 'ngweld i fin nos? Ddim tan ar ôl iddo fo wneud y dyletswyddau swpar a bath 'ta be? Oedd raid iddo fo aros yn tŷ bob nos rŵan nes oedd y sbrog yn ddeunaw? Oedd ei fam o'n mynd i warchod weithia? A pha mor aml? Os o gwbwl? Be os o'n i isio ista ar ei lin o pan oedd y sbrog isio ista ar ei lin o? Ia, wn i mai fi ydi'r oedolyn, ond . . . O! Ocê . . . cachu babŵn, felly 'sa raid i fi symud yn basa? Be? Bob tro? Tydi hynna ddim yn deg. Ooooo! . . . ro'n i'n teimlo mor rhwystredig a do'n i ddim wedi cyrraedd gwaelod grisia'r awyren eto!

'Anghaa-raa-d? Haglwy Mawr, ma hi'n gythreulig o boeth yma; rwbath tebyg i hyn ydi uffarn, dŵad?' medda llais Dodo Megan Pot Jam y tu ôl i mi a'm deffro o'm mwydro meddyliol.

'Na, Dodo Megan,' medda fi'n anadlu'n ddwfn, 'dwi wedi gadael fan'no adra. Groeg ydi fa'ma. Groeg ar ei gora. Dowch wir yr, i ni gael testio'r pwll.'

'Gwna di be lici di, ond 'sa well gin i destio 'nŵr 'yn hun cyn mynd yn agos at unrhyw bwll nofio,' meddai wrth fustachu mynd heibio i mi, yn halio'i bag tapystri anferthol ar ei hôl ar hyd y tarmac chwilboeth. Roedd 'na bâr o weill (rhif deg) yn sticio allan ohono. Fetswn i ddim credu mod i wedi dod ar wylia efo dynas oedd bron yn octojynerian, oedd yn casáu dŵr ac, ar ben hynny, oedd wedi dod â'i gweu efo hi – a'r gwres yn y naw degau uchel. Cychwynnais ar ei hôl ag un cwestiwn yn fy mhen. Pam? Pam wnes i erioed feddwl y byddai dod â dynes saith deg a naw oed efo fi ar fy ngwylia yn syniad da?

'Angharad?!' gwaeddodd eto dros ei hysgwydd, 'lwcus mod i'm wedi gwisgo'n slipars *Scotch plod* pom-pom o ffair Dolgella i drafeilio; mi fasan nhw wedi toddi erbyn i ni gyrraedd y tŷ.'

'Apartment sy gynnon ni, Dodo Megan, ddim tŷ.'

'Duw, Duw, ma gynno fo walia a tho siawns! Be 'di'r gwahaniath?' meddai'n mytran dan ei gwynt wrth hwrjio rhyw ddyn o'r ffordd wrth drio mynd â'i bag drwy'r drws.

'Oh, ever so sorry,' medda'r creadur, oedd yn hŷn na hi yn ôl ei olwg o. Ac roedd ganddo batshyn mawr tamp ar ei drowsus. Wedi methu dal, mae'n rhaid. Sylwodd arna i'n edrych ar y patshyn ac edrychais i ffwrdd yn sydyn.

'Watsia dy giarpad bag,' medda Dodo Megan wrtho fo, a gwenu'n ddel.

'The pleasure's all mine,' medda'r lob yn deall dim, ond wedi ei gyfareddu gan wên a llygaid gleision Dodo Megan mae'n rhaid.

'Well, if you say so!' meddai'n ôl yn chwareus wrth gyd-gerdded ag o drwy'r dyrfa.

'O'r nefoedd,' meddyliais, yn trio dal i fyny efo nhw, rhyw wylia felly oedd hwn am fod, ia?

'Dodo Megan?' gwaeddais ar ei hôl, 'peidiwch â dechra siarad efo dynion diarth, wir Dduw, dach chi byth yn gwbod be maen nhw isio, a sbiwch arno fo, mae o 'di gneud yn ei drwsus.'

'Duw, be s'an ti, hogan? Tydi o 'di bod dair awr yn yr awyr, syndod bod o 'di dal cystal. Sgwn i sut fyddi di yn ei oed o?' Ac i ffwrdd â hi yn sgwrsio'n braf am ei bynions. Be ddiawl oedd ar fy mhen i'n cynnig iddi ddod efo fi? O'n i wedi clywed am brofiadau erchyll pobol yn mynd ar wyliau efo ffrindiau bore oes a darganfod nad oedden nhw'n gallu byw o dan yr unto o gwbwl. Ai felly oedd hi am fod efo fi a Dodo Megan?

Dyma fi â thraed 'dani i chwilio am y rep i drio darganfod lle gythraul oeddan ni am roi'n penna lawr y noson honno. Roedd 'na elfen o risg bob tro yn y bargeinion 'allocated on arrival' 'ma. Jyst fy lwc i i ni landio mewn twll o le ynghanol nunlla, wrth ochor ryw safle adeiladu mewn twr ugain llawr a dim lifft, a Dodo Megan yn methu mynd yn uwch na'r ail lawr heb gael pendro a mynnu cael bag papur brown dros ei cheg. Ro'n i'n teimlo fatha stwffio bag papur brown i'w cheg hi'r funud honno. Rhywbeth am lonydd. Doedd Dodo ddim hyd yn oed wedi eistedd wrth fy ymyl yn y bŷs, ond yn hytrach gyferbyn â'r hen foi *incontinent* – o'r enw Tony, ac yn dod, medda hi, o Sutton Coldfield.

'Angharad!' gwaeddodd arna i eto, am tua'r chweched tro mewn deng munud, a phwyntio'i bys allan drwy'r ffenest. 'Sbia! Yli be ma'n ddeud ar y sein 'na!' Felly mi drois i weld arwydd ffordd anferth a saethau'n pwyntio i wahanol gyfeiriadau. Aeth y bŷs heibio'n rhy gyflym i mi sylwi ar yr enwau llefydd.

'Be?' medda fi'n ddryslyd a blin.

'Y Corinth Canal, Angharad! Ddudist ti'm byd am y Corinth Canal! Tydi o ddim yn bell o fa'ma!'

'Sori?' medda fi, methu deall pwysigrwydd y Corinth sodin Canal. Edrychais arni gan grychu'n aelia i ddangos nad oedd gen i blydi clem am be oedd hi'n sôn tro 'ma chwaith.

'Eddie'n 'de!' pwysleisiodd. 'Eddie Tyrban, 'di croesi'r Corinth Canal ddwsina o weithia.'

'O, da iawn fo, well i chi fynd i weld y lle felly gan ein bod ni mor agos,' medda fi'n trio bod yn frwdfrydig.

'I be ddiawl a' i i le felly yn y gwres 'ma? Bryna i gerdyn post. Mond deud mod i 'di gweld y sein o'n i,' atebodd yn swta gan weiddi eto a phwyntio at ddau ful oedd wedi eu clymu dan goeden. 'O, bechod. Be sy haru bobol, dŵad, yn clymu petha bach diniwad fel'na dan goeden trwy dydd yn yr haul 'ma? *Fancy tying your ass to a tree all day*,' ychwanegodd wrth Tony. Chwarddodd hwnnw dros y bỳs. Doedd ganddi ddim syniad be oedd hi wedi'i ddeud, wrth gwrs. Neu oedd hi'n gwybod yn iawn? Ddeudis i ddim am fusnas y mul, dim ond cau'n llygaid a meddwl gymaint yr hoffwn ei chlymu hitha dan goeden yr eiliad honno, yn y gobaith y cawn i rywfaint o heddwch am weddill y siwrne arteithiol 'ma. A heddwch am weddill y gwyliau. Dyma weddïo am gwsg, tra oedd llais Dodo Megan i'w glywed yn mwydro Tony druan eto. Y peth ola glywis i cyn llithro i freuddwyd oedd, 'Yes, Eddie knew the canal like the back of his hand.' Duw a'm helpo!

O'r Colon i Tolon

Dair awr erchyll yn ddiweddarach, a system awyru'r bỳs wedi ffrwydro a ninnau'n cochi fel tomatos efo bob milltir, dyma ni'n cyrraedd Tolon, sef pentref go fawr a hir ar arfordir gwlad Groeg, yn ardal y Peloponîs. Roedd un brif stryd hir yn rhedeg o un pen i'r llall, ac roedd y pentre'n ddwy ran gwbwl wahanol. Roedd y darn hynaf yn y pen pellaf wrth yr harbwr, a'r tai bwyta a'r traeth islaw, ac wedyn roedd yr ochor uchaf yn fwy modern, yn llawn o siopau swfenîrs, archfarchnadoedd, tafarndai ac apartments, wrth gwrs. Roedd 'na rywbeth reit ddymunol ynghylch y lle, a deud y gwir. Yn annhebyg i lawer o lefydd y bûm ynddyn nhw, roedd 'na deimlad cartrefol, traddodiadol yn dal yma, heb eto gael ei ddifetha gan dwristiaeth. Roedd y stryd yn llawn Groegwyr, a hyfryd oedd gweld siopau yng ngofal teuluoedd lleol, a hyd y gallwn i weld o'r bỳs, doedd 'na ddim gormod o dwristiaid fflip-fflopaidd boldew i'w gweld yn ei lordio hi hyd y lle.

Pan welais i'r lle roedden ni'n aros, fu bron i mi ddechrau ymlacio. Adeilad eitha mawr, traddodiadol ei gynllun, yn cynnwys wyth apartment, y cyfan wedi'i wyngalchu, a balconi deiliog a *bougainvillea* yn gwahanu pob un oddi wrth yr un drws nesa. Roedd potiau mawr o *geraniums* coch ymhobman a choed lemwn, leim ac oren yn y gerddi bychain taclus oddi cwmpas. I ychwanegu at fy rhyddhad, roedd 'na ddwy gath yn cysgu'n sownd yng nghysgod coeden balmwydd fawr o flaen y drws ffrynt. Gobeithiais yn sydyn bod Breian wedi rhoi bwyd i Pws ers

151

i mi ei gadael. I mewn â ni a chyrraedd drws rhif 4, a'i agor yn awyddus, flinedig, obeithiol. Dyna lle'r oedd 'na uffarn o wely mawr dwbwl ynghanol yr ystafell. Dau wely sengl neu, gwell fyth, dwy ystafell wely ro'n i wedi gofyn amdanynt wrth fwcio, wrth gwrs. Ro'n i eisoes ar ymyl y dibyn, ac roedd hyn yn ddigon i 'ngyrru i dros yr ochor. Roedd yn rhaid dod o hyd i'r rep ar fyrder.

'W! Lle mae dy wely di 'ta?' medda'r Cwîn dros fy ysgwydd. Roedd dod ar wyliau efo Dodo Megan yn un peth, ond roedd rhannu gwely efo hi yn fusnas hollol wahanol, ac yn un profiad do'n i ddim yn bwriadu'i drio, hyd yn oed am un noson. Cychwynnais yn ôl am y bỳs ar f'union cyn i Nicki, y ferch oedd yn edrych ar ein hola ni am yr wsnos, 'originally from Yorkshire, before I came here and met Vangeles on a fishing trip,' gael siawns i ddianc heb gael trefn ar ein sefyllfa gysgu ni.

'Mae'n ddrwg gen i, Dodo Megan,' medda fi'n mynd am y drws, 'ond taswn i am rannu gwely efo rhywun saith deg a naw oed, faswn i'n gneud yn siŵr bod ganddyn nhw'u dannedd eu hunain ac uffarn o lot o bres yn gynta.'

'A photelaid o Feiagra siawns?' medda hi'n giglan fel hogan ysgol wrth dynnu uffarn o goban fawr bryshd neilon allan o'i chês.

'Be ddudsoch chi?' medda fi'n stopio'n stond.

'Falla mod i'n hen, ond dwi'm yn dwp,' meddai'n wên o glust i glust.

Nefi wen, doeddan ni mond wedi bod yma ddeng munud ac yn barod roedd 'na ochor newydd i Dodo Megan yn dechrau ymddangos, a do'n i ddim yn siŵr a o'n i'n mynd i allu ei derbyn hi!

Awr yn ddiweddarach, roeddan ni wedi setlo; roedd ganddon ni bob i wely a bob i wardrob, diolch i Dduw, gyferbyn â'i gilydd, yn apartment rhif 6, reit ar draws y cyntedd i'r lle cynta gawson ni. Roedd Nicki wedi ymddiheuro am y camgymeriad a'n symud ni mewn cachiad geco. A deud y gwir roedd fa'ma'n well o lawer; roedd ganddon ni bellach falconi efo golygfa fendigedig i lawr am yr hen harbwr.

'Rŵan fedra i ddechra ymlacio,' medda fi wrthaf fi'n hun gan feddwl am y platiad *kalamari* a photel o *rosé* ro'n i'n bwriadu eu cael i swper. Roedd hi'n tynnu am hanner awr wedi pump ac roeddan ni wedi bod yn teithio ers cyn chwech y bore. Dodo Megan druan, roedd hi'n hollol nacyrd ac wedi mynd i orwedd ar ei gwely ar ôl dadbacio, tra es innau am gawod. Erbyn i mi ddod allan o'r stêm, clywn sŵn chwyrnu ysgafn Dodo Megan, a dyna lle roedd hi'n geg agored, ei dwy law'n gafael yn dynn yn handlan ei handbag a'i dannadd yn gwenu'n ddel arna i o dop y bwrdd bach wrth ochor y gwely. Bechod, doedd hi ddim am i ddiawl o neb ddwyn ei bag, ond doedd gythraul o bwys ganddi am ei dannadd chwaith.

Reit, be i'w wisgo? Dyma ddewis sgert fach *linen* ddu a chrys pinc golau o'r un defnydd. Wedi methu dod o hyd i'n sandalau strapiog du, dyma fi'n cael cip i mewn i wardrob Dodo Megan rhag ofn ei bod hi wedi eu rhoi nhw i mewn efo'i phetha hi mewn camgymeriad. A dyna pryd ges i sioc! Sefais yn gegrwth a syllu ar y dillad o'm blaen. Anhygoel! Ffrogiau lliwgar cotwm, cardigans bach gwlân ysgafn efo llewys tri-chwarter, sgertiau llawn, patrymog efo band llydan am y canol a'r blowsus bach dela i fatsio, yn fotymau perl a les i gyd. Welis i rioed ffasiwn beth. Wel, do, ond ddim ond mewn ffilmiau. Dillad rhywun cymharol ifanc oedd rhain, nid dillad rhywun oedd yn tynnu am ei phedwar ugain! Dillad fyddai rhywun yn disgwyl eu gweld yn un o'r ffilmiau du a gwyn o'r pum degau, a'r math o ddillad fyddai rhywun yng nghyfnod y chwe degau yn eu gwisgo os nad oedden nhw'n rhy hoff o'r sgert fini. Dillad *couture* y cyfnod oedd rhain, ac yn f'atgoffa o Audrey Hepburn yn *Breakfast at Tiffany's*. Teimlais y defnyddiau rhwng fy mys a 'mawd. Roedd hwn yn stwff drud yn ei amser, ro'n i'n siŵr o hynny. Yr enw ar un o'r labelau oedd Balenciaga; roedd hwnnw'n dal o gwmpas heddiw, ac yn ddiawledig o ddrud. Mae'n siŵr bod y ffrog yma wedi cael ei phrynu pan oedd y boi gwreiddiol newydd ddechrau cynllunio! Dyma fi'n sbio ar rai o'r labelau eraill – Foale & Tuffin, Pierre Cardin, Yves Saint Laurent, Mary Quant?! Blydi hel, roedd rhain yn fendigedig! Daeth sŵn o gyfeiriad gwely Dodo Megan a throis i'w gweld yn eistedd i fyny ac yn edrych arna i.

'Sori, dim busnesu o'n i, jyst chwilio am 'yn sandals, dach chi 'di gwe–'

''Sdim isio ti ymddiheuro, sbia di faint fynni di,' meddai'n plympio'i chlustog a phwyso'i phen yn hamddenol yn erbyn y wal (doedd 'na ddim *headboards*).

Ro'n i'n teimlo reit annifyr, ddim yn siŵr be ddyliwn i ddeud. Hyd yn oed ar ôl i mi gau drws y wardrob roedd yr ogla camffor, peli atal gwyfynod, yn gryf.

'Eddie brynodd y dillad 'na i mi wsti . . . ar ôl i ni briodi.'

'Iesgob, dyn efo tast,' medda fi, 'a phres!'

'Wel, pan briodson ni, chawson ni ddim mis mêl na dim; doedd Dolig ar y ffordd a llwyth o betha i'w gneud? Eddie isio gwerthu'i dŷ a symud acw i Benbryn i fyw, peintio'r tŷ a phrynu soffa newydd a ballu. Ond mi gawson ni un penwythnos, yn Llundan.' Roedd 'na ryw olwg bell yn ei ll'gada, a gallwn ddeud ei bod yn ôl yno, yn Llundan efo Eddie, yn ôl y wên oedd yn ffurfio ar ei gwefus.

'Amser da 'ta, Dodo Megan.' Deud o'n i, ddim gofyn.

'A hanner,' atebodd, a thorrodd y wên ar draws ei hwyneb nes roedd ei ll'gada'n dawnsio eto. 'Ar fŷs oeddan ni. Dybyl decyr. Ista allan ar y top. Mi welson ni'r *sights* i gyd, a mewn sbel mi ddechreuodd ryw hen law mân. Ond doedd o'm ots. Rannon ni ambarél . . . Ta waeth, yn ôl at y dillad. Stopiodd y bŷs ddim yn bell o Harrods, a dyma Eddie'n gafael yn fy llaw a 'nhynnu ar 'yn nhraed.

' "Fama dan ni isio," medda fo, a rhedeg i lawr y grisia cul o 'mlaen i i wneud yn siŵr bod y gyrrwr yn stopio. Arwain fi wedyn i lawr y stryd tuag at Harrods. "Nefoedd yr adar, tyd o'ma," medda fi, "fedran ni'm fforddio dim byd yn fa'ma." "Be wyddost ti?" medda fo, gan fynd i'w boced ac estyn amlen fawr frown a'i rhoi yn fy llaw. "Agor hi," medda Eddie, a dyma fi'n rhwygo'r amlen yn gorad a thynnu allan ddau docyn. Dau docyn i fynd ar *cruise*, am dri mis. Dwi'n cofio i mi golli 'malans ac mi afaelodd ynof fi reit styrdi, chwara teg iddo fo. "Crŵs?" medda fi, "Ar long?" "Naci, ar blydi beic peni-ffardding," medda fo a rhoi clamp o sws i mi.'

'Iesgob! Oedd Eddie'n dipyn o ramantydd, felly?' gofynnais.

'Wel, oedd am wn i, ond ches i fawr o gyfle i ffindio allan rhyw lawer ar ôl hynny, naddo?' Syllodd i lawr ar ei modrwy briodas am ennyd cyn mynd yn ei blaen. 'Beth bynnag, mewn â ni i'r siop ac Eddie'n fy ngwthio trwy'r drws troi a throi 'ma, gan mod i'n dal yn gyndyn i fentro i mewn i le mor gythreulig o ddrud. Syth â ni i adran y dillad merchaid, a dyma Eddie'n ffindio cadair ledr gyfforddus ac eistedd i lawr. "Be goblyn ti'n neud?" medda fi, "fedri di'm cael un o dy naps pnawn yn fa'ma ynghanol y *ladies' fashion!*" "Dos yn d'laen," medda fo, "helpa dy hun, a tyd i ddangos i mi bob hyn a hyn i mi gael gweld pa mor smart ti'n edrych. Fyddi di cystal, 'snad gwell, nag unrhyw un arall ar y llong 'na. Dim ond y gora i 'ngwraig i." '

'Blincin 'ec, cynnig da iawn, chwara teg iddo fo!' medda fi. 'Faswn i'm yn meindio dod o hyd i ddyn yn cynnig petha fel'na i fi!'

'Wel, dyna chdi,' meddai. 'Dyna o lle doth y dillad 'ma i gyd i ti. Harrods, Hydref 1967. Roedd y *cruise* yn cychwyn o ddocia Lerpwl ac yn teithio am dri mis. Ionawr y 12fed oeddan ni fod i adael yr harbwr, tasa fo 'di cael byw. Ond oedd Eddie'n ei fedd ers dros dair wythnos erbyn hynny – ond doeddan ni'm i wybod hynny'r pnawn hwnnw nag oeddan?'

'Nag oeddach,' medda fi'n teimlo'n hollol ddiwerth. Be fetsa rhywun ddeud, ynde? Syllodd hitha ar ei dwylo'n ddistaw cyn cael ail wynt a mynd yn ei blaen efo'i hanes.

'Ambell un yn deud y dyliwn i fod wedi mynd beth bynnag 'sti. Ambell un yn cynnig dod efo fi cofia! Diawliad . . . fatha 'swn i'm yn gwbod be oeddan nhw isio. Cyfle am drip, doedd? Ond i be ddiawl aethwn i heb Eddie, e? Na, adra oedd 'yn lle fi wedyn. Mi rois i'r tocynna i hogan Swsana tŷ pen; newydd briodi, a'r ddau ohonyn nhw hanner 'yn oed i, wrth gwrs. Gafon nhw ddim problem newid yr enwa ar y tocynna ac i ffwrdd â nhw. Chwara teg, yrron nhw gerdyn i mi'n diolch. Llun dau fwnci yn eistedd ar graig fawr. 'Monkeying Around in Gibraltar' wedi'i sgwennu arno fo; mae o'n dal gin i'n rhywle.' Cododd a mynd i'r ystafell molchi a chlywais hi'n chwythu ei thrwyn sawl gwaith.

Blydi hel. Diawl o wylia joli oedd hwn yn mynd i fod. Os o'n i'n teimlo reit isel cynt, o'n i di ypsetio'n rhacs rŵan. Dodo Megan druan. Roedd hi wedi cael un cyfle yn ei bywyd i fod yn wirioneddol hapus efo rhywun, a hwnnw wedi troi'n gachfa lwyr. Roedd bywyd wedi bod mor annheg wrthi, ac eto doedd hi byth yn cwyno, ac yn gwneud cymwynas ag eraill rownd rîl. Daeth allan o'r lle chwech a mynd draw i'r gongol, lle roedd y 'gegin'. Dyna oedd hi hefyd. Jyst cornel fach o'r ystafell efo dau ring i gwcio, oergell, sinc a dau gwpwrdd, un ar ben y llall. Dechreuodd agor a chau'r cypyrddau, yn amlwg yn chwilio am rywbeth.

'Lle gythraul ma dynas i fod i ffindio teciall yn y lle 'ma, dŵad?' meddai.

'Does 'na ddim, 'wchi,' medda fi. To'n i wedi hen arfer. Ro'n i wedi bod yng ngwlad Groeg dwn 'im faint o weithiau.

'Dim teciall?!' gwaeddodd wedi'i synnu. 'Be dwi fod i neud? Tydyn nhw'm yn yfad te'n y wlad 'ma 'ta be?'

'Berwi dŵr yn sosban maen nhw, Dodo Megan. Mae 'na un yn y cwpwrdd dan y sinc.'

'Dŵr yn sosban, wir,' cwynodd. 'Waeth i mi ferwi wy tra dwi wrthi!'

Fetswn i'm peidio chwerthin. Oedd, roedd hi'n fy ngyrru'n benwan weithia, ac yn anodd gwneud efo hi dro arall, ond nefi, roedd gan y ddynes hawl, doedd? Doedd hi wedi bod trwyddi?

'Be 'sa chi'n licio neud heno 'ta, Dodo Megan?' gofynnais. 'Mae gen i awydd picio i'r pentra i ffindio 'mêrings, ac mi a' i i nôl llaeth ffresh a ballu at bore a chydig o fara tra dwi wrthi.'

'Ia, iawn, dos di, a tyd â thoilet rôl hefyd. Dwi'm yn licio hwnna sy'n lle chwech 'na, mae bys rhywun yn mynd yn syth drwyddo fo.'

'Dach chi'm awydd dod efo fi? Gweld chydig o'r lle 'ma? Awn ni i gael mymryn o swpar tra dan ni'n crwydro.'

'Haglwydd, na wna i wir, a' i'm i nunlla heno. Mae gen i *cream crackers* yn fy mag a dwy sleisan o gig oer yng ngwaelod 'y nghês, wneith tro'n iawn i mi.'

Gadewais hi'n tyrchu yn ei bag am y sgwaria bach menyn gafodd hi ar yr awyren. Roedd yn biti garw gen i nad o'n i wedi dod i'w hadnabod yn well cyn hyn, fel dynes hynny yw, nid fel 'modryb'. Difaru na fasa hi wedi gallu siarad efo fi am Eddie a'i gorffennol. Ro'n i wastad yn mynd ati pan fyddai gen i broblem i'w rhannu, ac mi fyddai'n gwrando a rhoi cyngor. Weithia doedd o'n da i ddim, wrth gwrs (doedd ganddi fawr o brofiad yn y maes carwriaethol wedi'r cyfan), ond o leia mi lwyddai i wneud i mi chwerthin bob tro, ac roedd hynny, yn amlach na pheidio, yn gwella pob clwy. Gryduras. 'Mi geith noson iawn o gwsg heno,' meddyliais, 'a fory, mi huria i gar a mynd â hi am sbin i lawr yr arfordir ac mi gawn ni glamp o ginio hyfryd a'n traed yn y môr yn rhywle.' Ro'n i am wneud yn siŵr na fyddai hi byth yn anghofio'i gwylia tramor cynta.

Dyma gyrraedd gwaelod y rhiw serth a throi i'r chwith wrth dŷ melyn mawr ac arogl jasmin bendigedig yn llenwi fy ffroena. Ro'n i wedi cyrraedd y brif stryd a'i bwrlwm Groegaidd traddodiadol. Gwibiai sawl moped heibio, a'u gyrwyr yn bobol ifanc, tenau, smart, di-helmed, yn sodlau a chadwyni aur a gwalltiau hirion i gyd, neu'n neiniau stowt wedi'u gwisgo mewn du (i ddangos eu bod yn weddwon), eu sgertia wedi'u tynnu i fyny uwchben eu pengliniau tewion er mwyn gallu eistedd yn gyfforddus, a'u sana gwlân 'di rhinclo i lawr at eu slipars ffelt duon. Yn aml, byddai plentyn cymharol ifanc yn eistedd rhwng eu cluniau, a hwnnw'n gafael mewn ci bychan, neu felon anferthol. Anhygoel!

Roedd y tai bwyta a'r tafarndai'n gorlifo i'r stryd efo teuluoedd. Teuluoedd estynedig, yn cydfwyta a siarad, a rhannu profiadau'r dydd. Yn fam a thad, yn neiniau a theidiau, yn fodrybedd ac ewythrod, pobol ifanc yn eu harddegau a sawl plentyn yn cropian a thynnu cynffonnau'r cathod dan y byrddau ac, i goroni'r cyfan, un neu ddau o fabis ar sawl glin. Roedd rhain yn bobol oedd ddim wedi anghofio beth oedd cymdeithasu na sut oedd siarad efo'i gilydd. Roedd rhain yn bobol oedd ddim wedi anghofio sut beth oedd o i deulu eistedd o amgylch y bwrdd – efo'i gilydd – ar yr un pryd! Roedd yr arferiad wedi dechrau diflannu adre. Gormod o deuluoedd o lawer yn eistedd o flaen y bocs a'u swper ar eu gliniau, dim sgwrs, dim ond sŵn byddarol o'r gornel yn boddi popeth, a'r plant hŷn yn diflannu i'w llofftydd i wylio'u set deledu eu hunain. Trist iawn.

Cerddais i lawr y stryd, wrth fy modd o fod yn ôl yng ngwlad Groeg, yn enwedig mewn lle oedd yn amlwg heb gael ei ddifetha. Ro'n i hanner ffordd i lawr yr un stryd hir, a phrin iawn oedd y criwiau o Saeson boliog, sana tennis gwynion hanner ffordd i fyny'r goes a bochau cimwch ro'n i wedi eu gweld. Edrychais ar fy oriawr. Naw o'r gloch. Roedd hi'n anhygoel o gynnes a newydd ddechrau tywyllu. Roedd mwy o deuluoedd a phlant a babis rif y gwlith yn dal i gyrraedd yn heidiau am eu swper, a minnau yn eu canol, yn frwdfrydig a hapus, ond yn uffernol o unig.

Sgwn i be oedd Arfon yn ei wneud rŵan? Sgwn i oedd o'n meddwl amdana i, neu oedd o'n brysur yn rhoi bath i Gwyni? Roedd hi awr yn gynharach adra, amser i blentyn bach fynd i'w gwely, siawns? O wel, tym ti tym . . . dim pwynt hel meddylia. Penderfynais bicio i nôl chydig o neges i fynd efo mi i'r apartment cyn mynd i chwilio am fwyd. Do'n i ddim isio dychwelyd yn waglaw a minnau wedi addo chydig o bethau at frecwast. Mi fyddai Dodo Megan yn chwyrnu o'i hochor hi bellach, siŵr o fod, ei bol yn llawn o gracyrs a'i dannedd yn llawn o friwsion – a'i bag o dan y gobennydd synnwn i ddim. Dewisais bot o jam mafon a phaciad o fisgedi go neis, chydig o sudd oren a dwy botel fawr o ddŵr. Roedd y dŵr tap yn ddigon saff dim ond i ni ei ferwi'n iawn, medda 'Nicki ffrom Iôrkshyr' ond do'n i ddim am gymryd unrhyw risgs efo Dodo Megan, na'n stumog fy hun ar ôl y colonic. Roedd y bara i gyd fel brics wedi gwres y dydd, felly mi fasa raid i mi ddod yn ôl yn y bore i gael peth ffresh. Es â thorth i'w thostio efo fi rhag ofn, a charton o laeth. 'Efcharisto,' medda fi'n gwenu ar y ferch y tu ôl i'r til, ac i ffwrdd â fi i chwilio am rywle i gael jinsan fawr tra o'n i'n pori dros y fwydlen.

Anelais i lawr hen wtra fach gul am y traeth, lle roedd miwsig hyfryd traddodiadol yn fy nenu. Suddodd fy sandalau i'r tywod a gwelais y môr yn ymestyn o'm blaen a chychod bach lliwgar yn dawnsio ar ei wyneb. Gwych! Rhois fy magiau i lawr ac eistedd wrth fwrdd efo lliain siec glas a gwyn arno. Roedd cychod mwy yn bellach allan yn y pellter, a'u goleuadau'n wincio arna i. Ro'n i'n ysu am fod yno, ar y dec, yn y düwch, yn sipian coctel a syllu ar y sêr.

'Gwd effening. Welcym tw ddi Acrogiali, wd iw laich e drinc?' Syllais i lygaid y gweinydd bach dela greodd Duw erioed, a gosodwyd y fwydlen yn fy llaw. Archebais jin a thonig a hanner potel o *rosé* a diolchais iddo yn Gymraeg.

'Croeso,' medda fo'n ôl! Dechreuais chwerthin. 'Iw ffrom Gwales, ies?' gofynnodd.

'Neh, imeh w-ali,' atebais. (Ydw, dwi'n Gymraes.) Gwenodd wrth gerdded i ffwrdd i nôl fy niodydd, a phan ddaeth yn ôl eglurodd mai Alexander oedd ei enw, a'i fod o dras sipsi o Albania. Mi wyddwn nad oedd 'na fawr o gariad rhyngddyn nhw a'r Groegwyr, ac mai rhyw rygnu byw oedd y bobl o Albania oedd wedi dianc i Wlad Groeg; llawer ohonynt yn gorfod begera, a'r rhai lwcus mewn swyddi doedd neb arall yn fodlon eu gwneud. Roedd yn falch iawn o'i dras, ac yn ymfalchïo yn y ffaith ei fod yn dod o wlad fach oedd yn ymladd yn erbyn gorthrwm,

'Ddy seim as iw, in Gwales,' meddai, 'iw ddy sêm, wid ddi Inglish ies?'

'Yn hollol, fy ffrind,' medda finna, a chodi 'ngwydryn tuag ato. Chwarddodd y ddau ohonan ni, fel petasa ganddon ni ryw gyfrinach fawr yn ein clymu at ein gilydd. Ac roedd o'n dal i chwerthin wrtho'i hun wrth fynd i weini ar y bwrdd drws nesa. Daliodd fy llygad a wincio wrth gymryd archeb y Saeson.

Dewisais blatiad o *kalamari* efo *ensalata tomat* a phowlenaid o *tzatziki*, sef y bwyd fyddwn i'n ei archebu gyntaf bob tro yr awn i wlad Groeg. Roedd wedi mynd yn ddefod erbyn hyn, a meddyliais eto pa mor neis fyddai cael Arfon wrth fy ochr i rannu'r cyfan. Er i mi drio 'ngora i fflyrtio efo Alexander a chlapio'n frwd ar y cerddorion traddodiadol oedd yn dod o amgylch y byrddau, doedd fy nghalon i ddim ynddi. Blinder, am wn i, ac yn ôl i Aberboncyff oedd fy meddwl yn mynnu crwydro byth a beunydd. Damia! O'n i'n wirioneddol golli'r boi. Penderfynais orffen fy swper a 'niod reit sydyn a mynd yn ôl i'r stafell at Dodo Megan. Falla 'i bod yn ei chael yn anodd i fod ar ei phen ei hun mewn lle dieithr ar ei noson gynta fel hyn. Gwell i mi fynd i weld a oedd hi'n iawn. Codais law ar Alexander oedd yn gweini ar fwrdd cyfagos. Winciodd arna i eto, cyn gweiddi,

'Iw cym agêin ies? Wî tôc abawt smôl cyntris?' Gwenais arno. Rhaid cyfadde, roedd o'n uffarn o beth del, ond roedd y busnas fflyrtio 'ma'n ormod o drafferth gen i heno. Colli'n *touch* mae'n rhaid.

Newydd droi deg oedd hi, a'r strydoedd yn dal yn fwrlwm o fywyd, ond roedd y gwin wedi fy llethu. Hynny, ynghyd â'r siwrne faith, ac ar ben hyn oll roedd y bagia siopa'n ddiawledig o drwm a minnau isio'u llusgo nhw i fyny i dop y rhiw mwya serth yn Tolon. Cyfraith y dywarchen 'ta be?

Rhyw ganllath o'r apartment roedd dyn yn adeiladu giât i'r *complex* newydd gyferbyn â ni. Anghenfil o ddrysau dur uchel, ac roedd o wrthi efo *blowtorch* yn weldio darnau at ei gilydd, yn amlwg yn creu, nid giât yn unig ond, yn hytrach, ddarn o gelfyddyd. Roedd yn brysur wrth ei waith a sefais yno am rai munudau yn trio dyfalu beth yn union oedd y siapiau'n gyfleu. Ar un ongl, gwelwn y môr, yn donnog wyllt, a'r mynyddoedd yn codi yn y pellter; dro arall, gwelwn gefn merch, yn plygu'n fwa gosgeiddig a'i gwallt yn cusanu'r ddaear. Ro'n i'n syfrdan yn rhamant yr holl beth; dyma fi mewn gwlad dramor, yng ngwres yr hwyr, yr arogleuon bendigedig yn gymysg o'm cwmpas, yn gwylio artist wrth ei waith; un foment fythgofiadwy. Diffoddodd y boi ei dorch o fflamau, a gwenodd wrth fy ngweld yn ei wylio.

'Iw laic?' medda fo.

'Yes,' medda fi, 'very lovely, mountains and waves . . . ' Edrychodd arna i'n syn, fatha mod i borc pei yn fyr o bicnic, cyn gwenu.

'No, no, no mawntêins – issa snêil . . . !' Blydi hel. Malwan fawr oedd y blydi peth yn diwedd, a finna wedi mynd i ysbryd y darn go iawn.

'Oh! Of course, ia wir,' medda fi'n teimlo'n wirionach na gwirion, am fy mod wedi gweld popeth ond blydi malwen yn ei giât gythraul. Codais fy aeliau a chychwyn cerdded oddi yno, wedi gwylltio efo mi fy hun am fod mor dwp. Rhyw wylia felly oedd hwn am fod. Siomedig. A rŵan ro'n i'n mynd yn ôl i wely sengl, oer, diarth efo modryb sefnti-nain yn chwyrnu wrth fy ochor. Grêt, blydi grêt . . .

Wedi troi 'ngoriad mor ddistaw ag y gallwn yn y clo, es

trwy'r drws fel llygodan mewn slipars. Doedd fiw i mi ei deffro hi rŵan os oedd hi wedi llwyddo i gysgu, neu mi fydda 'na gythraul o le. Dyma roi'r golau mlaen yn y stafell molchi er mwyn i mi gael chydig o lewyrch i weld be o'n i'n wneud. Trio dod o hyd i 'nghoban a rhoi'r dŵr yn yr oergell oedd y ddau beth pwysica. Cloais y drws allanol cyn ymlwybro'n ddi-smic, yn yr hanner gwyll, i agor drws yr oergell. Gwichiodd yn uchel. O! Bygyr . . . Trois i hanner edrych i gyfeiriad Dodo Megan ond doedd dim i'w glywed. Doedd hi ddim hyd yn oed yn chwyrnu heno, diolch byth, felly mi gawn inna ddistawrwydd i gysgu yn y munud. Wedi rhoi'r dŵr a'r llefrith i oeri, llithrais allan o'm sandalau, oedd yn nefolaidd, gan fod fy nhraed wedi dechrau chwyddo ar ôl yr holl deithio, y cerdded a'r gwres.

Yn sydyn, trawodd fi pa mor flinedig o'n i mewn gwirionedd a gorweddais yn ôl ar fy ngwely a syllu ar y nenfwd. Roedd streipen o olau ar ei thraws, o gyfeiriad yr ystafell molchi. Dilynais y streipen ar draws y nenfwd tuag at ddrws y balconi. Roedd y llenni'n llydan agored a gwelwn olau yn ffenestri'r fflatiau ar draws y gerddi. Gallwn weld dyn blonegog a moel, yn ei drôns, yn estyn am fanana o bowlen. 'Peth rhyfedd,' meddyliais, 'fasa Dodo Megan byth wedi mynd i'w gwely heb gau'r llenni siawns? Mae'n rhaid ei bod wedi blino'n rhacs i beidio â gwneud hynny. Mae hi mor barticlar ynglŷn â chael ei gweld yn ei chyrlyrs a'i choban. Nefoedd, mae hi'n ddistaw uffernol . . . bron yn rhy ddistaw.' Dechreuais banicio yn yr hanner gwyll. Bygro fo, os deffra i hi, o leia fydda i'n gwybod ei bod hi'n fyw. Dyma godi a mynd at y stafell molchi, a rhoi sgwd i'r drws led y pen efo blaen troed nes i ffrwd o olau llachar lifo i mewn i'r llofft. Edrychais draw at wely Dodo Megan gan ddisgwyl ei gweld yn llonydd, gegagored a'i dannedd ar y bwrdd bach wrth ei hymyl. Ond doedd ei dannedd ddim yno. Blydi Nora! Doedd Dodo blydi Megan ddim yno chwaith!

Neidiais ar draws y stafell a throi'r goleuadau i gyd ymlaen. Lle ddiawl fyddai dynas saith deg naw oed wedi mynd ar ei phen ei hun am chwarter i un ar ddeg y nos mewn gwlad ddieithr? Codais ei gobennydd; doedd ei bag ddim yno, nac yn unman arall chwaith. Roedd y dillad y teithiodd ynddynt – y twin-set *powder blue* o Bonmarché Pwllheli a'r sgert *polyester* hufen – ar y gwely, a'i choban brei-neilon (bryshd) wedi ei phlygu'n daclus wrth eu hymyl. Ar lawr, roedd y slipars pom-pom o ffair Dolgellau. Fuo bron i mi ddechrau crio pan welis i'r rheiny. Roeddan nhw'n edrych mor pathetig a hollol allan o le yn fa'ma. Adra oeddan nhw fod, ym Mhenbryn, o dan y setl. Ym Mhenbryn ar y carped Axminster blodeuog, nid yn fa'ma ar oerfel y teils marmor. Eisteddais i lawr a'r ofn yn codi'n gyfog yng nghefn fy ngwddw. Dechreuais ddychmygu pob math o betha. Dodo Megan, wedi ffwndro, yn dod i chwilio amdana i ar ôl methu cysgu. Wedi mynd ar goll, a rŵan roedd hi ar ei chefn mewn ffos, wedi llithro, wedi torri'i choes ac yn cael ei byta'n fyw gan fosgîtos ffyrnig. Dodo Megan druan yn crio o dan goeden olewydd ar ôl methu dod o hyd i mi, a rŵan yn methu dod o hyd i'w ffordd yn ôl. Ro'n i'n gwneud fy hun yn sâl yn poeni a phenderfynais ddechrau chwilio o amgylch gerddi'r fflatiau, ac os na ddown o hyd iddi ymhen chwarter awr fe fyddwn yn ffonio rhif argyfwng 'Nicki ffrom Iôrkshyr'. Dyma lithro i mewn i 'nhreinyrs, doedd hyn ddim yn jòb sodla.

Brad y Llygaid Gleision

Cerddais o amgylch yr adeilad dair gwaith, gan edrych yn fanwl tu ôl i bob llwyn, ymhob cornel dywyllach nag eraill a thu ôl i goed. Cychwynnais i lawr y ffordd, lle roedd yr artist giatia wedi diffodd ei *blowtorch* am y noson. Pwy 'sa'n meddwl y buaswn i'n ôl yn fa'ma eto heno a finna'n meddwl mod i ar y ffordd i 'ngwely ers oes? Ro'n i'n nacyrd, roedd 'na wynt digon oer wedi dechrau chwythu i mewn o'r môr ac roedd gen i deimlad uffernol yn fy nŵr. Roedd rhaid ffonio'r rep, fetswn i ddim gwneud hyn fy hun. Roedd y ffôn argyfwng yn y Bar Antonio drws nesa. Dechreuais redeg am tan'no. Clywais fiwsig a sŵn chwerthin, a chofiais i Nicki ddeud y pnawn hwnnw bod y 'Noson Roegaidd Draddodiadol' ymlaen heno a *moussaka* a gwin yn cael eu gweini rhwng naw y nos ac un o'r gloch y bore, am tua tair punt y pen. Wel, o leia mi fyddai 'na ddigon o bobol yno i'm helpu i chwilio. I fyny'r grisiau â fi fesul dwy, a chychwyn o amgylch y pwll am y byrddau yr ochor arall. Roedd y dŵr yn gwahodd yn fendigedig, yn wyrddlas ac wedi'i oleuo oddi tano, yn batrymau dail palmwydd i gyd. Ro'n i wedi edrych ymlaen gymaint at blymio i'w waelod cyn llusgo'n hun allan a gorwedd yng ngwres yr haul tanbaid efo llyfr reit dda a Pimms mawr wrth f'ochor. Ond ddim rŵan, wrth reswm. Gweld Dodo Megan yn saff, dyna'r unig beth pwysig rŵan.

'Ang-haar-ad!' Stopiodd y llais fi'n stond, a chodais fy mhen i sganio ymylon y pwll.

'Iw hw, Ang-har-ad, dwi'n fa'ma.' Syllais i gornel

bella'r bar ac yno, yn eistedd efo dau neu dri o bobol eraill, oedd Dodo Megan. Roedden nhw o amgylch bwrdd oedd yn drwm efo gwydrau gweigion a photeli gwin. Blydi hel! Oedd hi wedi bod yn fan'ma yn mwynhau'i hun tra o'n i'n cael blydi trawiad yn poeni amdani? Cerddais draw â 'ngwynt yn fy nwrn. Ro'n i wedi gwylltio efo hi go iawn ac ar fin agor fy ngheg i roi uffarn o lond pen iddi hi pan ddywedodd,

'O! Dwi mor falch dy fod ti wedi dod, ddalltis di'r neges yn iawn felly do, cyw?'

'Neges?'

'Wel, ia, adawis i nodyn i chdi i ddeud mod i wedi dod i fa'ma efo Tony, ac i chdi ddod i chwilio amdana i pan gyrhaeddet ti'n ôl o'r pentra. Ges ti swpar go lew?'

'Lle oedd y neges 'ma'n union?' gofynnais yn swta.

'Wel, yn y stafell molchi'n 'de. Meddwl o'n i y basa ti wedi mynd i llnau dy ddannadd yn syth ar ôl dod i'r tŷ, ac y buaset ti wedi'i gweld hi peth cynta.' Wrth gwrs, do'n i heb fod i mewn yn y stafell molchi o gwbwl! Dim ond rhoi'r golau ymlaen o'r tu allan wnes i, er mwyn gallu gweld fymryn. Felly ro'n i wedi gwneud fy hun yn sâl i sod ôl!

'Fues i ddim yn llnau'n blydi dannadd naddo!' medda fi. 'To'n i'n rhy brysur yn poeni amdanoch chi i llnau bygyr ôl!' Gwelwodd Dodo Megan a gwelais mod i wedi ei brifo.

'Can I get you a drink, young lady? You look as if you could do with one,' medda'r llais gyferbyn â mi. Tony, y dyn o'r maes awyr a'r bŷs. 'Pwy ddiawl mae'r twrdyn 'ma'n alw'n "young lady"?' meddyliais.

'Too bloody right,' atebais yn wyllt, 'it's not every night you think you've got a dead aunt in a ditch.' Ro'n i ar fin deud rhywbeth llawer mwy crafog am ei fod wedi bod mor nawddoglyd, ond achubodd Dodo Megan y blaen arna i.

'Anthony ydi hwn, Angharad; faglodd o drosta i yn y maes awyr, ti'n cofio – *tripped, didn't you, Tony*? A wyddost ti be, mae o drws nesa i ni, *next door aren't you*? Rhyfedd 'te?'

'Ddiawledig,' medda fi'n grimp. Edrychais arni a sylweddoli ei bod hi reit ryw fflyshd. Ro'n i'n amau ei bod wedi cael dipyn i yfed. Ac roedd dipyn yn lot i ddynes oedd heb gael tropyn ers deugain mlynedd. Gwenodd hithau'n ôl arna i a'i llygaid glas yn pefrio. Sut fetswn i fod yn flin efo hi a hithau'n amlwg yn cael uffarn o amser da?

'Yes then, ok, thanks,' medda fi wrth y Tony 'ma, 'I'll have a very large Pimms and lemonade,' cyn troi at Dodo Megan. 'Gan eich bod chi wedi rhoi hartan i fi, geith o dalu am un mawr. Diflannu fel'na! O'n i methu dallt be ddiawl oedd wedi digwydd i chi!' Daliodd i wenu fel giât arna i, ac ro'n i'n amau ei bod hi reit *chuffed* mod i wedi poeni gymaint amdani.

'Tro dwytha welis i chi,' medda fi, 'roeddach chi'n setlo i lawr am y noson efo'ch coban Contessa a'ch crîm cracyrs. Be gythraul o'n i fod i feddwl yn dod yn ôl i weld y lle'n wag?'

Pwysodd i mewn ata i. 'Wel, fel hyn digwyddodd hi wsti; ti'n iawn, o'n i'n barod i fynd i 'Nghontessa, ac wedi cael 'y nghracyrs a bob dim, ac mi gofis i'n sydyn mod i heb olchi'n staes at bora fory. Fedri di 'i adael o i sychu dros nos yn fa'ma, medri? Tydi'r gwres 'ma'n handi felly? Wel, dyna wnes i ti'n gweld. Sgrwbiad sydyn i'r gyset efo 'mrwsh gwinadd a'r sebon *coal tar*, a'i rinsio fo'n sydyn dan y tap, ac allan â fi ar y balconét.'

'Balcon-i, Dodo Megan.'

'Ia, hwnnw,' meddai. 'Beth bynnag, dyma fi'n ei begio fo ar y lein fach 'na rhyngon ni a drws nesa. "Dyna hwnna 'di'i neud," medda fi wrthaf fi'n hun, a mynd i mewn i 'ngwely o'n i pan ddeudodd Tony "ello there? How are you by now? Tripped any one up lately?" Wel, dyma fi'n troi, a dyna lle roedd o'n sbecian dros y parapet. Ofynnodd o i fi os o'n i am fynd i'r noson draddodiadol yn y bar, ac mi ddeudis nad o'n i am wneud ffasiwn beth wir, mod i wedi blino ar ôl y daith a mod i am fynd i 'ngwely.'

'Be ddiawl oedd o i neud efo fo beth bynnag?' medda fi'n torri ar draws.

'Wel, na, Angharad, dal dy ddŵr rŵan,' meddai gan roi ei llaw ar fy mraich, 'mi wnaeth i mi feddwl wedyn ti'n gweld, pan ddeudodd o, "Good God, you're in Greece woman, life's too short to be pegging out your smalls on a heady night like this; come with me, and let me buy you a drink. We're a long time dead, my dear, that's what I say." Ac mi ganodd ryw gloch yn fy mhen ac mi feddylis i am Eddie druan ar ganol ei drymp. Fasa fo wedi bod wrth ei fodd yn fa'ma wsti. Yn y bar yn chwara cardia a siarad efo pawb, a dyma fi'n deud wrthaf fi'n hun, "Tyd yn dy flaen Megan Elisabeth, anghofia am dy staes a dos allan i chwara."'

Ddechreuis i chwerthin wedyn, chwerthin o'i hochor hi. Blydi hel, roedd y ddynas 'ma'n gyfrifoldeb ond yn ddiawl o gês, ac mi steddis yn ôl wedyn i wrando ar y gerddoriaeth, efo'r Pimms mwya welis i erioed yn fy llaw dde.

'I wylia da,' medda fi'n codi 'ngwydryn tuag ati.

'Ia wir,' medda hitha'n cymryd joch go hegar o rywbeth tebyg i Alka-Seltzer nes roedd ei thrwyn a'i thalcen 'di crychu a'i llygaid yn cau yn ddau hollt tenau.

'Be dach chi'n yfed?' medda fi.

'Duw a ŵyr,' meddai, 'rhywbeth ddoth y dyn 'ma i fi; diawl o flas arno fo, ond mae o reit neis ar ôl y cegiad cynta. Fedra i mond ei ddisgrifio fo fel pi-pî Byrti Bassett.'

Gwyddwn wedyn bod Dodo Megan wedi cael ei Ouzo cyntaf!

Ddwy awr yn ddiweddarach, ymlwybrodd y ddwy ohonon ni'n ôl am y tŷ a Tony'n llusgo y tu ôl i ni ac yn mwydro am ryw *'pick-up point'*. Ro'n i wedi edrych ymlaen at ymlacio'n llwyr wrth ochor y pwll drwy'r wythnos a meddwl am ddim ond fy llyfr, fy lliw haul a lle oedd y lle chwech. Ond na, roedd Dodo Megan wedi trefnu trip i ni.

'Gwranda, mae Tony wedi cael dau docyn i ni fynd i weld Epidiwral.'

Clywodd Tony hi'n malapropio. 'I think you mean Epidauros, Megan dear,' medda fo.

'Ia, fanno,' medda hitha'n igian.

'Be, fory?' ochneidiais.

'Naci, diolch i Dduw! Beryg fydda i'm yn dda iawn fory,' meddai, cyn baglu ar ei phen i goeden lemwn.

Oedd, mi roedd Dodo Megan reit giami'r bore wedyn, ond eto, roedd hi o gwmpas ei phetha erbyn hanner dydd pan ddaeth Tony at y drws i ofyn a fyddai hi'n licio mynd lawr i'r harbwr am ginio bach. Edrychodd arna i'n ymbilgar fel petai'n gofyn am ganiatâd. Fetswn i wneud dim ond hanner gwenu. Pwy oeddwn i i rwystro'r ddynas rhag mwynhau ei hun? Rhoddodd ffling i strap ei bag dros ei hysgwydd ac i ffwrdd â hi wedi sbriwsio trwyddi.

Hanner awr wedi chwech ddaeth hi'n ôl, a hynny ddim ond am awran i gael siesta, slempan dros ei hwyneb a newid. I ffwrdd â hi eto wedyn, i gwarfod Tony a ryw bobol eraill yn y bar. Roedd hi a fo wedi gwneud ffrindiau efo cwpwl neis iawn oedd yn digwydd bod yn aros yn y fflat oddi tanon ni, medda hi. Ryw Peter a Pat, cwpwl yn eu chwe degau hwyr o Market Harborough. Steddis i'n y tŷ'n yfed Pimms ar fy mhen fy hun fel blydi weino. Bili No Mêts. Diawl o wyliau oedd hwn . . .

Hir yw Pob Epidauros

Erbyn i ni ymlwybro'n ôl at y bỳs a chychwyn adra am Tolon ro'n i wedi gweld mwy o blydi *ancient ruins* mewn un diwrnod na wela i byth dwi'n meddwl. Roedd gen i ddau *ancient ruin* arall yn eistedd gyferbyn â mi ar y bỳs, ac roeddan nhw wedi bod yn mynd ar fy nerfau i drwy'r dydd.

Roedd Dodo Megan, Tony (wrth gwrs) a fi wedi dal y bỳs am theatr anhygoel Epidauros am wyth y bore. O'r funud y daeth y ddau wyneb yn wyneb eto roeddan nhw fel plant ysgol. Welis i rioed ffasiwn beth. Roedd Dodo Megan yn fflyrtio'n ddi-baid, yn gostwng ei ll'gada bob hyn a hyn ac edrych yn hanner pan ar Tony. Byddai hwnnw wedyn yn wincio arni'n slei cyn tapio ochor ei drwyn yn wybodus fel petai'r ddau ohonyn nhw'n rhannu cyfrinach fawr. Roedd hanner ohona i'n ymfalchïo yn y ffaith bod fy modryb hynafol yn gallu bachu dyn ar ei gwylia (o leia roedd un ohonan ni'n y teulu dis-ffyncsional 'ma'n gallu gwneud rhywbeth yn iawn) ac yn falch iawn ei bod yn mwynhau ei hun gymaint, a'r hanner arall yn blwmin cenfigennus. Wedi'r cwbl, fi oedd wedi dod i wlad Groeg i anghofio am Arfon! Wel, dod yma i fwynhau'n hun a thrio anghofio am Arfon am chydig ddyddia. A dyma fi, yn pathetig a hunandosturiol, yn gwylio Dodo Megan yn stwffio'i bys i fol ryw hen foi o Sutton Coldfield a'r ddau yn chwerthin o'i hochor hi.

'Iesu bach, wnewch chi'ch dau roi'r gora iddi?' medda fi ynghanol taith o amgylch yr amgueddfa. Roeddan nhw'n giglan a phiffian tra oedd y ferch druan yn trio egluro pwysigrwydd y cerflun o Asklepios (Duw gwellhad yn y bumed ganrif CC), gerfiwyd gan y cerflunydd Thrasymedes yn 370 CC Roedd sarff wedi'i chlymu o amgylch ei ffon, a chlywn Dodo Megan yn gofyn i Tony,

'Do you think he realises he's got an asp on his rod?'

'Rhowch gora iddi,' medda fi – eto. 'Dach chi fatha plant, wir. Ewch allan os nad oes ganddoch chi ddiddordeb yn be ma'r ddynas druan yn ei ddeud.'

Dyma fi'n troi i wrando eto ar y ferch, oedd bellach wedi mynd yn ei blaen i sôn am golofn Gorinthaidd fendigedig gerfiwyd gan Polykleitos yr Ieuengaf yn 370 CC. A deud y gwir, do'n i chwaith ddim yn canolbwyntio gant y cant ar ei geiriau, oherwydd roedd fy sylw'n cael ei hoelio ar ei mwstásh. Roedd hon angen joch o rwbath go hegar o gefn fy nghwpwrdd pils a crîm. Y tu ôl i mi, clywais Tony'n deud wrth Dodo Megan ei fod wedi defnyddio rhywbeth yn debyg i 'Polykleitos' i growtio'i deils y llynedd, a honno'n chwerthin nes roedd hi'n tagu.

'Right,' medda fi'n troi i wynebu'r ddau a siarad trwy fy nannedd, 'out! Out you go, both of you; you're a disgrace. Rhag eich cywilydd chi, Dodo Megan, be sy wedi digwydd i chi?'

'Dowadd, be sy haru ti, hogan?' medda Dodo Megan,. 'Tipyn o hwyl diniwad ydi o. Wyddwn i rioed bod gen ti ffasiwn ddiddordeb mewn hen betha.'

'Wel ddim hanner cymaint â chi mae'n amlwg,' atebais gan nodio i gyfeiriad Tony.

'Duw, Duw, paid â bod yn wirion – hwn? Mae o'n *eighty-two*, Angharad, be ti'n feddwl ydw i?' sibrydodd.

'*Seventy-nine*,' sibrydais yn ôl, 'a pheidiwch â meiddio deud ei fod o'n rhy hen i chi!'

'To'n i ddim; deud ffaith oeddwn i. Mae o'n gneud i mi

chwerthin, a mi rydw i wedi gneud ffrind, dyna'r cwbwl. Dim byd arall. Fiw i mi fynd yn rhy agos ato fo, nacdi, mae'r dynion dwi'n eu cyfarfod yn disgyn yn farw ar ôl chydig fisoedd, ti'm yn cofio?' Trodd ar ei sawdl a'i chychwyn hi allan rhwng y pileri marmor gan ddeud, 'Come on Tony, let's go and have a *panad*,' ac aeth hwnnw ar ei hôl hi fel shot.

'*Oh, I remember that one well,*' medda fo. '*Paned o de* is it? Did I tell you I used to come to Corris as a child?'

'Upper or lower?' medda hitha gan ddiflannu heibio i gerflun luniwyd yn 380 CC o Nereid, Duwies Aura, yn codi o'r môr ar gefn ei cheffyl.

Cachu Mot. Ro'n inna ar gefn fy ngheffyl ac yn teimlo'n uffernol. Dodo Megan druan. Ei gwylia cyntaf erioed, a dyma lle roedd hi'n styc efo hen hwch fatha fi. Ro'n i methu peidio meddwl am Arfon. O'n i isio mynd adra. Isio'i weld o. Ac nid bai Dodo Megan oedd hynny, na bai Tony chwaith. Roedd gen i ymddiheuriadau i'w gwneud, ac wedi deng munud arall o wrando ar y ferch dlos efo'r mwstásh mwya welis i ar neb ers ryw foi ar *Y Palmant Aur*, i ffwrdd â fi i chwilio am y ddau.

Roeddan nhw'n eistedd dan gysgod olewydden yn yfed sudd oren ffresh, newydd ei wasgu, oedd i'w gael o fan gyfagos. Fel yr agosawn gwelwn eu bod â'u pennau'n glòs, ac yn syllu ar dudalennau fy hen gopi i o *Basic Holiday Greek*. Roedden nhw'n rhowlio chwerthin eto. Anelais am y fan sudd oren, ac fel ro'n i'n mynd heibio iddyn nhw clywais Dodo Megan yn deud, 'I have a blockage . . . ' a'r ddau'n bloeddio'u llawenydd. Ai dim ond plant dan ddeg a phobol dros eu deg a thrigain sy'n gweld manteision hiwmor lle chwech? Gwgais yn sych wrth eu pasio. Ro'n i'n adnabod y llyfr fel cefn fy llaw, ac wedi'i ddefnyddio yr wyth tro diwethaf y bûm yng ngwlad

Groeg. Roedd rhaid i mi gyfadda, roedd o'n llawn o frawddegau gwirioneddol ddoniol. Brawddegau fasa rhywun ddim yn meddwl eu defnyddio byth, heb sôn am ar wyliau, neu o leia'n gobeithio na fasan nhw byth eu hangen ar wyliau. Ac roedd y frawddeg roedd Dodo Megan newydd ei hadrodd yn esiampl dda: 'Nomiso exo ena vouloma', 'Mae gen i flocej'. Ro'n i wedi'i defnyddio'n hun sawl gwaith ar wahanol ynysoedd efo gwahanol ffrindiau, ac wedi cael laff bob tro. Roedd Tony'n morio chwerthin eto, yn amlwg yn mwynhau pob eiliad yng nghwmni Dodo Megan.

'Chreiasome mia proektasi kalodio,' medda fo gan bwyntio at y dudalen o'i flaen a Dodo Megan yn plygu yn ei hanner, roedd hi'n chwerthin gymaint. Fwy na hynny, roedd hi'n plygu i mewn i gyfeiriad Tony, nes roedd ei phen yn pwyso'n erbyn ei frest bron iawn. Blydi hel! Mi wyddwn yn iawn mai ystyr y geiriau oedd 'Dwi angen estyniad' ac ro'n i'n ysu i wybod be oedd Tony'n sibrwd yng nghlust Dodo Megan wedi iddi stopio chwerthin. Hyd yn oed yng ngolau'r haul llachar 'ma, ro'n i'n amau ei bod yn cochi. Archebais fy sudd oren yn swta ac aeth y dyn i waelod sach gyfagos i nôl orenau mawr, ffresh cyn eu hollti efo cyllell erchyll o siarp.

'Boreite na to rapsete piso?' medda Dodo Megan y tu ôl i mi. Gwelwn Tony yn trio ymestyn i weld be oedd ystyr y geiriau a hithau'n cuddio'r llyfr y tu ôl i'w chefn yn chwareus. Dechreuodd ei chosi, cyn dwyn y llyfr oddi arni a darllen yn uchel, 'Could you sew this back on please?' cyn chwerthin yn uchel eto a rhoi ei ben ar ysgwydd Dodo Megan a chymryd arno ei fod yn crio. Roeddan nhw'n bell yn eu byd bach eu hunain. Ac mi ro'n inna'n corddi am eu bod nhw'n cael amser mor dda hebdda i. Be ddiawl wnaeth i fi feddwl y gallwn i ddianc i wlad Groeg i anghofio'r wythnosa dwytha 'ma, a hynny yng nghwmni hen fodryb? Unrhyw blydi modryb. Unrhyw rwbath arall, yn ddyn neu anifail. Heblaw Arfon. Dyna'r gwir amdani. Faswn i ddim yn gallu mwynhau fy hun efo neb na dim, yn nunlla, 'blaw efo fo, waeth i mi gyfadda ddim. A doedd denig i fa'ma ddim wedi gweithio. Adra o'n i isio bod.

Cydiais yn y gwpan llawn rhew a sudd, llawn tameidiau o oren, a thalu amdani. Wrth droi i wynebu'r fainc lle'r oedd y ddau'n cysgodi, penderfynais, o'u gweld mor fodlon, nad rŵan oedd yr amser i mi roi dampar ar betha. Beth bynnag, roeddan nhw'n dal i fynd ar fy blincin nerfau yn bod mor blentynnaidd (er mod i wedi gwneud yr union beth efo'r union lyfr yna fy hun droeon). Trois ar fy sawdl a'i chychwyn hi am y theatr fawr.

Dringais i fyny'r llwybr serth a 'mhen yn sglwtsh o emosiynau. Nid yn unig oedd hi'n annioddefol o boeth, a hynny'n gwneud i mi deimlo'n llesg, ond hefyd do'n i wir ddim yn gwybod beth i'w wneud efo fi'n hun. Roedd y lle'n llawn o gyplau: Americanwyr tew, bochgoch, yn cerdded law yn llaw, a'u cluniau'n cyd-shwshan; Almaenwyr tal, athletig, a'u sanau *towelling* gwyn hanner ffordd i fyny'u coesau, eu bagiau bychain, unstrap, lledr yn crogi o'u garddyrnau a'u sandalau'n dal i sgleinio, er mor llychlyd y llwybr; Japaneaid bychain, esgyrnog mewn dillad *designer* yn ymlwybro ym mreichiau'i gilydd a chlicio'u camerâu bob tri deg eiliad, efo ebychiadau o foddhad. A fi. Cymraes gyffredin yr olwg yn baglu mynd ar ei phen ei hun oherwydd bod ei llygaid yn llenwi â dagrau a'i sudd oren ffresh yn slyrpian dros ochor ei chwpan bapur nes roedd afonydd bychain yn rhedeg i lawr ei choesau gwelw. Coesau oedd angen eu siafio eto, er iddi roi'r Gillette arnyn nhw lai na chwe awr yn ôl. Doedd 'na ddim sens fel roedd blew rhywun yn ffynnu yn y fath wres!

174

'Excuse miss,' meddai rhywun, a chodais fy mhen i weld un o'r Japaneaid yn sefyll wrth f'ochor efo'i chamera. 'You please take photo?' Pwyntiodd yn ôl ati hi a'i phartner. Nodiais arni, taro 'nghwpan ar lawr wrth fy nhraed ac estyn am y camera. Aeth hithau i sefyll wrth ochor ei chariad hapus a gwenodd y ddau ar y lens fel gwenwyr proffesiynol. Welwn i bygyr ôl. Ro'n i mor ddagreuol, Duw a ŵyr be dynnis i. Dim ond gobeithio eu bod nhw wedi cael rhyw fath o lun i gofio am eu hymweliad â'r lle anhygoel yma. Dychmygais nhw'n cael y pecyn yn ôl o'r siop cemist, a gweld y llun sigledig, niwlog 'ma, a dim sôn am y theatr yn y cefndir gan mor grynedig y llun. Yn fy mhen, clywn un yn deud wrth y llall, 'O na! Mae'r llun yma'n ofnadwy!' (mewn Japanaeg) a'r llall yn ateb, 'Ti'n iawn! Dyna'r un dynnodd y ddynes dew, dipresd 'na. O'n i'n gwbod y dylen ni fod wedi gofyn i'r *Germans* . . . '

Theatr 'Absŵrd' ar y Naw

Mae cylch y theatr yn dal pedair mil ar ddeg o bobol, rhes ar ôl rhes ar ôl rhes, mewn hanner cylch godidog, a phob sêt wedi'i cherfio allan o farmor. Gwyrthiol, a fetswn i ddim ond dechrau trio dychmygu godidowgrwydd y lle yn y flwyddyn 3 CC pan oedd y pileri a'r colofnau i gyd yn sefyll a'r gwaith plastar wedi'i beintio, yn anifeiliaid, yn bobol ac yn dduwiau, a hynny mewn lliwiau trawiadol o aur a choch cyfoethog.

Yr unig beth sy'n goch yma heddiw ydi'r monolog echrydus mae'r Americanwr 'ma o 'mlaen i'n drio'i adrodd. Reit yng nghanol y llwyfan mae cylch bychan o farmor. Hud a gwyrth y lle yma ydi'r ffaith y medr unrhyw un – cantorion, actorion neu Americanwr tew di-dalent sydd isio dangos ei hun – sefyll ar y cylch bychan yma, siarad mewn llais arferol ac mi fydd i'w glywed yn berffaith glir yn yr uchelfannau uchaf un, bron i ddau gan llath i ffwrdd, i fyny cannoedd o risiau marmor, yn y 'Gods' go iawn. Dim angen gweiddi o gwbwl. Ro'n i'n eistedd tua hanner ffordd i fyny pan ddechreuodd y boi 'ma ar ei adroddiad.

'O, 'co ni off, mae 'na wastad un yn does; lle bynnag ewch chi, mae 'na un blydi poen yn din,' medda fi wrthaf fi'n hun. Ar ôl munud neu ddau o falu cachu, dyma fo'n stopio a chysgodi'i lygaid rhag yr haul tanbaid a gweiddi i fyny tu ôl i mi i rywle.

'Are you getting this, honey?'

'Speak up, she can't hear you,' gwaeddais yn ôl.

Twrdyn diawl. Yn difetha'r awyrgylch i bobol fel fi oedd jyst isio anadlu o naws hynafol ac anfertholrwydd y lle.

'Sure sweetie, really clear, go again from the top,' atebodd hithau o berfeddion ei lens wyth modfedd, a dyma'r lwmp blonegog yn ei flaen efo'i fonolog. Trist iawn, feri sad. Dyma fi'n codi a'i chychwyn hi'n ôl am y bỳs. Diolch i Dduw, roeddan ni'n gadael mewn chwarter awr. Ro'n i isio cawod, diod a llonydd. Mewn unrhyw drefn.

Ymlwybrais yn ôl am y maes parcio, a gwelwn Dodo Megan a Tony yn camu ar y bỳs; roedd llaw Tony yn cwpanu penelin Dodo Megan i'w helpu i ddringo, er ei fod o dair blynedd yn hŷn na hi. Wel, rŵan amdani felly. Ella ga i gyfle i gael gair yn ei chlust. Damia, ar ei gwylia efo fi oedd hi i fod, a doedd hi prin wedi siarad efo fi ers cyfarfod y blincin boi 'ma. Ia, wn i, ro'n i'n bod yn blentynnaidd, ond ro'n i'n unig! Ac roedd ei gweld hi'n cael ffasiwn amser da hebdda i yn troi fel cyllell. O, Arfon. Sgwn i be ti'n neud rŵan?

Barcud Coch ar Gefndir Glas

Efalla 'i fod o ar lan y môr efo Gwyneth, yn rhedeg ar ôl pêl, a gwallt melyn cyrls y ddau yn bownsio ar eu hysgwyddau brown a'u chwerthin yn atsain yn donnau hapus oddi ar y clogwyni o'u cwmpas. Sgwn i oes 'na wynt? Efalla 'u bod nhw'n barcuta. Tynnu ar y llinyn tyn a'r ddau â'u pennau'n ôl yn syllu ar y sgwaryn coch, pell yn hedfan fry yn y nefoedd las; dwylo cryf Arfon efo chydig o ôl tywydd a gweithio allan yn yr awyr iach arnyn nhw, wedi plygu'n annwyl dros ddwylo bach meddal, pinc, poji'r ferch fach, eu cyrff yn agos, ac arogl eli haul cnau coco, ffactor 60 yn eu ffroenau. Mae mymryn o dywod gwlyb yn crafu'n ysgafn ar freichiau'r ddau. Yn sydyn, mae'r gwynt yn gostwng ac mae Arfon yn tynnu ar y llinyn a'i freichiau'n pwmpian fel breichiau Ellen MacArthur 'di gweld y lan. Ac wele! Fe lapiwyd y barcud yn gelfydd a'i stwffio'n ddidrafferth o dan ei gesail, Gwyneth ar ei sgwyddau, ac yntau'n brasgamu'n bwrpasol i fyny'r traeth. A dacw'u tywelion yn aros amdanynt. Un mawr gwyrdd i Arfon ac un bach pinc efo lluniau pilipala iddi hi. Mae'r ddau yn lluchio'u hunain ar gynhesrwydd y cotwm cynnes. (Be faswn i'n wneud yr eiliad yma i newid lle efo'r blydi tywel 'na a chael Arfon uwch fy mhen, yn agos, agos, yr haul ar ei gefn ac arogl gwymon yn ei wallt.) Mae'n palu i mewn i'w fag i nôl bocs o frechdanau meddal, ffresh (bara brown organig, wrth gwrs), creision (organig, halen isel) a ffrwythau – organig eto. Drachtio wedyn o botel fawr o ddŵr oer, oer (o ffynnon leol – sy'n ei wneud yn organig am wn i). Roedd fy arwr cydwybodol, ystyrlawn wedi rhoi'r botel mewn bag 'rhewgell' a dau floc o rew glas ynddo. Mae dau dwb bychan o hufen iâ Cadwalader's yno hefyd, ac mae'r hogan fach (dlws, fochgoch, ddiolchgar) yn gwichian â phleser wrth i'w thad (golygus, tal, ffraeth, dibynadwy) dynnu'r hyfrydbeth hufennog allan o'i guddfan oer. Mae'r môr yn y pellter fel llyn llefrith . . .

'Angharad?'

Deffrowyd fi o'm breuddwyd o berffeithrwydd organig gan lais Dodo Megan. Ro'n i'n sefyll rhyw chwe troedfedd o ddrws y bỳs, a phawb arall wedi hen fynd i mewn i eistedd. Edrychais i fyny a dyna lle roedd rhesiad o wynebau cochion, blin yn syllu arna i drwy'r *tinted glass*.

'Ti am ddod efo ni 'ta be? Neu ti am sefyll yn fan'na'n toddi fel rwbath hannar pan? Mae'r bobol 'ma'n shrincio'n fa'ma,' medda Dodo Megan, a diflannu'n ôl i mewn. Roedd yn amlwg â chywilydd ei bod yn perthyn, neu hyd yn oed yn adnabod, y dihiryn breuddwydiol oedd wedi gwneud pawb yn hwyr am eu siestas. Neidiais ymlaen gan wenu'n ymbilgar a chodi fy llaw mewn ffordd 'wps, sili mî' ar bawb. Roedd y rhyddhad yn amlwg ar eu hwynebau llaith, piws wrth i'r siarabáng ferwedig dynnu allan i'r ffordd fawr.

Yn Ôl i *Leufer*

Eisteddais yn y sêt wag gyntaf y gallwn ddod o hyd iddi, cyn gwthio fy mag yn erbyn y ffenest fel clustog a gosod fy mhen arno; cyrliais fy nghoesau oddi tanaf gan wneud fy hun mor fach â phosib, a chaeais fy llygaid. O fewn dim, roedd tarmac tyllog y Peloponîs wedi fy suo'n ôl i lan môr Aberboncyff, a minnau'n gorwedd ar fy nhywel melyn, yr hogan fach yn codi cestyll wrth fy nhraed ac Arfon yn gwenu arna i â llond ei geg o borc pei.

Nid felly oedd petha go iawn, wrth gwrs. Taswn i mond yn gwybod; roedd Arfon wedi bod ar lan y môr y diwrnod cynt, ond roedd y gwynt yn rhy gryf i'r barcud bach tila. Cipiwyd o i'r awyr a diflannodd dros y twyni tywod, yn gwneud can milltir yr awr. Rhedodd yntau ar ei ôl, ond doedd o ddim digon cyflym. Yr unig beth lwyddodd o i wneud oedd sathru mewn cachu ci. 'Bolycs!' gwaeddodd, gan edrych yn slei dros ei ysgwydd i weld a glywodd y plentyn. Cafwyd dagrau mawr wedi diflaniad y barcud. Aeth y ddau i fwyta'u picnic o dan y clogwyn. Roedd yr haul wedi diflannu y tu ôl i gwmwl, ac roedd hi'n gythreulig o oer yn y cysgod. Lapiwyd y tyweli tamp am eu hysgwyddau ac wrth wneud, disgynnodd y tywod yn gawod ar y brechdanau roedd Arfon newydd eu tynnu o'i fag. Dywedodd y fechan nad oedd yn hoff o diwna beth bynnag, yn enwedig tiwna a thywod.

'A deud y gwir,' ychwanegodd, 'dwi'n casáu pysgod.'

'Sut mae'n bosib i ti gasáu pysgod a titha wedi dy fagu'n blincin Cernyw?' gwaeddodd Arfon, wedi cael llond bol. Daeth y dagrau'n ôl a 'Dwi isio Mami,' meddai'r plentyn. Lapiodd Arfon ei freichiau am y sgwyddau bach crynedig a thrio egluro eto bod Mami wedi mynd yn ôl i Awstralia i fyw, ac y buasai'n ei gweld pan fyddai Dadi wedi hel digon o bres iddyn nhw fynd draw yno ar eu gwyliau rhywbryd. Addo. Aeth ymlaen i drio newid y pwnc gan ddeud bod yn rhaid bwyta 'pethau nad oeddan ni'n licio weithiau'. Beth bynnag, doedd 'na ddim dewis arall heddiw. Tiwna neu bygyr ôl oedd hi rŵan. Bygyr ôl enillodd. Aeth y fechan lwglyd yn ôl i dyllu twll dyfrllyd yn y tywod gerllaw tra pwysodd Arfon ei ben ar waelod y clogwyn ac ochneidio. Pryd fyddai petha'n dod i drefn? Roedd o'n gwybod y byddai'n cymryd amser. Iddo fo arfer bod yn dad llawn amser, hynny ydi. I'r ddau ohonyn nhw ddod i arfer efo'i gilydd eto.

'Ddaw hi ddim dros nos,' medda fo wrtho'i hun. Weithiau byddai'n ysu am gael rhannu'i faich efo rhywun, rhannu'i deimladau a'i rwystredigaethau, ond doedd o ddim wedi bod yn ôl yn yr ardal yn ddigon hir eto i allu dod i nabod neb yn ddigon da i allu gwneud hynny; heblaw Angharad efallai. 'Sa fo'n gallu gwneud efo'i chwmni hi rŵan, y funud honno. Rhaid cyfadda, roedd o wedi bod yn meddwl amdani'n ddi-baid, ac yn ysu am ei gweld. Doedd petha ddim wedi mynd yn dda iawn cyn iddo fo adael, ond roedd o isio sortio petha allan. Roedd o'n meddwl y byd ohoni. Roedd hi'n hollol gorjys ond fel petasa ganddi ddim clem pa mor olygus oedd hi. Rhoi ei hun i lawr drwy'r amser. Roedd hi'n ddoniol – mewn ffordd glyfar – yn annibynnol, yn gryf, yn gallu bod yn blydi bolshi, ac eto roedd 'na ochor ddiniwed, annwyl iawn iddi. Ac roedd hi'n hollol anhygoel yn y gwely wrth gwrs, oedd yn help!

Roedd o wedi osgoi unrhyw berthynas ers iddo wahanu oddi wrth fam Gwyneth, neu MG fel oedd o'n ei galw;

rhedeg milltir bob tro y byddai rhywun yn dangos diddordeb. Doedd o ddim am fynd trwy'r cachu emosiynol yna eto ar frys! Ond ers iddo fo ddod yn ôl adra i fyw, a gweld Angharad yn y parti 'na, roedd o wedi dechrau meddwl fel arall. Ella y gallai o gael perthynas eto, wedi'r cwbwl. Roedd 'na rywbeth yn ei chylch y pnawn hwnnw, er ei bod hi'n flin. Yn union fel roedd hi'n 'rysgol. Roedd o mewn cariad efo hi pan roedd o'n dair ar ddeg, a rŵan, wel, falla bod y peth yn bosib eto, tasa fo mond yn gallu stopio rhedeg. A wyddai o ddim sut y byddai presenoldeb Gwyneth yn newid petha.

Yn ôl Peg, roedd Angharad yng ngwlad Groeg yn rhywle. Roedd o wedi'i gweld hi a'r babi, Seren Arfonia, ar y stryd ddoe. Seren Arfonia? Gryduras fach, am groes i'w chario! Dim ond gobeithio y byddai Angharad adra erbyn y penwythnos iddyn nhw gael trefn ar betha. Os nad oedd hi wedi ffindio ryw uffarn o hync mawr blewog ar ei gwylia . . .

Cafodd ei ddeffro o'i freuddwydion gan fwcedaid o ddŵr môr ar ei ben, a Gwyneth yn sefyll o'i flaen yn chwerthin o'i hochor hi. Roedd o'n wlyb, yn oer, yn stresd ac yn gwylltio. Cyfrodd i ddeg o dan ei wynt cyn gwenu a gwneud sŵn bwystfil gwallgo a chodi ar ei draed i redeg ar ôl ei epil direidus. Bygyr! Mi oedd bod yn rhiant llawn amser yn waith anodd!

O Ddrwg i Waeth Byth

Ddywedwyd yr un gair gan yr un o'r ddwy ohonan ni wedi cyrraedd yr apartment. Es i'n syth i'r gawod tra gorweddodd Dodo Megan ar ei gwely â'i thrwyn yn *Llys Aberffraw*, Rhiannon Davies Jones. Waeth iddi fod wedi dal arwydd i fyny yn deud 'Paid â siarad efo fi' ddim.

Yng nghynhesrwydd y dŵr (wel, doedd hynny ddim cweit yn wir chwaith on'd oedd pob un Sais yn y lle wedi cael cawod o 'mlaen i ac wedi gwagio'r tanciau dŵr poeth i gyd?) mi ges i gyfle i ddod ataf fy hun rhyw fymryn. Triais resymu efo mi fy hun wrth siafio 'nghoesa, ac fel hyn roedd hi: Mi ro'n i yng ngwlad Groeg, ar fy ngwylia, a doedd 'na bygyr ôl fetswn i wneud am hynny. Waeth i mi drio gwneud y gora o'r amser oedd gen i ar ôl yma ddim. Roedd hi, Dodo blydi Pot Jam, yn amlwg yn berffaith abl i edrych ar ôl ei hun a chael gwyliau bendigedig hebdda i, felly waeth i fi wneud be liciwn i weddill yr wythnos. Doedd 'na ddim allwn i wneud am Arfon a minnau yn fa'ma nagoedd? Felly waeth i mi beidio â phoeni am hwnnw chwaith, nes i mi fynd adra. Y peth pwysicaf i mi rŵan oedd defnyddio'r amser oedd yn weddill i wneud fy hun edrych mor gorjys ag oedd bosib, i mi gael mynd yn ôl yn edrych fel duwies. Mi fyddai Arfon fel pwti yn fy nwylo wedyn. Nofio fel diawl, torheulo, rhedeg rhyw fymryn fin nos wedi i'r haul fynd i lawr, ac mi fyddwn fel *sex goddess* erbyn i 'nhraed brown, rhywiol gyffwrdd â tharmac Manceinion, a'm bol fflat, cyhyrog yn fandyn perffaith rhwng gwaelod fy fest a thop fy shorts. 'Bore fory,' meddyliais, 'mi fydda i yn y pwll cyn i neb godi, ac felly fydd hi bob dydd tan ddydd Sadwrn.'

Roedd Dodo'n chwyrnu'n ysgafn â masg dros ei llygaid pan ddes i allan i'r llofft. Gwisgais yn sydyn cyn mynd â photel oer o *rosé* o'r oergell allan ar y balconi. Agorais hi'n awchus. Ro'n i'n haeddu hon, ac wedi aros drwy'r dydd amdani. Tolltais wydriad go hegar i mi fy hun cyn agor fy llyfr bach nodiadau personol – efo dim oll ynddo – a sgwennu mewn llythrennau bras:

PETHA I'W GNEUD WEDDILL YR WYTHNOS
YN Y TWLL LLE 'MA . . .

- Nofio 2/3 gwaith bob dydd. Bwyta salad ac yfed peintia o ddŵr.
- Rhedeg milltir neu ddwy bob min nos ar ôl i'r haul fachlud neu peth cynta'n y bore cyn iddi ddechra c'nesu, dibynnu ar faint o nofio ro'n i wedi'i neud eisoes.
- Lliw haul – prynu un ffug os nad ydw i'n euraidd erbyn nos Wener.
  O.N. Ffindio lle preifat i mi drio cael dipyn o liw ar fy nhin. Mae tin fflabi brown yn edrych yn well nag un fflabi gwyn.
- Gneud o leia 40 o 'sit-yps' cyn brecwast.
- Prynu sbectol haul newydd *designer*; un sy'n gneud i mi edrych yn *sexy, alluring and mysterious* fel mae o'n ddeud yn y rhifyn diweddara o *Marie Claire* fues i'n ddarllen ar yr awyren.
- Noson ola:
  a) Peintio ewinedd fy nhraed.
  b) Siafio POPETH YN DRYLWYR!
  c) Tsiecio'r mwstásh, joch o Jolen os oes raid, h.y. os nad ydi'r haul wedi gneud hynny'n naturiol.

Clywais Dodo'n symud o gwmpas, ac ar ôl ychydig funudau daeth sgrech annaearol o gyfeiriad y gawod.

'Arglwydd mawr y nef a'r ddaear, sut maen nhw'n disgwyl i ddynas mewn oed folchi'n y fath oerni? Beryg i mi gael hartan efo'r sioc, neu heipothyrmia!'

Chwarddais yn ddistaw i mi fy hun, ond mae'n rhaid ei bod wedi arfer efo'r oerfel yn reit fuan, neu bod y dŵr wedi cynhesu, oherwydd fe'i clywn mewn dim yn canu 'Dan y garreg las a'r blodau, cysga, berl dy fam'. Joli iawn! Blydi hel, oedd hon yn mynd i fod yn noson hwyliog 'ta be?

Ymhen chwarter awr, a minnau ar fy ail wydriad mawr, daeth Dodo Megan allan efo dau gyrlyr mawr pinc ar ei thalcen, gwydryn gwag yn un llaw a phowlenaid o *olives* yn y llall. Eisteddodd i lawr gyferbyn â mi ar y gadair blastig. Llusgodd ei hun yn nes at y bwrdd, a choesau'r gadair dila yn crafu ar hyd concrit y balconi.

'Watsia dy hun,' meddai, 'mae Ironside yn dŵad.' Gwenodd, a thrio gweld beth oedd f'ymateb wrth godi un ael yn gwestiwn i gyd. Fetswn i wneud dim ond gwenu'n ôl wrth gofio fy mhlentyndod ym Mhenbryn. Byddwn yn aml yn cael fy ngwarchod ganddi, a'r rhaglen *Ironside* fyddai ar y teledu bryd hynny. Mi fyddai Dodo'n shyfflo'n nes at y tân ar olwynion ei chadair Parker Knoll *velour,* lliw gwin, gan ddynwared y ditectif llydan yn ei gadair olwyn. Byddai'n llwyddo i wneud i mi chwerthin bob tro, er i mi weld y perfformiad gannoedd o weithia.

Roedd yn rhaid i rew y pnawn gael ei ddadmer rywbryd, felly dyma fi'n mentro gofyn:

'*Olives*? Welis i rioed mohonach chi'n byta ffasiwn betha o'r blaen!' (Ro'n i'n dal i'w casáu nhw er i mi fod yng ngwlad Groeg gymaint o weithiau.)

'Duw, does 'na dro cynta i bob dim, does?' meddai.

'Ches i rioed giarpad *twisted pile* yn 'y nghegin chwaith, ond tydi hynna ddim yn deud na faswn i'n fodlon ei drio fo tasa rhywun yn cynnig ei osod am ddim.' Roedd yn edrych i fyw fy llygaid rŵan a golwg benderfynol arni. Yn sydyn, ro'n i'n teimlo fel hogan fach ddrwg, fatha pan fyddai'n fy ngwarchod a 'nal yn dwyn *mint imperials* o waelod y drôr capal pan oedd hi'n y lle chwech.

'Reit 'ta, 'ngenath i,' meddai, gan blygu mlaen. 'Be oedd hynna i gyd heddiw? Be sy'n bod?' Roedd hynny'n ddigon i mi. O nunlla, daeth holl rwystredigaethau'r wythnosau diwethaf i'r wyneb: y siom o adael Aberboncyff yn gwybod bod Arfon wedi deud celwydd wrtha i, wel, ddim celwydd yn union, ond heb ddeud y gwir i gyd 'ta. Cyrraedd y blydi lle 'ma a theimlo'n hollol ddigalon ac unig – ac euog mod i'n genfigennus o'r hwyl roedd fy modryb o bensiwnîar yn ei gael, a'r ffaith bod ganddi gwmni gwell na fi. Cwmni gwell? Cwmni ffwl stop! Hefyd, y ffaith bod gan Arfon blentyn oedd yn siŵr o fod yn golygu popeth iddo fo, felly faswn i byth bythoedd yn gallu golygu popeth iddo fo. Ro'n i'n snifflan fel rhech wlyb wrth ddeud yr hanes, a bechod, mewn chydig, dechreuodd hitha grio. Duw a ŵyr, roedd gan y ddynas lot mwy o reswm na fi i fod yn isel.

Wedi i mi gael deud fy mhwt (oedd ddim yn swnio mor ddrwg erbyn i mi gael ei ddeud o wrth rywun) ac ymddiheuro wrthi am fod yn hen hwch hunanol, blentynnaidd, ymddiheurodd hithau wrtha i. Am fy 'niystyru' medda hi, a minna wedi trafferthu gofyn iddi ddod efo mi yn y lle cynta, a threfnu'r holl beth. Ddeudis i wrthi nad oedd ganddi ddim i ymddiheuro amdano fo, mai fi oedd isio cic i fyny 'nhin a thyfu i fyny. Cytunodd â mi a chwerthin, a dyma ni'n clincian gwydrau. Eglurodd wrtha i wedyn bod Tony wedi gwneud mwy o les iddi yn y ddau, dri diwrnod dwytha nag oedd unrhyw un dros y ddeng mlynedd ar hugain oedd wedi mynd heibio ers i Eddie farw. Roedd hi'n difaru'i henaid nad oedd hi wedi gwneud hyn flynyddoedd yn ôl, ac yn flin efo hi ei hun am adael i'r fath amser fynd heibio a hithau, mewn gwirionedd, heb wneud dim i helpu'i hun chwaith. Wedyn, dyma hi'n diolch i mi am agor ei llygaid i'r holl bosibiliadau oedd o'i blaen. Dechrau mwynhau bywyd am yr ychydig amser oedd ganddi ar ôl ar y ddaear 'ma.

A dyna lle'r oedd y ddwy ohonan ni: dwy Gymraes emosiynol, yn eu hoed a'u hamser, un efo mwy o oed a llai o amser na'r llall, yn crio ar falconi yn y Peloponîs ac yn driblan ar ysgwyddau'n gilydd. Wedi pwl o igian a chydig eiladau o embaras, eisteddodd Dodo'n ôl yn ei chadair ac estyn i fyny llawes ei chardigan am hancias.

'Ti'n cofio fi'n sôn wrthat ti flynyddoedd yn ôl, Angharad, ar ôl i ti gael dy drin yn wael gin ryw foi o ochra Bangor 'na, ti'n cofio'r hen beth moel 'na ddoth i de ryw dro?' gofynnodd.

'Pa un?' medda fi, 'tydw i 'di cael 'yn siâr o fasdads moel. Wps!' medda fi wedyn, yn sylweddoli mod i wedi rhegi o flaen Dodo PJ.

'Ti'n iawn yn fan'na,' meddai'n wincio cyn mynd yn ei blaen. 'Ta waeth, ddudis i'n do nad oedd 'run dyn werth rhoi dy holl wyau yn yr un fasgiad, ti'n cofio?'

'Yndw,' medda fi'n syth, 'cadwa un wy yn ôl bob tro ddudsoch chi.'

'Ia, wn i, ond dwi isio i ti anghofio hynny rŵan. O'n i'n rong wsti,' meddai'n syllu i'r pellter, cyn troi ei llygaid llaith yn ôl arna i. 'Bygro'r wy, Angharad fach, dyna dwi'n drio'i ddeud.' Cododd ei thymblyr at ei cheg a drachtio'n hael o'r hylif pinc cyn dechrau siarad eto. 'Mae bywyd yn rhy fyr, dwi'n sylweddoli hynna rŵan. Lluchia'r blydi lot i mewn, sgrambla nhw'n sglwtsh a gwna omlet os mai dyna sy'n mynd â dy ffansi.'

187

Cymerodd gegiad arall. 'Sbia arna i rŵan. Jyst yn eiti, a tydi'r wy 'na gadwis i'n ôl yn dda i ddim nacdi? Deud y gwir, mae'r diawl 'di chwythu ers dros chwartar canrif.' Syllodd i waelod ei gwydryn gwag a setlodd rhyw ddistawrwydd llethol rhyngthan ni. Wyddwn i ddim be i ddeud. Ail-lenwais wydrau'r ddwy ohonon ni.

'Iawn, diolch . . . gofia i,' medda fi'n y diwedd, cyn cau fy llyfr nodiadau ac estyn fy llaw ar draws y bwrdd, ei lapio am ei llaw hi a gwenu'n wan.

'What's this, a séance?' medda Tony o dros y parapet wrth ein gweld ni'n dwy yn gafael dwylo'n symbolaidd a dau wydryn rhyngthan ni.

'Aaa!' gwaeddodd Dodo PJ, gan godi o'i sêt a'i dwylo'n hedfan at y cyrlyrs pinc oedd wedi glynu fel dwy sosej fawr ar ei thalcen. Roedd hi wedi cael ei dal, a hithau ddim yn edrych ar ei gorau. Diflannodd i dywyllwch y llofft gan rwygo'r rholiau pinc o'i gwallt. Camodd Tony dros y wal isel ac eistedd i lawr.

'Good God! I was married for forty years; does she think I've never seen curlers before?'

'That's not the point, Tony, you've not seen Megan in curlers, that's the thing,' medda fi. 'Drink?' Codais a mynd i nôl gwydryn arall. Roedd Dodo Megan wrthi'n rhoi brwsh trwy donnau meddal ei gwallt a tharo mymryn o Vaseline ar ei gwefus isa.

'Lle 'di am fod heno 'ma 'ta?' medda fi, gan gymryd yn ganiataol y byddwn ar fy mhen fy hun eto. Roedd hi a Tony wedi trefnu mynd am swpar bach i dref Naffplion efo Pat a Peter (Patapityr, patapityr, patapityr . . .) ar y bỳs hanner awr wedi wyth.

'Croeso i ti ddod efo nr̄, 'sti,' meddai'n gwenu wrth stwffio hancias les gotwm lân a phaciad o Rennies i'w bag. Blydi hel, o'n i isio cic yn fy nhin a stwffio 'mhen i fwcad Elsan yr un pryd?

'Ia, iawn 'ta, diolch,' atebais gan fynd â'r gwydryn a photel win arall allan i Tony. 'Ddo' i efo chi ar y bỳs, ond ella a' i i grwydro wedyn. Dowch, gawn ni lasiad efo Tony, mae 'na dri chwartar awr tan y bỳs.'

Roedd y gwydryn mawr o Pimms a lemonêd yn fy llaw yn hyfryd. Ar y bwrdd roedd caráff o win *rosé* (do'n i ddim isio cymysgu gormod gan mod i wedi rhannu dwy botel cyn dod allan!). Ges i ddianc o gwmni'r pedwar arall o'r diwedd a dilyn fy nhrwyn yn hamddenol drwy strydoedd cul a hynafol Naffplion. Ymlwybro ar hyd wal yr harbwr a syllu i fyny ar yr olygfa anhygoel o'r gaer uwch fy mhen ar glogwyn uchel. Gweld amryw o gychod, mawr a bach. Rhai'n gychod pysgota amryliw a phob math o geriach ar eu byrddau, yn gewyll, yn rhaffau a rhwydi rif y gwlith. Eraill yn gychod hamddena, wedi eu polisho'n gariadus, a dim ond dwy *deck-chair* unig yn aros am berchennog y dystar fu'n eu rhwbio hyd at syrffed. Llongau hwylio gosgeiddig, y pren a'r brasys yn sgleinio, a golwg ddrud iawn ar du mewn y cabanau. Seddi moethus, a chlustogau llond eu crwyn. Mewn ambell un roedd 'na gyplau'n bwyta o amgylch y bwrdd, neu'n yfed a chwarae cardiau. Eraill yn trafod uwchben mapiau efo pensal yn eu ceg, fel tasan nhw'n trio cynllunio lle roedden nhw am gychwyn fory. I ba harbwr y cawsai *Calypso*, *Wave Spirit* neu *The Cormorant* fynd iddo nesa? Bygyrs lwcus!

*Nodyn i mi fy hun – os oedd Arfon yn diwtor gweithgareddau awyr agored, tybed oedd o'n gallu hwylio? Cofio ffindio allan, a threfnu trip hwylio o amgylch ynysoedd Groeg efo fo.

**O.N. Gwneud yn siŵr bod y sbrog yn gallu nofio.

Trafferth Mewn Taferna

Es yn fy mlaen wedyn, yn dilyn fy nhrwyn rhwng y tai canoloesol bendigedig a'r balconïau haearn hyfryd uwch fy mhen; y *bougainvillea* a'r jasmin yn disgyn yn rhaffau o aroglau pêr i'r stryd. Cerddoriaeth draddodiadol yn dod allan o dai a bwytai yma ac acw, a chyplau'n ymlwybro law yn llaw i mewn ac allan o'r siopau bach crefftau difyr oedd i'w gweld ymhobman. Arogleuon bwyd a gwin yn treiddio allan o ffenestri ac yn denu pobol fel fi i mewn trwy'r drws. Eisteddais wrth un o'r byrddau bach, â'u gorchudd siec coch a gwyn, ar y stryd y tu allan i Taberna Vangeles, ac archebu salad Groegaidd efo *kalamari* a *tzatiki* i ddechrau, a *zaganaki* i ddilyn (cregyn gleision, caws ffeta a saws tomato) ac, wrth gwrs, gwin.

Yn y pellter roedd cerddoriaeth fendigedig wedi bod yn chwarae'n gyson ers i mi eistedd, ac roedd fel petai wedi bod yn dod yn agosach o hyd. Ac, wrth gwrs, mi roedd o. Edrychis dros f'ysgwydd a thua thri bwrdd i lawr y pafin roedd criw bychan o gerddorion wrthi'n chwarae. Roeddan nhw hanner ffordd trwy chwarae 'Misty' o *Play Misty for Me* i rhyw gwpwl efo croen oren a gwalltia poenus o berocseid. Sylweddolais yn sydyn eu bod yn mynd i 'nghyrraedd o fewn y deg munud nesaf ac edrychais mewn panic llwyr ar y caráff a'r bwyd ar y bwrdd. Faswn i byth wedi medru gorffen hwn i gyd mewn pryd. Sgwn i oeddan nhw'n gwbod 'Don't Play Bugger All for Me' neu 'Don't Stop at My Table, Go Away'?

Penderfynais eu gwylio'n ofalus, a phan fydden nhw wedi gorffen drws nesa ac yn cychwyn amdana i, mi faswn yn codi'n sydyn a saethu i'r lle chwech. Siawns y bydden nhw wedi symud ymlaen erbyn i mi ddod yn ôl. Wedi'r cwbwl, be fasa pobol o'm cwmpas yn feddwl? Be fasa'r cerddorion eu hunain yn ddeud? Dychmygais sgwrs y trwmpedwr a'r boi ar yr acordion wrth drio meddwl be fyddai'r gân fwya addas ar gyfer dynas drist yr olwg oedd yn tynnu am ei deugain yn yfed ar ei phen ei hun. 'Solitaire' ella?

Dechreuodd y cwpwl ar y bwrdd y tu ôl i'r *trellis* glapio wrth luchio newid mân i mewn i het ar ôl mwynhau perfformiad personol o 'Stranger on the Shore'. Dyma'r pedwarawd yn dechrau symud a dyma fi â sgwd i'r gadair wag wrth f'ymyl a'i heglu hi am y drws.

'Ang-ara-ad? Ffrom Gwales, iess?' Rhewais. Trois yn araf i gyfeiriad y llais, a dyna lle roedd Alexander, y boi golygus o Albania wnes i gwrdd ag o y noson gynta. Roedd yn wên o glust i glust.

'O, helô!' oedd yr unig beth fetswn i ddeud, wedi'r cwbwl, do'n i prin wedi siarad gair efo'r boi.

'Iw nôti, iw not cym bac tw Acrogiali, ai weit ôl wîc,' medda fo'n ddireidus. Roedd ganddo sacsoffôn yn ei ddwylo. Wyddwn i ddim, wrth gwrs, ei fod o'n gerddor, ond os oedd 'na un peth fetswn i byth ddeud na wrtho fo, dyn efo offeryn oedd hwnnw. Daeth darlun sydyn o chwaraewr tiwba band y Black Dyke i'm cof eto ac ysgydwais o i ffwrdd. Gwenodd Alexander arna i eto trwy gyrtan o wallt cyrls tynnwr corcyn, ac mi gychwynnais yn ôl am fy mwrdd. Wedi'r cyfan, do'n i'm isio pi-pî nag o'n?

'Sori, *no time . . .*' medda fi, wrth drio cyrraedd diogelwch fy nghadair, ond do'n i ddim yn saff iawn ar 'y nhraed. Roedd y gwin a'r Pimms wedi dechrau cymysgu'n o hegar.

'Do you know "Chwarelwr oedd fy Nain" in "F"?' medda fi, wrth lwyddo i eistedd o'r diwedd.

'Sori, sat is strainj song tw mi,' medda Alexander.

'A finna 'fyd, washi,' medda fi'n ôl, a phiffian i mi fy hun. Sibrydodd Alexander yng nghlust ei gyd-gerddor a nodiodd hwnnw ei ben. 'Symsing spesial ffor spesial Wels leidi,' meddai, cyn i'r boi ar y ffliwt gychwyn ar felodi agoriadol 'Lara's Theme' allan o *Doctor Zhivago*. Be ddiawl oedd y cysylltiad rhwng hwnnw a Chymraes, wn i ddim, er mod i'r un mor blydi trajic â Lara y funud yma reit siŵr. Ond erbyn hyn doedd ddiawl o'r ots gen i. Roedd y gwin wedi taro'r mannau priodol, roedd y bwyd yn dda, yr awyrgylch wedi troi o fod yn dyrd-anol i drydanol mewn eiliad, a minnau wedi ymlacio'n llwyr wrth wylio a gwrando ar bedwar dyn golygus (wel, ocê, tri; roedd y boi ar y trwmped yn ddiddannadd ac yn chwysu fel mochyn) yn chwara cerddoriaeth hudolus yn arbennig i mi.

Daeth y gân i ben ac mi estynnais bres o 'mhwrs a'i luchio i'r het. Daeth Alexander draw a phwyso ar draws y bwrdd.

'Ai ffinis mid-nait hocê? Iw want drinc in Tolon? Ai si iw at Acrogiali?'

'Neh, ocê,' medda fi'n ôl ('Ia, iawn,' mewn geiriau eraill) ac i ffwrdd â nhw i lawr y stryd. Trodd Alexander ei ben i wenu eto cyn diflannu rownd y gornel, ac o fewn dim clywais gerddoriaeth agoriadol y *Magnificent Seven* ar yr awel. 'Oedd o'n trio deud rwbath, sgwn i?' meddyliais wrth hyrddio'n fforc i gowdal o goesa *kalamari*. Nefoedd, ro'n i ar fy nghythlwng mwya sydyn.

O'r Harbwr Gwag . . .

Prynais freichled arian hyfryd, dau gyrtan bach les traddodiadol, tun mawr o olew olewydd, pwys o domatos a photel o ouzo i Breian drws nesa. Prynais blât iddo fo hefyd. Roedd Breian yn hel platia, pob math o blatia o dros y byd i gyd. Byddai ffrindia a theulu'n eu cario nhw iddo fo o bob man ac mi ro'n inna wedi dechrau gwneud yr un fath. Hon oedd y drydedd i mi brynu iddo fo. Chwara teg, mi roedd o'n edrych ar ôl Pws yn ddi-ffael bob tro ro'n i'n gofyn. Edrychais ar fy oriawr. Chwarter wedi un ar ddeg. Roedd y bws olaf wedi gadael am Tolon ers hanner awr wedi deg a phenderfynais ymlwybro'n hamddenol yn ôl i lawr at yr harbwr, lle roedd y tacsis yn aros. Dim ond ugain munud oedd y daith i Tolon, digon o amser felly i grwydro chydig mwy. Ro'n i wedi dechrau edrych ymlaen at gael y ddiod 'na efo Alexander ar lan y môr. Mi fyddai reit neis siarad efo rhywun dan ddeugain am unwaith. Ac roedd y ffaith ei fod o'n dipyn o stoncar yn help garw hefyd. Heb anghofio'r offeryn, wrth gwrs . . .

Yn y pellter, gwelwn gyplau'n cerdded wrth lan y dŵr lle ro'n i wedi gwylio'r cychod yn gynharach. Erbyn rŵan, roedden nhw wedi'u goleuo i gyd â llusernau bach rhamantus. Eisteddais i lawr ar fainc a gadael i'm meddwl grwydro am sbelan. Roedd dau gwpwl yn sefyll gyferbyn â mi, eu siapiau tywyll i'w gweld fel amlinellau yn erbyn goleuadau'r cychod a'r llongau. Roedden nhw law yn llaw. Eisteddodd un cwpl ar fainc, a cherddodd y cwpwl arall yn eu blaenau fymryn, cyn dod i stop sydyn a sefyll ar y cei. Trodd un at y llall a phwyso i mewn yn araf. Mae'n rhaid eu bod yn cusanu. Yn sydyn, roedd y ddynes fel petai'n colli'i balans a chamu'n ôl. Daeth sgrech annaearol a sblash fawr gan dasgu dŵr i'r awyr. Cododd y ddau ar y fainc yn syth a rhedeg at y dyn oedd erbyn hyn wedi dechrau diflannu dros ochor y cei. Roedd ysgol yno, mae'n rhaid. Sefais innau ar fy nhraed, a chychwyn rhedeg. Erbyn i mi gyrraedd hanner ffordd gwelwn fod y ddau oedd ar y fainc bellach ar eu boliau'n gweiddi. Cyrhaeddais ochor y cei, ac o weld siâp yn straffaglian yn y dŵr du, neidiais i mewn heb feddwl. Daeth sgrech arall gyfagos wrth i mi godi fy mhen allan o'r dŵr. Er mawr syndod i mi, ro'n i'n gallu sefyll. Doedd y dŵr ddim yn ddwfn iawn! Sylweddolais wedyn, wrth gwrs, bod y person arall yn y dŵr wrth f'ymyl hefyd ar ei thraed ac yn gwneud ei ffordd yn araf tuag at yr ysgol. Hanner ffordd i lawr yr ysgol yn dal ei fraich chwith allan i'w helpu roedd Tony.

'Fforffycsêc, Tony, what the hell's going on?' gwaeddais.

'Nothing to get worried about, Angharad, she's ok. You almost did her more damage jumping in on top of her like that.'

'Be ddiawl oedd ar dy ben di, hogan? Bron i ti hannar 'yn lladd i,' medda Dodo Megan, yn cael ei helpu i fyny'r ysgol erbyn hyn gan Tony, Peter a Pat, dau bysgotwr a chwpwl o Whitby (ffindis i hynna allan wedyn!).

'Fi? Fiii? Be ddiawl oedd y sodin Tony cwd uffarn 'na'n neud yn gwthio chi i'r blydi dŵr yn y lle cynta? 'Da chi'n saith deg naw, be ddiawl dach chi'n drio neud – marw?'

'Damwain oedd hi,' meddai gan eistedd ar fainc a blanciad fawr dew o gwch Jack a Doreen (o Whitby) dros ei sgwyddau. Roedd wedi dechrau crynu. Dringais i fyny'r ystol yn fabŵn gwyllt gwlyb, a rhuthro draw ati gan dynnu darn o wymon allan o 'mra. Stwffiais fy hun wrth ei hochor.

'Dodo Megan, gwrandwch am unwaith,' medda fi'n trio bod yn awdurdodol, "sa chi 'di gallu blydi pegio'i, ma'r dŵr 'na'n blydi oer.'

'Dwi 'di bod i mewn ynddo fo hefyd 'sti, tydw i'n gwbod pa mor blydi oer ydi o, a stopia regi,' meddai'n rhegi arna i am y tro cynta erioed, a'i dannadd gosod yn clecian. Daeth Doreen yn ôl o'r cwch efo dwy baned o de a blanciad arall – i mi. Dywedodd bod Jack wedi mynd i nôl tacsi i ni, ac y caen ni gadw'r blancedi am y tro. Diolchodd Dodo iddi'n gynnes, ac aeth Doreen yn ôl at ei chwch.

'Reit 'ta,' medda fi'n troi at Dodo Megan, 'dach chi am ddeud wrtha i rŵan be gythraul sy'n mynd mlaen yn fa'ma?'

'Angharad, leave her now, let's get her back,' medda Tony'r boddwr pensiynwyr.

'Oh shut up, Tony,' gwaeddais trwy 'nannadd. 'I think you've done enough damage for one night, and I want to talk to MY aunt on MY OWN, in MY language, so bugger off you incontinent twit.'

Wps . . . Angharad, ti wedi mynd yn rhy bell eto, meddyliais.

'Angharad! Dyna ddigon!' medda Dodo Megan, wedi gwylltio ac yn sefyll ar ei thraed. 'Sgen ti ddim hawl i siarad efo fo fel'na, lle mae dy barch di? Nid ei fai o oedd o.' Trodd at Tony wedyn. 'Sorry, Tony, she's upset, give me a minute.' Trodd yn ôl ata i. 'Damwain oedd hi, damwain fach wirion, rŵan gad hi'n fan'na – plîs.' Tynnodd y flanced yn dynnach am ei hysgwydda. Ciciodd ei sandalau i ffwrdd a'u rhoi mewn bag plastig efo'i thorth a lwmpyn o Edam. Ro'n i'n gandryll. Driais i daclo Tony eto, yn benderfynol o wybod be oedd wedi digwydd.

'Tony, what the hell was she doing in the water? I want to know NOW. Do you know how dangerous that could have been for someone her age?'

'I know, I know, I feel awful . . . I think it was just the shock, and she lost her–'

'Tony, not now,' medda Dodo Megan ar ei draws yn styrn.

'Not now be?' medda fi.

'Megan, what does it matter? We may as–' medda Tony eto.

'Not now I said; I need to get to the Corinth Canal first.'

'Be ddiawl sy gan y Corinth Canal i neud efo hyn?' gwaeddais.

Ond roedd Dodo Megan wedi sbotio'r tacsi'n parcio gyferbyn ac wedi cychwyn cerdded ar draws y ffordd, gryduras. Roedd siâp ei staes i'w weld yn glir drwy sidan ei sgert socian, a honno'n glynu i'w phen-ôl tamp.

Roedd Doreen o Whitby yn amlwg wedi esbonio'r sefyllfa i'r gyrrwr ac roedd o eisoes wedi rhoi gorchuddion plastig dros ei seti dihalog. Eisteddodd Tony a Dodo yn y cefn, a minnau'n llaith a dryslyd yn y tu blaen. Roedd y ddau'n sibrwd fel plant bach. Twll eu tina nhw os nad oeddan nhw am egluro wrtha i be oedd wedi digwydd. Oeddan nhw'n meddwl mod i'n dwp neu rywbeth? Rhyngthyn nhw a'u petha, damia . . .

Edrychis i ar y cloc ar y *dash*. Roedd genna i rywle i fynd ac ro'n i ar dân isio cyrraedd. Roedd bod efo'r ddau yma'n fy ngyrru i'n boncyrs.

Y Sipsiwn

Roedd Dodo'n gwrthod siarad efo fi wedi i ni gyrraedd yn ôl. Tynnodd ei dillad gwlyb a gwnes inna'r un modd. Aeth hitha i'r stafall molchi o'r golwg ac mi rwbiais i'n hun efo tywal sych oddi ar y balconi cyn ailwisgo. Bygro fo, jîns a chrys T i'r diawl, a dyma lapio sgarff go egsotig o amgylch fy mhen gwlyb a llithro 'nhraed i sandalau lledar fflat. Clymais gardigan ysgafn rownd fy sgwydda, wedi'r cwbwl, roedd hi'n hanner nos a'r gwynt wedi dechrau codi. Llithrais drwy'r drws yn ddistaw, ac o fewn eiliadau ro'n i allan ar y ffordd o flaen giât y falwan a sŵn y *cicadas* yn mwmian.

Erbyn i mi gyrraedd yr Acrogiali roedd hi'n ddeng munud wedi, ond roedd y lle'n dal yn brysur, a dros hanner y byrddau yn llawn o gyplau a theuluoedd efo plant. Y rhai hŷn yn dal i redeg a chwarae yn y tywod a rhwng y cychod bach ar y lan, a'r babis yn cysgu'n sownd mewn pramia neu ar lin eu rhieni. Eisteddais wrth fwrdd gwag ar y cyrion ac o fewn dim daeth llais o'r tu ôl i mi.

'Can ai get chiw e drrinc?'

'*You most certainly can,* 'y ngwas gwyn i, diolch yn fawr iawn,' medda fi'n troi i weld Alexander yn sefyll yno, wedi molchi a newid. Ei wallt yn gyrls gwlyb a'i grys glas golau'n agored at ei fotwm bol – jyst. Fetswn i ddim peidio sylwi ar ei stumog fflat, frown, dynn, a blewiach trwchus ei fogal yn diflannu i lawr y tu ôl i'w felt lledr ac i mewn i'w drowsus. W! Aeth draw at y bar lle clywais un neu ddau o'i gydweithwyr yn tynnu'i goes ac un arall yn

197

ei slapio ar ei gefn wrth iddo basio. Cachu hwch. Roedd o'n gwneud hyn bob wsnos efo rhywun neu'i gilydd, siŵr o fod. 'Wel, bygro fo,' meddyliais, 'dwi'n mynd adra mewn cachiad, wela i byth mo'r diawl eto.' Ro'n i'n teimlo braidd fel Shirley Valentine. Yr unig wahaniaeth oedd nad oedd yr un 'Ff' wedi bod yn fy nghynllun i o gwbwl drwy gydol yr wythnos.

Gog, Dau Lab a Sawl Gheg

Roedd hi'n hanner awr wedi dau ac roedd Alexander a finna a chydig o'r hogia wedi bod yn yfed a siarad rownd y bwrdd tan rŵan. Roedd y rhan fwya ohonyn nhw, yn cynnwys Alex, yn hanu o ogledd Albania ac yn licio galw'u hunain yn Ghegs (o ardaloedd Kosovo a Montenegro). Ar wahân i ddau oedd yn teimlo'n gryf iawn mai Labs oeddan nhw, am eu bod yn hanu o ardal Vlora ar yr arfordir. Wrth gwrs, wedi'r holl ddiod ro'n i wedi'i slochian trwy gydol y nos, ac yn dal i wneud, roedd yn rhaid i mi eu hysbysu mod i hefyd yn dod o ogledd fy ngwlad i, ac mai Gog o'n i felly. Damia, ro'n i'n mwynhau fy hun yn uffernol yn gwrando ar eu hanesion: sut daethon nhw yma i weithio, lle oedd eu teuluoedd ac ati. Canu ambell gân, ambell offeryn wedi dod allan, a fi hyd yn oed yn canu dwy gân yn Gymraeg, i ganmoliaeth uchel. Diolch i Dduw bod neb yn fy nabod i.

Dechreuodd y Labs ganu deuawd yn y dull *iso* traddodiadol; rhyw fath o udo lle mae'r nodyn yn cael ei ddal am oes pys. Yn ôl yr hanes, mae'r math yma o ganu'n copïo sŵn clychau eglwysi gwlad Groeg, ond roedd yn well gan yr hogia y stori mai'r Groegwyr gopïodd eu canu nhw yn sain eu clychau! Daeth y noson i ben efo fi ar ben cadair yn canu 'Calon Lân' (fatha mae rhywun!) a'r hogia i gyd yn canu'n un criw wedyn. Cân draddodiadol o'r enw 'Shqiptaria bashke gjithmone' (Albaniaid efo'i gilydd am byth). Ro'n i wedi 'nghyfareddu. Pam na faswn i wedi gwneud hyn ar fy noson gynta? Am wythnos faswn i wedi'i chael! Damia!

Cerddodd Alex fi'n ôl i fyny'r stryd tuag at y tŷ melyn, lle ro'n i'n gwybod mod i'n gorfod troi i fyny'r rhiw at Dodo. Roedd Alex yn gafael yn fy llaw, ac fel ro'n i'n troi i ddeud nos da, cusanodd fi. Efo'r fath angerdd, bu bron i mi lewygu. Ro'n i methu cael fy ngwynt, a doedd hi ddim yn amser da iawn i ofyn am fag papur brown. Cusanodd fi eto, ac eto. Aeth rhywun heibio ar foped a chanu'i gorn arnan ni. Gafaelodd Alex yn fy llaw a'm harwain i lawr llwybr cul oedd yn rhedeg y tu ôl i'r tŷ melyn. Ddechreuis i banicio. To'n i'n ddynas yn fy oed a'n amser wedi'r cwbwl, a be ddiawl o'n i'n wneud yn mynd lawr rhyw lwybr tywyll yng ngwlad Groeg efo sipsi cerddorol do'n i prin yn ei nabod? Falla fod y diawl yn *axe murderer*. Teimlodd Alex fi'n tynnu yn y cyfeiriad arall, a stopiodd yn stond.

'Iw not want tw cym tw mai rwms?' medda fo.

'Why, how many have you got?' Hyrddiodd oriad i dwll clo y tu ôl iddo fo, a gwthio'r drws ar agor efo'i droed.

'Ai lif hîyr,' sibrydodd, fatha 'sa fo ddim isio deffro'i gymdogion. Arweiniodd fi i'r fflat a chau'r drws.

Peth rhyfadd ydi mynd i mewn i gartre rhywun am y tro cynta'n 'de? Dyna lle maen nhw, o'ch cwmpas chi i gyd. Eu bywyda nhw ar agor fel llyfr. A doedd hwn ddim gwahanol. Offerynnau cerdd yma ac acw. Llestri budron yn y sinc. Dillad gwaith ar gefn y gadair. Llyfrau ar y llawr, llunia ar y walia. Llunia o'i deulu'n ôl yn yr hen wlad, yn syllu arna i'n ddu a gwyn o ben cypyrddau. Roedd y lle'n lân o leia. Fel pìn mewn papur, diolch i Dduw. Mae o'n gwneud gwahaniaeth mawr tydi, glendid?

Diflannodd i'r lle chwech a gorweddais yn ôl ar y soffa. Ro'n i wedi blino'n rhacs, ac erbyn rŵan ro'n i isio cysgu. Caeais fy llygaid, a'r peth nesa glywis i oedd llais Alexander yn gofyn o'n i isio rhywbeth i yfed. Agorais fy llygaid . . . a'u cau nhw eto . . . a'u hagor nhw eto – jyst i wneud yn siŵr. O'n. Mi o'n i'n iawn. Roedd o'n sefyll yno efo potel o win yn ei law a gwên ar ei wynab, a dim byd arall. Noeth efo 'N' fawr. Hollol blydi starcyrs. Ro'n i'n trio canolbwyntio ar ei wyneb ond yn cael cythraul o jòb.

' 'Ym . . . wel . . . I suppose a cup of tea's out of the question?' medda fi.

Ro'n i wedi cael hen ddigon o alcohol am un noson, ac roedd gweld un o be ro'n i'n ei weld o fan hyn yn ddigon, heb sôn am weld dwbwl. Roedd o'n . . . sut fedra i ddeud hyn? Wel, yn blwmp ac yn blaen, roedd o'n anferth, dach chi efo fi? Ocê. Does 'na 'run ffordd arall o'i ddeud o. Hollol anhygoel o sylweddol. Yn sicr i chi, welis i rioed ffasiwn beth, heblaw yn y Royal Welsh ella, ac roedd hwnnw'n sownd ar stalwyn. A deud y gwir, faswn i ddim yn siŵr iawn be i'w wneud efo fo; ista arno fo 'ta rowlio 'mhestri efo fo? A lle ddiawl oedd o'n cael ei gondoms? Pirelli?

Wedi o leia ddwy eiliad o feddwl dybryd, penderfynais bod tri o'r gloch ar fore Sadwrn yn y Peloponîs yn amser hurt i feddwl am *shortcrust*. Gwenais ar berchennog y pìn rhowlio o beth, a rhoi'r wythnos, a Dodo a Tony ac Arfon a Drong, a 'nhin mawr a 'nhits fflat, a bob dim arall oedd yn fy mhoeni *on hold* tan y bore, wrth i Alexander *'the great'* ddod yn nes ar draws y llawr marmor. Doedd y *Magnificent Seven* ddim ynddi hi.

Wele Gwawriodd . . .

Fetswn i ddim peidio â mwmian canu wrth gerdded i fyny'r rhiw am adre. Roedd hi'n chwarter i saith y bore a finna heb gysgu winc. Roedd hi wedi bod yn noson o fabolgampau rhywiol annisgrifiadwy. Nefoedd yr adar – sôn am stamina! Roedd y peth yn chwerthinllyd. Fasa rhywun byth yn gallu ymdopi efo hynna mewn bywyd bob dydd. 'Sa chi methu mynd i'ch gwaith! Methu codi o'r gwely! Methu cerdded! 'Diolch byth mod i'n mynd adra fory,' meddyliais. 'Tasa Alex yn dod i chwilio amdana i heno ac yn ymbil ar ei linia, faswn i ddim yn gallu mynd drwy hynna eto!' Ia, iawn fel *one-off* i wneud i dy ffrindia chwerthin efo'r hanes, ond dyna i gyd. Ro'n i'n falch iawn o gael dod o'no!

Erbyn i mi gyrraedd y giât, ro'n i wedi dechrau poeni sut ro'n i'n mynd i lithro i mewn i'r stafell heb ddeffro Dodo Megan, a llithro mewn i 'ngwely wedyn heb iddi sylweddoli nad o'n i wedi bod yno drwy'r nos. Ia, wn i, ro'n i'n ddynas yn fy oed a'n amser, ond ro'n i'n dal i deimlo reit bethma ynglŷn â'r petha 'ma efo hi.

Dyma agor y drws yn ddistaw bach a sleifio i mewn. Roedd y stafell yn llawn golau a haul cynta'r dydd yn disgleirio trwy fymryn o darth oedd yn brysur sychu. Ond roedd y stafell yn wag! Cymerais gip dros fy ysgwydd, ond roedd drws y stafell molchi ar agor led y pen a neb yn fan'no chwaith. Roedd gwely Dodo PJ (a f'un inna, o ran hynny) wedi ei wneud yn daclus gan y forwyn ers y bore cynt, a dim ond hoel pen Dodo ar ei gobennydd ar ôl iddi gael napan fach yn pnawn. Doedd dim sôn am ei bag na'i dannedd, ac roedd ei slipars pom-pom yn amddifad wrth droed y gwely. Wel, wel, wel . . . ble roedd hi 'ta? Mewn ffos, fel ro'n i wedi amau y tro diwethaf? Neu sgwn i oedd Dodo PJ, fel finnau, wedi bod yn *dirty stop out*, chwedl Jac Sais? Dyma fi'n ôl allan i'r cyntedd a chnocio'n ysgafn ar ddrws Tony. Doedd hi ddim ond newydd droi saith, chwarae teg, a do'n i ddim am ei ddeffro fo'n ddianghenraid. Ond pa ddewis oedd genna i? Roeddan ni'n hedfan adra bnawn fory! Be os oedd hi ar goll go iawn? Curais y drws yn ysgafn eto.

'Looking for someone in particular? Petite, attractive Welsh lady in her late seventies perhaps?' Daeth y llais o'r tu ôl i mi, ac o'r hanner gwyll daeth Tony, yn edrych yn sbriws iawn ac yn hollol effro, a dau fag papur brown yn ei ddwylo. Rhoddodd y bagiau ar y llawr a daeth arogl bara ffres hyfryd i'm ffroenau. Iesgob, ro'n i isio bwyd! Doedd ryfedd ar ôl y noson ro'n i wedi'i chael. Estynnodd Tony i'w boced am ei oriad ac agorodd y drws yn ddistaw. Plygais innau i godi'r bagiau a'i ddilyn i mewn. Roedd dau wely sengl yno, yn union 'run fath â'n lle ni drws nesa, ac yn yr un pella o'r drws roedd Dodo Megan yn cysgu'n braf. Roedd hi'n chwyrnu'n ysgafn a'i cheg ar agor ryw fymryn. Bechod. Gallwn weld ei bod hyd yn oed wedi cadw ei dannedd i mewn, er, roedden nhw wedi llithro rhyw fymryn. Mi wyddwn y buasai'n gwylltio'n gacwn tasa hi'n gwybod. Rhoddodd Tony lond sosban o ddŵr i ferwi a thynnu marjarîn, jam, sudd oren a llaeth o'r oergell. Ystumiodd i mi ei ddilyn allan ar y balconi. Roedd haul y bore'n fendigedig a'r balconi bach yn llawn golau. Eisteddais wrth y bwrdd tra aeth Tony yn ôl i mewn i nôl cwpanau a'r dŵr berwedig. Roedd Dodo'n dal i gysgu'n sownd trwy'r cwbwl.

Eglurodd Tony bod Dodo PJ, ar ôl newid i ddillad sych, wedi galw heibio'i stafell o i ddeud nos da a bod y ddau wedi dechrau siarad. A siarad a siarad. Yn y diwedd, roedd Dodo druan yn cysgu ar ei thraed, a'i llygaid yn hanner cau ers sbel. Pan ddychwelodd Tony o'r lle chwech, roedd hi'n fflat owt ar y gwely. Tynnodd ei sgidiau a tharo blanced sbâr o'r wardrob drosti. A dyna lle roedd hi'n dal i fod, heb symud bron. Roedd hi wedi troi drosodd un waith medda fo, dyna'r cwbwl. Dim rhyfedd ei bod wedi blino, medda fi. Roedd hi wedi gwneud mwy mewn wythnos yn fan hyn nag oedd hi wedi'i wneud ers deugain mlynedd adra.

Ar ôl awran, roedd Tony a finna'n siarad yn gall ac yn dod ymlaen yn dda. Sylweddolais fy mod i, oherwydd fy nghenfigen plentynnaidd, wedi colli cyfle i ddod i nabod dyn diddorol iawn. Roedd o wedi ymddeol ers dros bymtheng mlynedd ac yn ŵr gweddw. Ers rhoi'r gorau i'w waith fel athro Saesneg roedd o wedi bod yn ysgrifennu llyfrau plant, plant o tua deuddeg oed i fyny, ac wedi gwneud yn dda iawn hefyd. Roedd wedi cyhoeddi wyth llyfr i gyd, ac roedd 'na un arall yn dod allan o fewn wythnos iddo ddychwelyd o'i wylia. Do'n i erioed wedi clywed amdano, er mai yr oedran yna ro'n i'n ei ddysgu fy hun – ond hanes, nid Saesneg, oedd fy mhwnc i. Gofynnais iddo be oedd teitlau rhai o'i lyfrau, a dywedodd ei fod yn eithaf enwog am deitlau hirion. Fel be, medda fi?

'The Boy, the Bear and the Ice Cream Seller's Sundae Secret,' medda fo. Doedd o ddim yn canu cloch, medda fi.

'Well, it wouldn't. Unless you were a boy, twelve years old and into magicians,' atebodd. Syllodd ar y bwrdd fel petai'n meddwl, cyn mynd ymlaen. 'The Mongoose, the Milliner and the Missing Magic Hat. That's another one. Can't remember any more off hand!' medda fo.

Gofynnais iddo be oedd enw'r llyfr newydd.

'Ice.'

'*Ice?*' medda fi. 'That's it?'

'Absolutely,' atebodd. 'I got sick of thinking of long ones.'

Daeth sŵn tynnu tsiaen o'r tu mewn a chodais ar fy nhraed i fynd i roi mwy o ddŵr i ferwi i'r cysgadur Pot Jam gael paned.

'Thanks for the chat, Angharad,' medda Tony fel o'n i'n codi. 'I'm glad we talked. Maybe we can get on a bit better from now on, eh?' Gwenodd arna i reit annwyl, chwara teg.

'Well, just for today then maybe!' medda fi'n gwenu'n ôl, a'i atgoffa ein bod ni'n hedfan adre y diwrnod wedyn.

'How could I possibly forget?' meddai. Cychwynnais trwy'r drws. 'By the way,' ychwanegodd. 'There's one thing I want you to know.' Stopiais yn stond; roedd o'n swnio'n ddifrifol iawn mwya sydyn. 'I was eighty-two last month and, God knows, I've had my problems like any self-respecting octogenarian. However, incontinence is not one of them. When you saw me at the airport that day, I had just had an unfortunate accident with a water dispenser. The airport's water dispenser that is, not my own . . . '

Cochais at fy nghlustia, a'r unig beth fetswn i ddeud oedd, 'OK, of course . . . '

Roedd Dodo'n yfed gwydriad o ddŵr wrth y sinc.

'Wel . . . lle oeddech chi neithiwr?' gofynnais yn chwareus.

'Ti'n un dda i siarad,' meddai; 'pan es i drws nesa i chwilio am 'yn sbectol am hanner awr wedi un, doeddat titha ddim yn dy wely chwaith, os ga i ddeud.'

'O, jyst methu chi wnes i felly,' medda fi'n palu clwydda, 'oedd hi'n tynnu am chwarter wedi dau pan o'n i'n diffodd gola dwi'n siŵr.'

'Ia, ia . . . ' medda hitha'n gwenu. 'Falla mod i'n hen, Angharad, ond dwi'm yn *senile* – eto.'

'Be ddigwyddodd i chi 'ta?!' medda fi.

'Wedi blino o'n i mae'n rhaid. Chofia i ddim. Jyst disgyn i gysgu wnes i am wn i, a newydd ddeffro rŵan ydw i.'

'O, ia, a finna'n meddwl eich bod chi'n gneud y mwya o'r amser sydd gennoch chi ar ôl efo *lover boy.*'

'Pwy, fi a Tony?! Paid â bod yn wirion, hogan. Yli faint 'di'n hoed ni! Dan ni'm yn gneud petha fel'na, siŵr.'

'Petha fel be?' gofynnais, yn tynnu arni eto. Dechreuodd chwerthin dros y lle, cyn plygu mlaen a sibrwd fel tasan ni mewn llond stafell o bobol.

'Wsti be fydda Eddie'n ddeud? Bod hei-jincs . . . wsti . . . gneud y busnas . . . efo dyn mewn oed fatha trio chwara snwcyr efo rhaff . . . ' Dechreuodd chwerthin yn uwch wedyn, a fetswn innau ddim peidio â chwerthin chwaith.

'What's the joke then?'

'Nothing, Tony,' medda hitha'n frysiog. 'When are we off then? I need to wash and change,' meddai. 'Dan ni'n mynd i'r Corinth Canal heddiw, Angharad, mae genna i rywbeth dwi angen ei neud yno cyn mynd adra.'

'Be,' medda fi, 'tynnu'r plwg?'

'Wel, ia mewn un ffordd, falla 'sa ti'n gallu'i alw fo'n hynny,' meddai cyn mynd heibio i mi ac agor y drws i'r coridor. 'Back in ten, Tony,' meddai'n llawn bywyd, cyn diflannu.

Ta-ta Eddie, Eddie, Ta-ta

Treuliais ddiwrnod ola un y gwylia yn gwneud yr hyn ro'n i wedi edrych mlaen at ei wneud trwy gydol yr amser, sef gorwedd wrth y pwll, nofio chydig, yfed llwyth o Pimms, torheulo a darllen o ddeg y bore tan chwech y nos. Wel, heblaw'r brêc ges i yn y canol rhwng deuddeg a dau pan oedd yr haul ar ei anterth, pan steddis i yng nghysgod palmwydd i fwyta fy *kalamari* ola. Ro'n i wedi byta gymaint o'r stwff tro 'ma, mi fyddwn i'n mynd adra efo wyth coes a llond 'y mol o inc. Diwrnod perffaith. Agorais fy llyfr bach nodiadau gwyliau ac edrych ar y rhestr ro'n i wedi'i sgwennu ddeuddydd ynghynt. O! Yr addewidion! Yr holl fwriadau angylaidd! A finna wedi cwblhau bron dim ohonyn nhw. Rhedeg? Ha! Salads? Ha! Sit-yps? Ha! (Ond mi ro'n i wedi cael un noson o ymarferion hynod o adeiladol.) Gafaelais yn gadarn yn fy mhensal a sgwennu 'B-O-L-Y-C-S' ar draws y rhestr. Mi wnawn i 'ngora i siafio 'nghoesa a thrin fy mwstásh cyn mynd adra, ond mi gâi bob dim arall fynd i'r diawl!

Ro'n i wedi bod yn ôl yn fy stafell yn molchi a newid ers ryw hanner awr ac wedi hanner pacio fy nghês pan sylwais ar betalau bach gwynion ar wely Dodo Megan. Nid rhai ffresh oeddan nhw chwaith. Roedd rhain yn grimp ac wedi'u sychu ers amser maith ddywedwn i. Od, meddyliais.

Ta waeth, ro'n i wedi mynd yn ôl i'r bar ac archebu potel o win erbyn i Dodo PJ a'i seidcic ddangos eu hwynebau. Aeth Tony i ordro swpar i ni ac eisteddodd Dodo efo fi. Roedd hi'n edrych yn anhygoel o dlws, ei chroen yn llyfn a'i llygaid gleision yn disgleirio. Roedd hi wedi bod yn cerdded yn yr haul gymaint yr wythnos yma roedd ei chroen yn hyfryd o frown.

'Wel, beth bynnag 'da chi wedi bod yn neud heddiw, mae o wedi'ch siwtio chi'n arw. Dach chi'n twinclo i gyd ar y tu allan!' medda fi wrthi.

'Dwi'n twinclo ar y tu mewn hefyd, am wn i,' meddai'n chwareus.

'Iesgob, neis iawn wir. Mae'r Corinth Canal wedi gneud lles felly.'

'Ddeudis i ta-ta wrth Eddie . . . ' meddai.

'Pwy . . . ?'

'Eddie Tyrban 'de.'

'Ond . . . be? Fi sy'n wirion 'ta be? Mi fuo farw yn 1967, do ddim?'

'Do siŵr. Ond mi ro'n i angen deud ta-ta o fa'ma,' meddai'n cyffwrdd ei chalon drwy un o'r blowsys roedd o wedi'u prynu iddi o Harrods. 'A chan fod ganddo fo gymaint o feddwl o'r canal 'na, o'n i'n meddwl mai fan'no fyddai'r lle gora i mi neud o.'

'Gneud be'n union 'ta?' gofynnais. Roedd hi'n fy ffwndro i'n lân rŵan.

'Deud wrtho fo mod i'n barod rŵan . . . wsti . . . i . . . '

'Barod? Barod i be?'

'I briodi'n 'de. Priodi eto.'

'Priodi? Blydi hel! Priodi pwy?'

'Wel, Tony, siŵr Dduw, pwy arall?'

'Tony? Ond dach chi ddim ond wedi'i nabod o ers chwe diwrnod a hanner, neno'r Tad!'

'Pan ti wedi cyrraedd 'yn hoed ni, Angharad, rhaid i ti fyw bob dydd i'r eitha tra medri di, a dwi'n dechra rŵan,' meddai, a golwg benderfynol arni.

'Ond Dodo, chwe diwrnod a . . . '

'Ond dim byd, Angharad,' meddai gan godi ar ei

thraed. 'Dwi newydd ddarganfod nad ydi'n wy ola fi wedi chwythu wedi'r cwbwl. Bydda'n hapus drosta i, a gad i mi'i sgramblo fo'n sglwtsh tra mae genna i gyfle. Tony?!' gwaeddodd dros ei hysgwydd, 'can we have champagne tonight?'

'Adre, Adre, Blant Afradlon . . . '

Wrth bacio'n cêsys y noson honno, eglurodd Dodo ei bod wedi mynd â llond llaw o betalau gwynion efo hi i'w lluchio i mewn i'r Corinth Canal. Petalau wedi'u sychu o'i thusw priodas i Eddie. Roedd hi wedi bod yn eu cario nhw efo hi i bobman ers blynyddoedd. Ond heddiw, wedi lluchio'r dagrau bach gwelw, sychion ar y dŵr a deud wrtho fo ei bod yn barod i symud mlaen, roedd wedi'i glywed yn ateb, medda hi, 'Da iawn ti, Megan, dos am y trymp 'ngenath i . . . ' A dyna'n union roedd hi am wneud. Roedd y gwyliau yma drosodd, diolch i Dduw, a ninna'n mynd adra i drefnu priodas.

Gymerodd hi dwn 'im faint o amser i ni ffarwelio y bore wedyn! Roedd Tony, er ei fod ar yr un bỳs â ni, yn mynd yn ôl ar yr awyren i Stansted. Mynd yn syth i Lundain i drafod newidiadau munud olaf efo'i wasg, medda fo, ac i ddeud wrth ei fab ei fod yn priodi. Mab? Dyna'r tro cynta i mi glywed am hwnnw. Wedyn, roedd o am fynd adra i roi ei fyngalo ar y farchnad, pacio chydig o stwff ac mi fyddai yng ngogledd Cymru i briodi cyn i ni ddeud leisians! Anhygoel! Jyst fel'na! Roedd y ddau yn hollol sicr, bendant, benderfynol eu bod nhw'n gwneud y peth iawn, ac isio'i wneud o RŴAN. Pwy o'n i i ddeud fel arall?

'Hapi Deis . . . '

Am y drydedd noson ers i mi ddychwelyd o wlad Groeg, ro'n i'n eistedd yn y tŷ yn aros i'r ffôn ganu. Roedd neges gan Arfon ar y peiriant pan ddes i'n ôl, yno ers bron i wythnos. Ro'n i wedi gwrando arni hi sawl gwaith a hyn, dim ond er mwyn clywed ei lais o (wn i, despret 'ta be!). Deud oedd o ei fod o wedi clywed gan Peg fy mod i ffwrdd, ac y buasai'n trio eto cyn bo hir. Roedd o isio gair. Ond chlywais i ddim wedyn; dim gair, dim galwad, dim cnoc ar y drws. Ro'n i'n ôl ers dydd Sadwrn ac roedd hi rŵan yn nos sodin Lun, felly pam nad oedd o wedi cysylltu?

Canodd y ffôn. Mi gliriais y rỳg o flaen y lle tân efo un naid, cyn glanio'n stond o flaen y ffôn, anadlu'n ddwfn cyn ei godi o'i grud a deud 'Helô?' yn hamddenol braf fatha 'swn i wedi cymryd tair wythnos i gerdded ato fo.

'Angharad, gwranda, dwi wedi bod yn meddwl, mi fydd 'na lot o'r *guests* 'ma dros eu sefnti, wsti; falla 'sa well i ni ailfeddwl ynglŷn â'r bwyd a mynd am lai o betha efo *pastry*?' Blydi hel.

'O, helô, Dodo PJ, chi sy yna. Reit, wel . . . mae o i fyny i chi, wrth gwrs. Awn ni heibio Gardd Eden eto os liciwch chi; gawn ni weld be arall sy ganddyn nhw i gynnig i ni.'

'Syniad da, a ti'n dal yn dod efo fi i Landudno, 'dwyt?'

'Yndw, ffindiwn ni *outfit* i chi, peidiwch â phoeni. Gweld y *registrar* eto 'di'r peth pwysica, cofiwch.'

'Ia, fydd Tony yma erbyn hynny. Reit, wela i di fory.'

Wrth gwrs, roedd hi wedi bod yn ras wyllt i ddechrau ar y trefnu. Roedd Dodo Megan fel het, a doedd ganddi ddim clem lle i gychwyn. Roedd hi'n hollol, hollol cŵl am yr holl beth, ac yn disgwyl i bopeth ddisgyn i'w le heb iddi hi orfod gwneud fawr o ymdrech. Wrth lwc, ro'n i yn fy elfen, wrth gwrs. Wrth fy modd yn ffonio a bwcio ac archebu a dewis. Os ro i'r gora i ddysgu rhywbryd, faswn i wrth 'y modd yn dechrau busnas fel trefnydd priodasa proffesiynol. Waeth i mi drefnu rhai pobol eraill, gan nad ydi o'n edrych yn debyg y ca i byth gyfle i drefnu un i mi fy hun, meddyliais.

Drwy lwc, roedd Breian drws nesa wedi cadw copi o'r *Cambrian*, ac mi ces i o pan es i heibio efo'r plât Naffplionaidd. Roedd Pws yn cysgu'n sownd ar y soffa, a wnaeth hi ddim ond codi un glust pan glywodd hi fy llais. *Charming,* croeso adre i chditha hefyd. Ta waeth, roedd 'na atodiad yn y papur yn llawn o westai ayyb yn hysbysebu darpariaeth ar gyfer priodasau. Yn eu mysg roedd Gardd Eden. Rŵan 'ta, dim ond unwaith y bûm i yno os dach chi'n cofio, a dim ond un gair fedra i feddwl amdano wrth gofio'r ymweliad hwnnw: cachu. Eto, rhaid cyfaddef, roedd ei leoliad o'n hollol wych; plasty Fictoraidd yn ei erddi ei hun. Roedd hanner yr adeilad ar gyfer gwahanol driniaethau fel colonics (!), trin yr ewinedd, tylino'r corff, sawna, pwll nofio ac ati, a'r ochor arall yn westy moethus efo stafell gynadledda fawr – a thrwydded ar gyfer cynnal priodasau! Perffaith. Ac yn well na hynny, pan ffonis i nhw, roedd y lle ar gael ar y diwrnod oedd ganddon ni mewn golwg. Trefnais i Dodo a fi fynd yno i ginio mewn chydig ddyddia, er mwyn gweld y lle'n iawn a thrio'r bwyd.

'Dach chi'n gwybod lle ydan ni, dach chi wedi bod yma o'r blaen?' gofynnodd y derbynnydd.

'Do diolch,' medda fi'n gwingo a thynnu bocha 'mhen-ôl i mewn.

Wedi trefnu'r amserlen am y dyddiau nesa yn drylwyr, eisteddais yn edrych ar y ffôn eto, cyn estyn ato. Roedd y rhif ro'n i isio'i ddeialu yn dal ar ddarn o bapur wrth ymyl y ffôn, lle ro'n i wedi'i adael bron i bythefnos yn ôl. Anadlais yn ddwfn.

'Helô?' meddai'r llais benywaidd. Eirwen, mam Arfon, oedd yno eto.

'Helô, ym . . . isio siarad efo Arfon o'n i, ydi o o gwmpas heddiw?'

'Wel, nacdi, mae arna i ofn. Chi ddaru ffonio o'r blaen, ia? Mae o wedi bod yma, do, am sbel, ond mae o wedi mynd eto rŵan! Dach chi ddim wedi bod yn lwcus iawn yn naddo?' O! Doniol. Ha blydi ha, tydi'i fam o'n gês . . . 'Mae o a Gwyneth bach wedi mynd i Eurodisney, cofiwch . . . ' (dwi ddim yn debygol o ANGHOFIO rŵan nacdw, bygyrêshiyn!) ' . . . ers dydd Iau dwytha, chi. Gwylia bach i'r ddau ohonyn nhw, iddyn nhw gael amser efo'i gilydd 'te.'

'O, ia, lyfli,' medda fi. Blydi grêt. Zipydîblydidwda. ''Na ni 'ta, diolch eto. Un o'r dyddia 'ma, mi ddalia i o'n tŷ!' ychwanegais yn trio swnio fatha darpar ferch-yng-nghyfraith joli a chyfeillgar.

'Siŵr o fod,' medda hitha, 'daliwch i drio . . . ym . . . ?'

Roedd y marc cwestiwn yn cyhwfan rhyngddon ni i lawr y wifren.

'Angharad.'

''Na ni 'ta . . . hwyl i chi rŵan.' Cachu cocrotshan. Dyna fi wedi rhoi 'nghardia ar y bwrdd. Roedd hi'n siŵr o ddeud wrtho fo rŵan bod 'na ryw 'Angharad' wedi ffonio (ddwywaith). Fetswn i ddim coelio nad oedd o ddim hyd yn oed yn y wlad! Roedd hi'n dod yn fwyfwy amlwg nad oeddan ni i fod efo'n gilydd. Pan oedd Arfon yn chwil, ro'n i'n sobor; pan oedd Arfon isio siarad, ro'n i isio gwagio 'mŵals; pan ro'n i dros dŵr, roedd o adra; pan mae o dros dŵr, dwi adra. Pan dwi'n fa'ma'n unig, a hyd yn oed fy nghath i wedi mynd i fyw drws nesa, mae o ar ei wylia efo Minnie blydi Mouse. Be nesa?

Dreulis i'r bore cyfan ar y ffôn, ac ro'n i newydd orffen archebu tusw o *freesias*, *gypsophila* a rhosod y mynydd ar gefndir o redyn a dail *eucalyptus* i Dodo Megan pan ddaeth cnoc drwsgwl ar y drws ffrynt.

'Blydi hel,' medda fi o dan 'y ngwynt; ro'n i'n dal yn fy mhajamas. 'Dal dy ddŵr!' gwaeddais, yn brysio i gau botymau nghôt pajamas lle bod fy mŵbs i'n dod i'r golwg a dallu'r sawl oedd ar y trothwy. Agorais y drws, ac yno roedd y tusw mwya anferthol o flodau welis i erioed. Roedd o o leia ddwy droedfedd o uchdwr ac o led. 'Nefoedd, newydd ddod oddi ar y ffôn i'r siop ydw i,' medda fi wedi synnu. Cyn sylweddoli, wrth gwrs, nad oedd beth oedd o 'mlaen i ddim byd tebyg i'r hyn ro'n i newydd ei archebu.

'Fedrwch chi seinio hwn?' medda llais o du ôl y deiliach, a daeth llaw efo darn o bapur a phensal wedi hanner ei chnoi yn sownd ynddi tuag ataf rownd y gwyrddni.

'Un eiliad,' medda fi yn llygadu cerdyn ymysg y goedwig. Gafaelais ynddo a dechrau agor yr amlen fach wen. Wedi meddwl, rhyw flodau go bethma'r olwg oeddan nhw. Ddim yn betha faswn i'n eu dewis fy hun. Lot o fathau na fedra i mo'u diodda a deud y gwir. *Carnations*, ych! Lliw *peach*. Gwaeth fyth! Rhosod pinc gola. Ych eto. *Chrysanthemums* gwyn? Oes 'na rywun wedi marw? A bod yn onest, roedd y blydi lot yn afiach. Dewis di-dast ac mi wyddwn yn iawn pwy oedd yn

214

gyfrifol. Tynnais y cerdyn bychan allan. Ro'n i'n iawn . . . Drong.

Annwyl Anj,

Dwi'n heartbroken; wedi clywed bod ti'n arrangio wedding. Plîs deud bod o ddim yn wir. Dwi isio ti. Dwi methu trainio, ac achos hynny, dwi even wedi colli muscle definition. Ma hyn yn serious!
Dwi'n sâl heb ti. Phonia fi please, dwi'n begio ti.'
Dave.xxxxxxxxx

Stwffiais y nodyn yn ôl i mewn i'r amlen a phlannu honno'n ddisymwth i mewn i fol y trefniant erchyll.

'Diolch yn fawr iawn, iawn i chi am gario'r ffasiwn beth i fyny'r rhiw,' medda fi wrth y llais y tu ôl i'r *bouquet*, 'ond fedra i ddim arwyddo amdano fo. Mae o'n erbyn fy nghrefydd i, dach chi'n gweld. Fyw i mi, sori. Well i chi fynd â nhw'n ôl i bwy bynnag ordrodd nhw. Ta-ta rŵan.'

Welis i ddim gwyneb o gwbwl cyn cau'r drws, dim ond cefn pen yn diflannu'n ôl i lawr y rhiw, ac i mewn i'r fan CROCWS 'R US.

Idiot. Mae'n rhaid bod Drong wedi clywed gan un o'i ffrindiau drongaidd mod i wedi bod yn mynd o gwmpas y lle fatha peth wyllt yn trefnu priodas sydyn. Roedd y twrdyn hurt wedi cymryd yn ganiataol mod i'n priodi. *Typical.* Wel, geith o feddwl be licith o, a sticio'i floda cyn belled i fyny twll ei din ag yr ân nhw. A hynny'n cynnwys y rhuban.

Pan gyrhaeddis i Benbryn roedd Dodo ar y ffôn. Roedd golwg braidd yn drafferthus arni. O'i hamgylch, ar y llawr wrth ei thraed, ar y bwrdd, ar y gadair, roedd bocsys sgidia a bagia papur a phlastig, ac amlenni o bob lliw a llun.

'Tony, I'll find it, and if not, I'll get another one! You

can't expect me to remember where I kept it over thirty-five years ago, Iesu bach. I can't remember where I put the stamps I bought yesterday for goodness' sake . . . '
Rhoddodd ei llaw dros y ffôn a throi ata i. 'Os ydi hwn yn dechra mwydro fi fel hyn, geith o anghofio'r briodas 'ma, dos i ferwi teciall nei di.' Trodd yn ôl i siarad yn rhwystredig 'Yes, Tony . . . *da iawn*, and I'll sort out mine too. Of course. See you soon.' Daeth trwodd i'r gegin gefn.

'Nefoedd yr adar, ffasiwn ffŷs am bod dau hen begor isio priodi wir. Mae Eddie'n ei fedd ers cyn i ti gael dy eni, a rŵan dwi'n gorfod ffindio'r blydi tystysgrif i brofi hynny. Tydi carreg yn fynwant ddim yn ddigon i rhai pobol – a doedd o'n y papur, pennawd mawr yng ngholofn y *Rotary*! Eddie Turban plays his last trick. Tydio'n iawn i Tony. Does 'na'm llawar ers iddo fo golli'i wraig; siŵr bod ei dystysgrif o'n dal tu ôl y cloc ar y silff ben tan!' Mae'n rhaid ei bod wedi laru. Roedd hi wedi rhegi eto!

Dyma fi â phaned a phaciad o fisgedi Rich Tea drwodd i'r parlwr cefn ac eisteddodd y ddwy ohonan ni o amgylch y bwrdd bach chwarae cardia efo'i orchudd ffelt gwyrdd. Yr un bwrdd lle bu Eddie a hi yn chwarae cardia ac yfed Snowballs y noson fythgofiadwy honno dros chwarter canrif yn ôl. Roedd y ffelt wedi colli'i wyrddni llachar, ond roedd yr atgofion yr un mor ffresh ag erioed i Dodo Megan. Rhedodd ei bys dros gylch bach tywyll ar gornel y bwrdd, a chofio am Eddie'n tywallt smotyn o *liqueur* melon diawledig arno, ac yn trio'i sychu efo'i hancias. Aeth hitha i'r cefn i nôl clwt, ond fetsai yn ei byw gael gwared o'r un smotyn bach styfnig, stici yna. A dyna lle'r oedd o'n dal i fod . . .

Gwneud rhestr o'r gwahoddedigion oedd y dasg. Wedi'r cwbwl, doedd 'na ddim digon o amser i yrru gwahoddiadau ffurfiol at bobol a disgwyl cael ateb. Mi fyddai'n jòb i hanner y gwahoddedigion gofio eu bod wedi cael gwadd yn y lle cynta, medda Dodo Megan, heb sôn am gofio ateb o fewn y tridiau nesaf. Felly fi oedd wedi cael y jòb o ffonio pawb yn unigol i'w gwadd nhw. Ar y rhestr hyd yn hyn roedd Nanw Mehefin Huws, gwraig weddw a chymydog i Dodo ers hanner can mlynedd; Neli Pant y Dail, gwraig weddw eto, ac organydd benigamp; Mary Penbryn Bach, ei chymydog yr ochor arall, hen ferch a diawl o gês, a neb yn deall pam na phriododd hi erioed; a thair gwraig weddw arall o Glwb Henoed Aberbonc. Doedd hi ddim yn edrych yn dda am barti.

'Pan ti'n dod i'n oed i, ti'n gweld, Angharad, mae naw deg y cant o'r bobol liciat ti wadd, yn y fynwent,' medda Dodo. Ddechreuais i chwerthin. Falla nad oedd o'r peth priodol i'w wneud dan yr amgylchiadau, ond y ffordd deudodd hi o! Fetswn i ddim peidio. 'Wel, mae o'n hollol wir,' meddai. 'Pam ti'n meddwl rois i'r gora i fynd i aduniad y *Grammar School* ddeng mlynadd yn ôl? Llai a llai ohonan ni bob blwyddyn, doedd? Rhywun arall wedi marw erbyn y flwyddyn ganlynol, a'r cwbwl oeddan ni'n neud yno oedd trafod pwy oedd newydd fynd a pwy oedd yn wael ac yn debyg o fynd erbyn y tro nesa!'

'Dach chi'n nabod rhywun iau 'ta?' gofynnais.

'Wel, dy fam,' meddai'n edrych arna i'n amheus.

'Mae o i fyny i chi, 'mots gen i; fedra i'i diodda hi am ddiwrnod, dim problem.'

'Iawn, well i chdi roid ei henw hi i lawr 'ta, neu fydd 'na gythraul o le a chlywn ni mo'i diwedd hi.' Aeth yn ei blaen drwy ei llyfr bach cyfeiriadau, yn mwmblan iddi hi ei hun. 'Ble o'n i? H: Huws; I; J: Jones, Annie – hartan llynedd, fuodd hi byth 'run fath, byw'n Weston Super Mare rŵan, efo'r ferch am wn i. Ym . . . Maureen, Ty'n

Ddôl 'stalwm. Alzheimer's. Mae hi'n y Llwyn Drain 'na ers blynyddoedd, meddwl ei bod hi'n dal i fyw'n Runcorn efo'i Nain, gryduras fach. Jeffs . . . Nora a Nancy, dwy chwaer oedd yn arfer dod i aros acw bob haf am bythefnos pan o'n i'n gneud B&B, yn y chwe dega a'r saith dega. Dim cerdyn Dolig na dim ers 1987. Siŵr eu bod nhw 'di 'phegio'i 'fyd, oeddan nhw'n hŷn na fi. K: *Kleeneze agent* . . . na! L: Lloyd, Goronwy. Bygyr hwnnw 'di marw hefyd! Siŵr bod y diawl yn hel clecs yn y nefoedd os ddaru nhw 'i adal o i mewn. M: Meic mecanic, 'di priodi llynadd, byw'n Comins Coch rŵan . . . na. M: Morris, David. Tŷ Llwyd erstalwm. Farwodd o'n Llundan, 'run flwyddyn â dy dad. Tiwmor. N: na. O; P: Plastrwr . . . Parry, Pamela. 'Di marw. Niwmonia; ar ei holideis yn Abergynolwyn o bob man. Ym . . . Dora . . . Dora Parri, ti'n nabod hi? Arvonia 'stalwm?' Ddechreuis i gymryd mwy o sylw. 'Oeddan ni'n 'rysgol gynradd efo'n gilydd cofia, 'na ti be ydi mynd 'nôl – ond mae hi dair wsnos yn hŷn na fi, cofia! Mewn cadair olwyn, gwitiad am glun. Dal i ddod i whist pan geith hi lifft. Rho hi ar y list: Dora Dairy Queen.'

'Dora be?' medda fi'n eistedd i fyny, ddim yn siŵr a oeddwn i wedi clywed yn iawn.

'Dora Dairy Queen,' meddai eto.

'Dau dwll din?' gofynnais yn syn.

'Ia,' medda Dodo'n ddigynnwrf.

'Be sy'n dod nesa?' medda fi eto'n gegrwth.

'Un i lwmp o fenyn a llall o fargarîn,' meddai. Do'n i'n methu coelio.

'Ydi hynna'n hen draddodiad 'ta be?' gofynnais.

'Ydi siŵr,' meddai. 'Mary Dairy Queen, mam Doris Dairy Queen, a'i chwaer, Deiana Dairy Queen Dau; merch Doris wedyn, Eirwen Dairy Queen – dau dwll din, un i gadw wyau a llall i baraffîn, os dwi'n cofio'n iawn.'

'A merch Eirwen wedyn?'

'Chafodd hi rioed ferch dwi'm yn meddwl, jyst un hogyn; fasa fo tua'r un oed â chdi rŵan synnwn i ddim.'

'Arfon Dairy Queen, dau dwll din, un i gadw cwstard a llall i gadw crîm . . . '

'Ti'n ei gofio fo, felly?' A throdd yn ôl at ei rhestr. Ei gofio fo? O yndw, ac nid fy mai i oedd o! Yr holl amser 'ma! Traddodiad ydi o. Traddodiad teuluol. Maen nhw i gyd yn Dairy Queens!

'Nid fi ddechreuodd o!' medda fi'n uchel, heb feddwl.

'Am be ti'n fwydro, dŵad?' gofynnodd Dodo.

'O, dim byd,' medda fi. Aeth Dodo PJ yn ei blaen trwy'i llyfr, a minna'n eistedd yno'n methu credu mod i wedi teimlo mor euog am ddim byd. 'Ga i anghofio fo rŵan,' meddyliais, 'ei roi o tu cefn i mi unwaith ac am byth. A wna i ddim gwastraffu eiliad arall yn poeni am y peth. Tudalen lân.'

'R: Rentokil,' medda hitha, 'Ha! . . . Richards. Dic a Maldwyn Gallt y Foel. Cefndryd,' meddai'n edrych draw arna i fel taswn i wedi gofyn pwy oeddan nhw. 'Cerdyn Dolig bob blwyddyn. Tydyn nhw byth yn galw na ffonio na dim, er fydda i'n gweld y tryc yn pasio unwaith 'rwsnos ar ei ffordd i'r Co-op. Rwbath reit od yn rheiny 'fyd – ochor dy fam eto. Roeddan nhw'n dal yn fyw yn ffair Criciath, welis i nhw fy hun yn prynu clustogau, a dwi heb glywed fel arall, felly ia, pam ddim, sgenna i fawr o deulu fedra i wadd. Dau hen lanc, ac yn henffasiwn fel brwshys. Ella fedra i ffindio rhywun iddyn nhwtha, os wnawn nhw folchi cyn dod. Mae 'na ddigon o weddwon iddyn nhw'n does? S: Sandra gwallt.' Ac felly yr aeth hi drwy'r llyfr, yn deud ei phwt am bob un wan jac. Wedi gorffen, roedd ganddon ni bymtheg o wahoddedigion. Hynny yw, pymtheg o bobol oedd yn dal yn fyw, neu o leia'n ddigon da i fod yno. Dim ond un oedd Tony'n ei wadd, a'i fab oedd hwnnw: Peter. Hanner cant a chwech oed a newydd gael ysgariad. Toeddan ni'n mynd i fod yn griw bach dedwydd?

Priodas Pot Jam

Taflais fy hun i mewn i'r paratoadau. Gwneud hynny fetswn i yn ystod y dydd, ac wedyn gwneud peth gythraul o gerdded neu feicio bob min nos. Mi fyddwn i'n mynd am dro heibio cartref Arfon i edrych a welwn i ryw olwg ohono fo. Ond doedd 'na byth sôn am ei gar o, na neb i'w gweld yn mynd a dod. Ond un noson roedd 'na siglen, llithren a thŷ bach pren newydd sbon wedi'u gosod yn yr ardd drws nesa i'r beudy. Roedd yr hen dŷ gwair yn edrych yn fendigedig wedi'i adnewyddu. Hwnnw fyddai'n gartref i Arfon a Gwyneth. Sefyllian wrth y clawdd fyddwn i wedyn, fel byni-boilyr breuddwydiol. Gwelais fy hun yn symud i mewn efo'n shafflach i gyd. Dychmygais hongian dillad y tri ohonan ni ar y lein, a phlannu bylbs yn y bordors o amgylch y tŷ. Yn fy mhen, gwelwn geir Arfon a minnau wedi'u parcio ochor yn ochor ar y dreif a fynta'n codi llaw drwy ffenest y gegin pan o'n i'n cyrraedd adra o'r ysgol. Ei dro o fyddai gwneud y te pan fyddai ar hanner diwrnod. Ia, wel, mae gin bawb hawl i freuddwydio.

Ond ffoniodd o ddim, a wnes innau ddim trio eto. Do'n i ddim am ymddangos yn hulpan despret, er fy mod i'n hulpan despret uffernol. Wyddwn i ddim a oedd o wedi dod adra o Disney, ond os oedd o, doedd o ddim ar unrhyw frys i 'ngweld i beth bynnag. Ro'n i hyd yn oed wedi dechrau cael hunllefau am blydi Minnie Mouse. Y bitsh lwcus. Lwcus i minna hefyd, mewn ffordd, bod gen i'r briodas 'ma i'w threfnu neu mi faswn i wedi mynd yn hurt.

Gwibiodd y dyddiau heibio mewn cyffro o restrau hirion, archebion, darnau diddiwedd o bapur, lliwiau, bwydydd, dilladach, blodau, areithiau (neu ddiffyg areithiau), cacan, ffotograffydd a thrwyddedau. Roedd Dodo a fi wedi bod yn Llandudno, Bangor, Wrecsam a Chaer yn chwilio am y dillad mwya addas i ddynas ei hoed hi briodi ynddyn nhw, beth bynnag oedd rheiny. Ond, ar ddiwedd y dydd, doedd dim byd cystal â beth oedd ganddi yn ei wardrob yn barod. Roedd y dillad brynodd Eddie iddi yn 1967 yn well nag unrhyw beth welson ni, a doedd hi rioed wedi gwisgo eu hanner nhw. Welis i nhw yn y wardrob, yn dal efo'u labeli'n hongian, a phapur brown dros eu hysgwyddau.

Ond wnâi hi mo'u gwisgo nhw. Roedd hyn yn ddechrau newydd, medda hi, a dim ond rhywbeth newydd sbon danlli wnâi'r tro. Yn y diwedd, gawson ni *two-piece* bach sidan mewn lliw mafon hyfryd, a rhyw lun o *alice band* o beth efo dau flodyn a chydig o blu yn saethu i'r awyr i fynd ar ei phen – fel rwbath fasa rhywun yn ei weld yn Ascot. Ac roedd hi'n edrych yn wirioneddol fendigedig. A finna? Wel do, mi ges inna ffrog sidan i fatshio un Dodo Megan. Ei dewis hi oedd hi, ond ro'n i'n hapus iawn efo hi. Yn bennaf am ei bod yn gwneud petha gwyrthiol efo mronnau. Roedd ganddi ryw lun o bodis oedd yn eu codi nhw i fyny, eu hel at ei gilydd, a'u pwyntio nhw'n syth allan yn y ffordd ryfedda. Mi es i o '34 Ble Ddiawl Maen Nhw?' i '34 Dyna Be Dwi'n Alw'n Bâr o Dits' cyn ichi ddeud *underwired cup*. Anhygoel!

Wythnos yn ddiweddararch ac roedd popeth yn barod. Gostiodd o saith bunt i mi gael tystysgrif newydd i Dodo Megan brofi bod Eddie wedi marw, ond ar wahân i hynny aeth pob dim yn ddidrafferth. Diwrnod arall ac mi fyddai ganddon ni briodas.

Y Diwrnod Mawr

Dim ond dau beth oedd yn fy mhoeni trwy gydol y cyfnod yma. Diffyg presenoldeb Arfon oedd y cynta, wrth gwrs, a'r ail oedd presenoldeb parhaol Drong. Roedd o wedi bod yn fy nilyn, mi wyddwn i hynny. Mi welis i o sawl gwaith ar y stryd y tu ôl i mi, yn neidio i mewn ac allan o ddrysa siopa a ballu, a dwy waith, wedi i mi ddychwelyd i'r car ar ôl bod yn siopa, roedd paced bach o Black Jacks wedi eu gosod o dan y weipars. Roedd o'n gwybod mod i'n eu licio nhw. Hefyd, cyrhaeddodd tri thusw arall o flodau di-chwaeth wrth ddrws y ffrynt. Gyrrais ddau yn ôl efo'r dosbarthwr yn gynt na fedrai o ddeud 'Interflora' a'r llall, wel, roedd hwnnw wedi ei adael yn nhŷ Breian tra o'n i allan, a hwnnw wedi arwyddo amdano fo drosta i. Y creadur, doedd o ddim i wybod. Ta waeth, digwydd bod, roedd ganddo ffrind yn y sbyty efo *strangulated hernia* ac mi ddeudis i wrtho fo am fynd â nhw i fan'no. Mi wnes yn siŵr bod y cerdyn wedi'i dynnu i ffwrdd cyn i mi eu rhoi nhw'n ôl i Breian, a fetswn i ddim peidio â chael cip arno fo.

Anji babe,

Dwi'n torri calon fi. Please paid â gneud o.
Dwi'n begio ti, a ti gwbod fi, nai byth begio i neb!
Os ti isio priodi, prioda fi! Mae lle mawr gwag yn fy class aerobics fi. Dave x
P.S. Cofia, dwi'n gwbod lle fydda chi, a faint o'r gloch . . .
xxx

Oes, medda fi, mae 'na'n bendant le gwag yn dy ddosbarth di, a'r un rhwng dy glustia di ydi hwnnw! Iesu, roedd ganddo fo wynab, a be oedd y darn ola 'na i fod i feddwl? Oedd o'n trio 'mygwth i 'ta be? Os oedd o, roedd hyn yn fflipin difrifol. Roedd y boi'n gryf, mi wyddwn i hynny, ac yn hollol dwp. A doedd hynny ddim yn gyfuniad da. O leia mae dyn cryf, call yn gwybod pryd a sut i ddefnyddio'i gryfder, ond rhowch gryfder i rywun twp, a, wel . . . wedyn mae ganddoch chi broblem.

A dyna oedd yn fy mhoeni. Roedd y crwmffast dwl yn ddigon gwirion i ddod i'r briodas a gwneud rhywbeth gwallgo. A'r unig ffordd o'i rwystro fo rhag gwneud hynny oedd i siarad efo fo. Egluro i'r mul nad fi oedd yn priodi. Do'n i ddim yn gweld pam ddiawl y dyliwn i egluro iddo fo chwaith. Os oedd o isio gwneud ffŵl llwyr ohono'i hun, wel, doedd hynny'n ddim byd newydd, nagoedd? Ond poeni am Dodo PJ o'n i. Ei diwrnod mawr hi oedd o, a doedd Drong na neb arall yn mynd i ddifetha hynny. A dyna pam y codis i'r ffôn a deialu rhif ro'n i wedi bod isio'i anghofio ers wythnosau.

Fuodd o ddim acw'n hir. Mi wnes i hi'n berffaith glir iddo fo mod i isio siarad efo fo'n hollol o ddifri. Mi ddaeth draw o fewn munudau. Dechreuodd trwy drio gafael ynddof fi, a deud pa mor anhygoel oedd bod yn ôl yn y tŷ a ballu. Mi wyddwn yn iawn be oedd ei gêm o, ac mi ddeudis i wrtho fo am beidio gwneud ei hun yn gartrefol. Mi eglurais nad fi oedd yn priodi, a doedd o ddim i ddod i'r gwesty a difetha diwrnod Dodo Megan. Roedd y rhyddhad ar ei wyneb yn anhygoel, a dywedodd pa mor falch oedd o bod cyfle eto felly.

'Cyfle i be?' medda fi.

'I chdi a fi,' medda'r twrdyn dwl. Ac mi eglurais wrtho eto nad oedd unrhyw gyfle, byth bythoedd, Amen! Nid o dan unrhyw amgylchiadau. Tasa fo'r dyn olaf yn y bydysawd. Tasa fo'n ennill y loteri fory. Tasa fo'n cael trawsblaniad ymenyddol ac yn dysgu cynganeddu. Tasa fo'n rhoi brechiad angheuol i'r hamstyr ac yn addo gwisgo bag ar ei ben am weddill ei oes lle mod i'n gorfod edrych ar ei wyneb sosej rôl o, faswn i ddim yn ei gymryd yn ôl.

'Rŵan 'ta,' medda fi'n bwyllog, 'pa ddarn o hwnna ti'n cael trafferth efo fo?' Agorais y drws. Roedd o'n gwrthod symud. Yr unig ffordd y medrwn ei gael o i adael oedd i mi adael fy hun. Felly allan â fi i ben draw'r llwybr, a do, mi ddaru o 'nilyn i. Ac mi roedd y sbrych yn crio! Crio! Ar ôl bob dim roedd o wedi'i wneud i mi!

'O, blydi hel, ti'n jôcian . . . dos adra wir, a sortia dy hun allan,' medda fi.

A dyma fo'n hyrddio'i hun tuag ata i. Lapio'i hun amdanaf fi a gafael mor dynn nes o'n i methu anadlu jyst, a rhyw hen slobran gwirion ar fy nghrys. Roedd o fel gefail a fetswn i'n fy myw ddadgysylltu fy hun.

Chwalfa

A dyna pryd gwelis i o. Arfon. Yn cychwyn i fyny'r clip at y tŷ. Roedd Drong â'i gefn at y rhiw felly welodd o mohono fo, a dyma fi'n dechra'i wthio fo i ffwrdd a thrio dadglymu'i freichiau, oedd wedi'u cloi am fy nghanol. Roedd 'y nghalon i'n curo'n gynt ac yn gynt. Ro'n i wedi breuddwydio am weld Arfon ers wythnosau. Wedi ysu am weld Arfon. Ond nid fel hyn. Doedd hyn ddim yn rhan o'r cynllun! Ar y gair, cododd Arfon ei ben a syllu'n syth i'm llygaid. Safodd yn stond ar ganol yr wtra a'm gweld ym mreichia Drong. Syllodd yn anghrediniol arna i, yna codi'i ddwy law a'i sgwyddau mewn ystum 'O, wel, be o'n i'n ddisgwyl?' math o beth.

'Naaaaaa!' gwaeddais, 'Arfon, dwi'n sownd! Plîs paid a–' Ond roedd hi'n rhy hwyr. Roedd o wedi troi ar ei sawdl a mynd, a'm gobeithion oll efo fo. 'Bas . . . dad, gad lonydd i fi!' gwaeddais eto, yn wallgo tro 'ma, cyn llwyddo i blygu yn fy hanner a throi fy hun allan o afael Drong. Ro'n i isio taflu fyny. 'Dos o'ma, a paid byth â dod ar 'y nghyfyl i eto. Paid byth â gyrru bloda i fi, a paid â dilyn fi – dim byd!' gwaeddais.

'Ti'm o ddifri *honeybunch*, tyd nôl mewn, gawn ni–'

'Sgen ti'm syniad pa mor o ddifri ydw i!' medda fi, yn crynu gymaint ro'n i'n cael trafferth siarad yn iawn. 'Ar yr union foment hon, dwi'n meddwl 'swn i'n gallu dy ladd di! Dos o'ma a paid byth â chysylltu efo fi eto, neu mi fydda i'n galw'r heddlu. A dwi'n 'i feddwl o!' A dyma fi'n rhedeg heibio iddo fo i lawr y rhiw a saethu rownd y gornel gan obeithio gweld Arfon yn cerdded i lawr y stryd. Ond roedd y stryd yn wag. Rhedais nerth fy mhymps at lle roedd y ffordd gyferbyn â'r capel Methodist yn troi'n siarp am i fyny. Doedd dim sôn ohono'n fan'no chwaith. Ond falla 'i fod o newydd fynd dros y top, o'r golwg. Anadlais yn ddwfn a'i chychwyn hi i fyny. Cyrhaeddais ben y bryn ac edrych i lawr yr ochor arall. Neb. A doedd dim posib ei fod o wedi mynd ymhellach na hynna yn yr amser oedd wedi pasio. Os nad oedd o wedi rhedeg fel peth gwyllt? Os nad oedd ganddo fo rocet i fyny'i din. Neu, os nad oedd ganddo fo gar! Car?! Do'n i'm wedi meddwl am hynny! Trois ar fy sawdl a rhedeg fel mellten yn ôl i lawr y rhiw, rownd y gornel, yn ôl i fyny'r stryd fawr, yn ôl i fyny'r wtra serth i'r tŷ (dim golwg o Drong, diolch byth), i fyny'r llwybr bach a chau'r drws cyn disgyn ar fy hyd ar lawr yn ochneidio ac yn ymladd am wynt (O.N. Nodyn i mi fy hun – rhaid gwneud mwy o ymarfer corff). Reit 'ta. Edrychais ar fy watsh. Os oedd Arfon yn y car, mi fyddai'n bendant wedi cyrraedd adra erbyn rŵan. Es i'n syth at y ffôn. Gobeithio i Dduw nad ei fam fyddai'n ateb eto. Ond doedd neb yn ateb. Neb. Triais eto mewn pum munud, ac ymhen pob pum munud wedyn am chwarter awr. Dim ateb. Pam nad oedd ganddyn nhw beiriant ateb fatha pawb normal? Ro'n i wedi gwylltio rŵan. Felly ffonis i Heather.

Erbyn hanner awr wedi naw roedd Heather a finna wedi rhoi hanner fy myd trychinebus i yn ei le yn y Llew (a llyncu sawl jinsan) ac ar fin cychwyn ar yr hanner arall, pan gerddodd criw o hogia i mewn: Alan, gŵr Sophia yn un – ac Arfon! Ond nath o'm sbio arna i. Mi nath bwynt o f'anwybyddu'n llwyr, ac roedd hynna'n brifo. Rŵan, mewn sefyllfa fel hyn yn y gorffennol, mi fyddwn i wedi pwdu, mynd i dafarn arall, meddwi, mynd adra ac aros am dair wythnos i'r ffôn ganu, a mynd yn is ac yn is, a gwneud fy hun yn sâl. Ond roedd hynny i gyd yn stopio rŵan. Aeth Heather at y bar i nôl mwy o ddiodydd ac mi es innau i'r lle chwech. Ond yn lle mynd yn ôl yr un ffordd, mi es drwy'r drws ar y dde i ochor y lolfa oedd yn f'arwain i'n syth heibio Arfon. Roedd o â'i gefn ata i, ac mi nodiodd Alan arno i droi rownd. Trodd i'm wynebu. Roedd fy nghorff yn crynu i gyd, ac roedd ei weld eto, a bod mor agos ato fo, fel trydan yn mynd drwydda i. O'n i'n ysu i afael ynddo fo a deud cymaint ro'n i wedi'i golli o.

'Driais i ffonio chdi . . . ' oedd yr unig beth ddoth allan.

'Be oeddach chdi isio? Deud wrtha i am beidio dod heibio eto, rhag ofn i mi gerdded i mewn ar *tête-à-tête* bach arall?'

'Naci siŵr. Ac nid fel'na oedd hi!'

'O ia, be oedd tafod y sglyfath yn neud i lawr dy donsils di 'ta?'

'Doedd o ddim! Falla 'i fod o wedi edrych felly o lle oeddet ti, Arfon, ond mi fedra i dy sicrhau di nad felly oedd hi – o gwbwl! Be ti'n feddwl ydw i?'

'Duw a ŵyr bellach, Angharad. Ddim be o'n i wedi'i feddwl beth bynnag, mae hynny'n amlwg.'

'Trio'i gael o oddi arna i o'n i, tasat ti ddim ond wedi rhoi tjans i dy din ac aros yn ddigon hir i sylweddoli mod i isio help!'

'Oedd o drosta chdi fatha rash!'

'Ti wedi trio cael caci mwnci oddi ar dy jympyr rioed? Oedd o'n sownd ynddo fi, Arfon! A mae o'n gry, wsti! Oedd o isio i ni drio eto, ac mi o'n i newydd ddeud wrtho fo nad oedd ganddo fo obaith mul mewn Grand National o 'nghael i'n ôl, a fasa well gin i dreulio gweddill fy oes mewn ogof yn byta cachu cocrotshys na mynd yn ôl ato fo!' Trodd ei gefn ata i, ond dwi'n siŵr i mi weld hanner gwên yn cychwyn. Arhosais ychydig, yn disgwyl iddo droi'n ôl, ond siarad efo'i fêt wnaeth o.

'O, 'na fo 'ta,' medda fi mewn sbel, wedi cael digon ar chwara gêms, 'tro dy blydi gefn. Ti ddim pwy o'n i wedi'i feddwl oeddat ti chwaith. Fasa'r Arfon o'n i'n feddwl oeddat ti, yr Arfon o'n i isio i ti fod, wedi bod yn ddigon o ddyn i gerdded i fyny'r blydi rhiw a gofyn be'n union oedd yn mynd ymlaen. Ddim troi rownd fel rhech a rhedeg i ffwrdd! Twll dy din di, a phob Dairy blydi Queen arall sy wedi bod o dy flaen di. Chdi a dy fam a dy nain a dy hen blydi nain! Dwi'n gwbod rŵan nad fy mai i oedd hynny chwaith, felly paid ti â meiddio gneud i mi deimlo'n euog eto! Bygro chdi! Ti newydd chwythu dy wy, mêt!'

Trodd rownd fel shot. 'Be mae hynna'n feddwl? Pa blydi wy? Be ddiawl o'n i fod i feddwl, e? O'n i isio siarad efo ti hefyd. Ond doedd o ddim yn amser da iawn i fi, oedd raid i fy merch i ddod gynta yn doedd?'

'O, ia, dy ferch. A phryd oeddat ti'n bwriadu rhannu hynna efo fi 'ta, e?'

'Mi dries i, ac o'n i'n ddigon hurt i feddwl y basat ti a hi wedi dod ymlaen. Y basach chi, mewn amser, wedi dod i licio'ch gilydd!'

'Be?' Roedd fy nghalon i'n curo. Os oedd o isio i mi a Gwyneth ddod i nabod ein gilydd, mae'n rhaid ei fod o isio fi.

'Ddois i heibio, ti'n cofio? Mi dries i egluro!'

'Do, yn chwil gachu gaib! Sut fath o siarad oeddan ni fod i neud a chditha mewn ffasiwn stâd?'

'Sut fath o siarad oeddan ni fod i neud a chditha'n rhedeg allan i'r ardd i rechan bob dau funud?'

'Beeeeee?!'

'Ddeudodd Heather wrtha i am y colonic.' Be?! O, na . . . Trois rownd i chwilio am y *grass* diawl.

'Angharad,' medda fo'n trio cael fy sylw, "dio'm bwys genna i, 'dio gythraul o bwys genna i os ti'n rhech–' Dwn 'im be ddeudodd o'n iawn, achos ro'n i wedi mynd. I ddeud wrth Heather yn union be o'n i'n feddwl ohoni. Roedd hi i fod yn ffrind! Ffrind penna. Ac mi oedd hi wedi bod yn trafod fy nhwll tin i, yn chwerthin am fy mhen i, efo'r dyn ro'n i isio treulio gweddill fy mywyd efo fo. Dyma fi ar ras i lle roedd hi'n eistedd yn angylaidd efo dau ddiod arall.

'Esboniad. Rŵan!' medda fi.

'Esboniad?' meddai'n ddiniwed a chymryd joch o ddiod.

'Paid â malu cachu, jyst duda wrtha i pam ar wyneb y ddaear wnest ti ddeud wrth Arfon am y blydi colonic?'

Chwerthin wnaeth hi eto, dros y lle, a 'nghythruddo i fwy fyth. Trio helpu oedd hi, medda hi. Roedd hi wedi gweld Arfon a Gwyneth yn y parc tra o'n i yng ngwlad Groeg. Roedd o wedi deud wrthi gymaint roedd o'n feddwl ohona i, a'i fod o isio deud popeth wrtha i cyn iddo fo fynd i nôl Gwyneth i Gernyw, lle roedd hi'n dal i fyw efo'i mam. Eglurodd nad oedd o'n dda iawn am siarad am betha fel'na, ac mi feddwodd braidd, a deud mod inna'n od iawn y noson honno hefyd, yn diflannu i fyny ac i lawr grisiau ac allan i'r cefn byth a hefyd. Ac yn y diwedd chafodd o ddim cyfle i ddeud dim. Wrth gwrs, dechreuodd Heather chwerthin, a deud wrtho fo'n blwmp ac yn blaen pam mod i mor 'od'. Roedd y ddau wedi cael hwyl iawn am fy mhen, ond mewn ffordd neis, medda hi. Neis? Suddais yn ôl yn y sêt a rhoi clec i'n jinsan cyn codi eto'n ddramatig.

'Wel, pwy sydd isio gelynion pan mae gynnon nhw ffrind fatha Heather Ann, e?' medda fi'n flin. Edrychais draw, yn meddwl dal llygad Arfon, ond roedd y diawl yn chwarae darts.

'O, ista lawr wir, a phaid â bod mor ddramatig. Mae gan bawb dwll tin, yn does? Wir yr, Angharad, mae o wedi gwirioni efo chdi! Paid â gadael i Drong a chydig o rechan ddod rhyngthoch chi.'

'Wedi gwirioni gymaint mae o'n fan'cw'n mynd am y *bull* yn lle dod i fa'ma at hen fuwch fatha fi.'

'Chdi ddeudodd . . . ' medda Heather yn codi'i haelia.

'Pam nad ydi o wedi deud hyn wrtha i 'ta, e?'

'Am mai dyn ydi o, yn 'de? Tydi'r rhan fwya ohonyn nhw jyst ddim yn gneud petha fel'na, nacdyn? Mi gymrodd sesh go hegar iddo fo gael y gyts i drio deud wrthach chdi o'r blaen, yn do? Ac yli be ddigwyddodd. Duw a ŵyr pryd geith o ddigon o hyder eto!'

'Be 'na i 'ta?' gofynnais.

'Cau dy geg i ddechra, a mynd i nôl diod arall. Ti byth yn dysgu, nagwyt? Pam bo raid i chdi weithio dy hun i fyny gymaint?'

'O hisht, be t'isio 'ta Miriam blincin Stoppard?' medda fi'n codi a mynd at y bar.

A dyna fy *regime* newydd allan drwy'r ffenast. Meddwi a phwdu o'n i eto'r un fath ag arfer. Hynny ac edrych draw ar Arfon bob hyn a hyn i edrych oedd o'n edrych draw arna i yn edrych draw arno fo. A doedd o ddim. Dim unwaith. Chwara darts a pŵl fuodd o wedyn tan i'r gloch ganu. 'Na chi gyffrous! Aeth Heather at y bar i nôl y rownd olaf. Roedd hi wedi meddwi erbyn hyn ac yn bod yn aflednais a ffiaidd. Roedd hi wastad felly ar ôl cymysgu diodydd.

'Hei, Angharad,' gwaeddodd o'r bar, 'fasa well i chdi fynd i sefyll o flaen y dartbord dŵad? Achos dyna'r unig ffordd gei di bric heno!' Chwarddodd yn wallgo, ond do'n i'n gweld dim yn ddoniol yn y peth o gwbwl. A gwaeth na hynny, roedd Arfon wedi'i chlywed ac yn edrych yn flin arni. Dwi'm yn amau ei fod yntau'n gallu bod yn henffasiwn ar adegau. Es draw at y bar a deud wrth Heather am anghofio'r ddiod. Doedd fawr o'i awydd arna i. Llwyddais i'w pherswadio nad oedd hitha angen un arall chwaith, a ffarweliais â hi tu allan i'r drws. Er i mi gynnig ei cherdded adref, roedd hi'n berffaith abl i fynd ei hun, medda hi. Gwyliais hi'n mynd yn igam-ogam ar hyd y pafin nes iddi ddiflannu rownd y gornel. Gobeithio o'n i, wrth gwrs, y byddai Arfon yn dod allan i edrych lle ro'n i wedi mynd. Ond ddaeth o ddim.

Cyrhaeddais ddrws y tŷ ac edrych yn ôl eto, ond doedd 'na'm golwg o neb. Rhedais yn ôl i lawr y rhiw a phipian rownd y gornel i weld oedd o ar ei ffordd. Neb. Wel, neb o bwys. Waeth i mi wynebu'r ffaith ddim – doedd o ddim yn dod ar fy ôl i. Felly dyna ddiwedd arni. Doedd o ddim isio 'ngweld i, a doedd o ddim am alw heno. Nac unrhyw noson arall chwaith, ella. Yn ôl â fi i fyny'r blydi rhiw eto'n benderfynol o beidio troi rownd y tro 'ma. Ond mi wnes – unwaith, cyn mynd i'r tŷ a chau'r drws. Eisteddais yn dawel am chydig, yn hanner gobeithio y byddai'n ffonio yn y munud. Ond ro'n i wedi chwarae'r gêm yna gannoedd o weithiau o'r blaen, felly codais, nôl peint o ddŵr, diffodd y goleuadau a mynd i fyny'r grisiau. Roedd gen i ddiwrnod prysur o 'mlaen.

Un Briodas . . . ?

Mi ddeffris i'n hwyr bora'r briodas, yn teimlo'n reit sâl.
Ro'n i methu credu bod petha wedi mynd o ddrwg i waeth
efo Arfon ac mai ar blydi Drong oedd y bai – eto. Sut
ddiawl o'n i fod i gael y neges i mewn i'w ben o? Es i allan
ar stepan y drws i weld sut ddiwrnod oeddan ni am gael
ar gyfer y diwrnod mawr, ac yno roedd tusw mawr o
rosod. Blydi hel! 'Am y tro blydi ola gad lonydd i fi!'
gwaeddais. Clywais ddrws yn agor y tu ôl i mi, a lluchiais
nhw'n sydyn i *wheelie bin* y tŷ ha' drws nesa ond un.

'Piti. Ddoi wyr biwtiffwl rôzus mâind,' medda Breian,
oedd yn cychwyn i brynu papur.

'Yes, they were,' medda fi, 'but unfortunately, Brian,
the sender is an asshole, and I do not need flowers from
an asshole, beautiful or not.'

Chwarddodd a rhowlio'i lygaid mewn ffordd 'mae hon
yn mynd trwy'i phetha eto', cyn cychwyn am y siop. Es
i'n ôl i mewn i wneud panad sydyn. Roedd rhaid i mi
frysio rŵan . . .

Hen Gachwr Afon Angau

Cyrhaeddais Benbryn â 'ngwynt yn fy nwrn; roedd Tony â golwg arno fo fatha 'sa fo wedi cachu twr o blancia'n barod. Roedd o'n welw, a dafnau o chwys ar ei dalcen. Darllen ei araith oedd o, drosodd a throsodd, ac mi ddechreuodd fy ngwneud i'n reit sâl, heb sôn amdano fo'i hun. Felly dyma fi'n gwneud iddo fo ista, rhoi Jamesons mawr iddo fo a thynnu'r araith o'i law a'i rhoi ar y silff ben tân.

'Try and relax, you'll make yourself ill.'

Fyny'r grisia â fi wedyn i helpu Dodo Megan. A dyna lle roedd hi'n tywynnu fel haul bach esgyrnog, a phopeth yn drefnus a thrwsiadus ar y gwely. Roedd hi yn ei phais, ei chyrlyrs yn barod i ddod allan a'i siwt newydd lliw mafon yn hongian yn ddisgwylgar ar gefn y drws efo'n ffrog innau.

'Reit, be dach chi isio i fi neud gynta?' gofynnais. 'Cyrlyrs allan, a mymryn o golur wedyn ella?'

'Ia, dim ond mymryn cofia,' meddai, 'ond aros ddau funud, dwi isio Armitage Shankio'n ddiawledig, nyrfs mae'n siŵr.' Ac i ffwrdd â hi i'r lle chwech yn morio canu 'Rwy'n edrych dros y bryniau pell amdanat bob yr awr; Tyrd, fy anwylyd, mae'n hwyrhau, a'm haul bron mynd i lawr . . . ' Oedd yn addas iawn o dan yr amgylchiadau, oherwydd glywis i ddim byd wedyn. Fues i'n aros am bum munud cyn i mi sylwi ei bod hi wedi mynd yn uffernol o ddistaw tua'r stafell molchi. Galwais ei henw unwaith neu ddwy, ond atebodd hi ddim. Mi es draw a chnocio'n ysgafn ar y drws.

'Dodo? Dach chi'n cael traed oer? Dodo?' Cnociais eto. 'Dach chi'n iawn?' Dim. Dim smic. Es i'n chwys oer drosta, a dyma fi â sgwd i'r drws. Ar y llawr oedd hi. Ar ei hyd yn ei phais, ei chyrlyrs yn dal yn sownd a'i slipars pom-pom o ffair Dolgellau am ei thraed. Roedd ei hwyneb yn biws a'i dwylo'n wynlas yn erbyn rwber pinc y *bath mat.* Mae'n rhaid ei bod hi wedi taro ochor ei phen ar y lle chwech wrth gwympo – roedd 'na waed yn rhedeg i lawr ei thalcen.

'Tony!' sgrechiais. 'Phone for an ambulance . . . NOW!'

Rhedais i nôl blanced i roi drosti, a llithro clustog tenau o dan ei phen, cyn ei heglu hi lawr y grisiau. Pan gyrhaeddais y lolfa a'r ffôn, roedd Tony'n dal i eistedd fel delw efo'i chwisgi. Un ai doedd o ddim wedi 'nghlywed, neu ddim isio clywed, neu ddim wedi sylweddoli difrifoldeb y sefyllfa. Ella mai mewn sioc oedd y creadur. Dyma wasgu 999 gan drio rhwystro'r dagrau rhag disgyn.

Gwnes baned boeth, llawn siwgwr i Tony tra oedd y paramedics fyny grisia. Roeddan nhw wedi bod efo Dodo Megan am dros chwarter awr. Ro'n innau'n mynd i fyny ac i lawr o'r llofft, yn ôl ac ymlaen, rhwng Tony a'r landing, ddim yn gwybod yn iawn beth i'w wneud efo fi'n hun. Y gwir amdani oedd nad oedd dim y gallwn i ei wneud. Dim. Dim ond gadael llonydd i'r bobol 'ma wneud eu gwaith a gobeithio am y gorau.

Eisteddais ar y soffa gyferbyn â Tony. Roedd bywyd Dodo Megan o'm cwmpas ymhobman. Ei gwau ar ei hanner mewn bag wrth fy nhraed. Toriadau papur newydd wedi'u stwffio y tu ôl i'r cloc. Ei ffedog ar fraich y gadair a hancias yn pipian o'r boced. Cyfansoddiadau Eisteddfod Llanrwst 1989 ar agor ar y bwrdd bach. (Roedd hi'n prynu pob llyfr Cymraeg ddôi hi ar eu traws yn siop elusen y Groes Goch, a hwn oedd y diweddaraf.)

Croesair Dail y Post ddoe ar ei hanner. Teimlais y dagrau'n cronni eto. Roedd perchennog y petha yma, fy annwyl, annwyl Pot Jam, yn ymladd am ei bywyd i fyny'r grisiau.

'We're getting married in exactly two hours,' medda Tony'n freuddwydiol gan edrych ar ei watsh. Bron fatha 'sa fo'n disgwyl i Dodo Megan ddod i lawr y grisia unrhyw funud yn chwifio'i bloda ac yn gweiddi,

'Jôc! Dowch 'laen! Let's get this show on the road.' Dyma fi draw ato ac eistedd ar fraich ei gadair, cyn gafael yn ei law rydd.

'I'm going to call the registrar now, Tony, ok? Then I'll call the hotel, and my mother. Hopefully, she'll ring round and let the guests know what's happened.'

'What for? You don't mean we have to cancel?' Roedd ganddo yntau ddagrau yn ei lygaid rŵan.

'I don't think there'll be a wedding today, Tony.'

'Is she that bad?' medda fo'n edrych arna i fatha tasa fo isio i mi ddeud clwydda.

'I'm afraid so, let's just hope for the best, and maybe we can do this another day.'

'Yes, you're right. God bless her . . . ' medda fo ymhen hir a hwyr, fatha bod y geiniog newydd ddisgyn. Gwasgais ei law'n dynn. Fetswn i ddim ymdopi efo hyn a Tony ar fy mhen fy hun. Ro'n i'n torri 'nghalon ac yn trio peidio, yn trio bod yn gryf i Dodo Megan. Roedd hi fy angen i rŵan, os oedd hi am ddod trwy hyn. A dyma fi'n sylweddoli mod i isio Arfon efo fi. Sgwn i lle oedd o rŵan? Oedd o adra? Fasa fo'n dod draw? Yn enwedig ar ôl shambls neithiwr? Doedd 'na ddim ond un ffordd o gael gwybod. Dyma fi'n nôl y darn papur bach oedd yn gymysg efo stamps yng nghefn fy mhwrs, a deialu'r rhif oedd arno.

Erbyn iddyn nhw gario Dodo i lawr y grisia ac i'r ambiwlans, roedd Arfon yn dod i'w cyfarfod i fyny'r llwybr. Ddwedodd o ddim byd, dim ond rhoi uffarn o hyg fawr, hir i mi cyn gofyn oedd 'na rwbath fetsa fo wneud. Helpodd fi i stwffio chydig o betha Dodo PJ i mewn i fag. Rhedais innau i lawr y llwybr ac i mewn i gefn y cerbyd at Dodo. Dywedodd Arfon y byddai'n dod â Tony ar ein holau ni wedi i hwnnw newid o'i siwt briodas a ballu. Mi fyddai Peter, mab Tony, ar ei ffordd draw o'r B&B erbyn hynny, yn meddwl ei fod o ar ei ffordd i yrru'r pâr hapus i'w priodas. Roedd Tony druan yn ffwndrus iawn o hyd, a ddim fel petai o cweit yn sylweddoli beth oedd yn digwydd. Wedi meddwl, doedd ond chydig llai na thair blynedd ers iddo golli ei wraig gyntaf, felly ella bod meddwl am Dodo PJ'n mynd yr un ffordd yn ormod iddo fo. Mae sioc yn gwneud y petha rhyfedda i bobol.

Rhuthrwyd Dodo Megan i'r 'sbyty, a fetswn i wneud dim ond sefyll yng nghanol y coridor llachar a'i gweld yn diflannu trwy ddrws dwbwl a chriw o bobol mewn gwyrdd o'i chwmpas yn gwthio'r gwely olwynion. Roedd hi wedi hen fynd o'r golwg, ond roedd y drysau'n dal i symud yn ôl ac ymlaen ar eu colfachau am sbel, cyn dod i stop. Eisteddais innau ar gadair a thynnu cardigan fach las Dodo allan o'r bag a chrio'n rhidyll i'r gwlân. Roedd hi yng ngofal rhywun arall rŵan.

Cafodd ei rhoi ar fonitor yn syth i arolygu'i chalon. Erbyn iddyn nhw 'ngadael i mewn i'r stafell i'w gweld, roedd hi fel ynys fach welw o diwbiau. Pob math o beipia a phetha'n blîpio yn sownd yn ei chorff bach eiddil. Roedd hi'n edrych fel E.T. ar ddiwedd y ffilm, pan oedd pawb yn meddwl ei fod o ar farw. Y golygfeydd dagreuol olaf hynny, cyn i'w ymysgaroedd o ddechrau goleuo i fyny, ac oeddan ni i gyd yn gwybod wedyn bod popeth yn mynd i fod yn iawn. Goleuwch, Dodo Megan. Goleuwch . . .

Roedd hi mor fain. Dwi'm yn meddwl i mi erioed sylweddoli'n iawn pa mor denau oedd hi. Mor esgyrnog, a'i gwythiennau glas i'w gweld yn glir trwy'i chroen papur. Falla nad oedd hi ddim yn dda ers tro byd? Falla nad oedd hi'n teimlo'n dda cyn mynd i wlad Groeg, ond ei bod hi'n ei guddio am mai hwn fyddai ei chyfle ola i gael gweld mymryn ar y byd 'ma? Falla na ddyliwn i byth fod wedi ystyried mynd â hi ar wylia? Ai fy mai i oedd hyn i gyd?

Cyrhaeddodd Tony a'i fab efo Arfon. Aeth Tony i mewn i eistedd efo Dodo Megan ac aeth Arfon, Peter a fi i nôl paned wan, blastig o'r peiriant yn y coridor. Aeth Peter allan am ffag a'n gadael ni'n dau ein hunain. Roeddan ni'n lletchwith efo'n gilydd a deud y lleia, a ddwedodd 'run ohonan ni air am o leia dau funud.

'Diolch,' medda fi'n diwedd.

'Iawn siŵr. 'Sdim isio chdi . . . Rwbath bach i ddeud sori am neithiwr, dyna'r cwbwl oeddan nhw i fod. Ond oedd hynny cyn i mi wybod bod hyn i gyd yn mynd i ddigwydd.'

'Rhywbeth bach i ddeud sori am neithiwr oedd be?'

'Y bloda.'

'Pa floda?'

'Y rhosod.'

'Rhosod?'

'Ia, rhosod coch – adewis i nhw wrth dy ddrws di'n gynnar bore 'ma; es i am *run* tua chwech. O'n i'n meddwl mai diolch am rheiny oeddat ti? Sori, camddeall wnes i . . . '

'A finna,' medda fi, gan ail-fyw'r foment pan hyrddiais nhw i waelodion drewllyd bin drws nesa ond un. Ro'n i wedi amau eu bod nhw dipyn gwell petha na'r rhai eraill oedd wedi bod yn cyrraedd dros yr wythnosa dwytha 'ma. Be ddwedwn i? 'Na, ia, diolch, am rheiny hefyd wrth gwrs, ond na, diolch i ti am ddod heddiw o'n i, am fod yma . . . dyna dwi'n drio'i ddeud, ond ddim yn gneud jòb dda iawn ohoni.'

'O'n i isio dod.'

'Ond doedd dim rhaid i chdi, nagoedd, yn enwedig ar ôl sut gorffennodd petha rhyngon ni neithiwr.'

'Anghofia neithiwr. O'n i isio dod. Ocê?' Gwenais arno a gwenodd yn ôl arna i cyn fy nhynnu ato a chusanu top fy mhen. Eisteddodd wrth f'ymyl ar gadair oren blastig anghyffyrddus. Gosodais fy mhen ar ei ysgwydd a chau fy llygaid. Daeth 'na rhyw dawelwch mawr drosta i.

Aeth oriau heibio, a tua naw o'r gloch y nos dwedais wrth Tony am fynd adre i Benbryn i gysgu. Roedd y creadur wedi ymlâdd. A beth bynnag, doedd 'na ddim y medren ni wneud. Ond gwrthod mynd wnaeth o, wrth reswm. Mi eisteddodd mewn cadair wrth ochor y gwely a chwympo i gysgu'n sownd. Do'n i ddim yn mynd i adael Dodo Megan chwaith, er mod innau'n cysgu ar fy nhraed. Roedd hi wedi bod yno i mi ar hyd fy oes. Es i'n ôl at erchwyn y gwely a gafael yn ei llaw. Roedd yn amhosib ei hadnabod fel Dodo Megan oherwydd y tiwbiau, y peipiau, y monitor a'r masg dros ei hwyneb. Unwaith neu ddwy, agorodd ei llygaid yn fawr, fawr ac am eiliad roedd fel petai'n syllu'n syth arna i efo'i llygaid glas, glas.

'Dodo Megan? Fi sy 'ma, Angharad. Dan ni'n edrych ar eich hôl chi, peidiwch â phoeni. Mi fydd pob dim yn iawn,' medda fi wrthi. 'Fedrith hi 'nghlywed i dach chi'n meddwl?' gofynnais wrth Dr Stevens pan ddaeth heibio ar ei rownd olaf.

'Na, mae hi'n hollol anymwybodol. Y peiriannau sy'n

ei chadw i fynd ar hyn o bryd. Tydi hi ddim yn gallu anadlu na dim ar ei phen ei hun, mae arna i ofn. Amser a ddengys . . . '

'Ond mi agorodd ei llygaid funud yn ôl,' medda fi, 'fel tasa hi'n edrych arnai.' Ond aeth Dr Stevens yn ei flaen i egluro bod yr agor llygaid a ballu yn adwaith hollol naturiol, ac yn bownd o ddigwydd bob hyn a hyn. Efallai y byddai'n pesychu hefyd, neu'n symud ei llaw, neu'i braich. Ond y gwir plaen oedd ei bod wedi cael trawiad anferthol ar y galon, a'i bod yn anymwybodol ers dros dair awr ar ddeg. Gallai aros felly am ddyddiau, falla mwy. Doedd dim byd i'w wneud, dim ond aros. Roedd y stafell drws nesa i Dodo Megan yn wag, digwydd bod, ac mi fedren ni orffwys chydig yn fan'no meddai'r nyrs. Ond tasai 'na glaf arall yn dod i mewn, mi fyddai'n rhaid i mi symud.

Ffoniodd Arfon. Roedd o wedi gorfod mynd adre'n gynharach yn y pnawn i wneud trefniadau efo'i fam ynglŷn â Gwyneth. Roedd o'n dod i fy nôl medda fo, ond do'n i ddim isio gadael y 'sbyty. Os oedd o am fy helpu i, tybed allai o bicio heibio'r tŷ i roi chydig o betha mewn bag i mi? Roedd gan Breian drws nesa oriad. Ro'n i'n despret am frwsh dannedd, yn fwy na dim. Cytunodd yn syth a deud y byddai efo mi cyn gynted ag y medrai, 'ngwas i. Cyn hir, mi gyrhaeddodd efo llond bag o 'hanfodolion' i mi. Chydig wythnosa'n ôl, mi faswn wedi marw o embaras o weld be roedd o wedi'i ddod efo fo. Roedd Arfon yn amlwg wedi bod trwy fy nrôrs! Yn y bag, roedd 'na dri phâr o nicyrs glân, coban, gwlân cotwm, *moisturiser*, potel o ddŵr, dau fag o greision, dwy fanana, tri afal ac oren! A fy nghopi o *The House of the Spirits* gan Isabel Allende, sef y llyfr ro'n i ar ganol ei ddarllen ar y pryd, ac wedi'i adael ar lawr wrth fy ngwely. Roedd o wedi meddwl am bopeth. Edrychais arno'n sefyll gyferbyn â mi, yn gonsýrn i gyd. Roedd o mor annwyl, ac o'n, mi ro'n i mewn cariad. Go iawn.

Edrychais i lawr ar Dodo Megan druan a gafael yn ei llaw'n ofalus. Ro'n i'n ysu am rannu fy nheimladau efo hi. Mi fyddai wedi bod mor falch. Dwi'm yn meddwl i mi erioed deimlo mor drist ac mor hapus ar yr un pryd. Hi oedd fy ngorffennol i gyd, ac ar draws ei gwely safai fy nyfodol. Plygais i lawr ati a rhoi sws ar ei thalcen gwyn. Symudodd ei bysedd fymryn yng nghledr fy llaw. Roedd hi'n gwybod, neu felly ro'n isio'i gredu beth bynnag.

Roedd Arfon a finna yn y stafell fach drws nesa i Dodo Megan pan ddaeth nyrs i mewn. Ro'n i'n pendwmpian ar y gwely ac Arfon yn y gadair. Roedd hi'n bum munud i chwech y bore. Gwyddwn o'r golwg ar ei hwyneb bod rhywbeth mawr o'i le.

'I'm so sorry, Angharad, your Auntie Megan passed away a few minutes ago,' meddai.

'Dead? Dodo's dead?' medda fi, ddim cweit yn effro.

'Yes, I'm sorry,' meddai'n nodio'i phen.

'Dead as a Dodo,' medda fi heb feddwl, ac yna sylweddoli be ro'n i newydd ei ddeud. Codais fy mhen a dal llygaid Arfon. Roedd o'n amlwg isio chwerthin, ei geg yn mynd yn gam cyn edrych ar y llawr fatha hogyn bach drwg. Ac wedyn wrth gwrs mi ddechreuais inna wenu. Ac allan y doth o, yn hyrddia mawr o igian chwerthin a chrio yn gymysg. Daeth Arfon rownd y gwely ata i a gafael ynof fi'n dynn, dynn, a dyna lle buon ni'n ryw hanner chwerthin a chrio efo'n gilydd am rai munudau. Mi wyddwn y byddai Megan, fwy na neb, wedi mwynhau'r jôc. Aethon ni drwadd at Tony, ac mi ges inna gyfle wedyn i fod 'yn hun efo Dodo Megan, i ddeud fy ffarwél olaf.

Yr Wy Olaf

Dridiau wedi'r cnebrwn, roedd Arfon yn y stafell molchi pan gyrhaeddodd y post: pentwr o luniau o Kodak. Lluniau'r gwyliau. Dyma fi'n llithro'r amlen i gefn drôr. Do'n i ddim yn barod eto i edrych arnyn nhw. Roedd 'na amlen *jiffy* frown yno hefyd. Do'n i ddim yn nabod y sgwennu ac agorais hi'n flêr, a thynnu llyfr allan: *Ice* gan Anthony J. Jameson. Agorais y clawr a gweld y geiriau 'For Megan' wedi'u printio ar y dudalen gyntaf. Mae'n rhaid ei fod o wedi trefnu hynny'n syth ar ôl dod yn ôl o wlad Groeg. Mi fasa hi wrth ei bodd.

Ges i gawod tra oedd Arfon yn gwneud brecwast i ni'n dau. Roedd o wedi ffonio'i fam yn sydyn i wneud yn siŵr bod Gwyneth yn iawn. Doedd hi ddim hyd yn oed yn y tŷ, medda honno. Wedi mynd i ollwng yr ieir o'r cwt efo'i thaid, yn hapus braf efo'i welingtons a'i basgiad fach wellt. Mi es i lawr grisia yn fy nhywel, i gwmwl o arogl bendigedig cig moch yn ffrio. Roedd Arfon yn gwisgo un o hen ffedoga WI Dodo PJ rownd ei ganol. A dim byd arall! Rŵan 'ta, dyna i chi rywbeth gwerth ei weld yn y bore!

'Angharad?' gwaeddodd yn uchel dros ei ysgwydd, ddim yn sylweddoli mod i yno'n ei wylio.

'Ia?' Trodd rownd, yn wên i gyd. Roedd ganddo wy yn ei law chwith.

'Nefoedd! Paid â mynd yn rhy agos at y gwres yn y ffedog 'na. Faswn i ddim isio i chdi gael damwain!' medda fi, gan roi sws chwareus ar ei ysgwydd noeth.

'Nafsat ti wir?' meddai, yn dod ataf a gafael ynof i.

Codais fy mreichiau i estyn rownd ei wddw a llithrodd fy nhywel i'r llawr. Tynnodd fi'n agosach fyth, nes doedd 'na ddim byd rhyngthan ni ond cotwm brau hen ffedog flodeuog o'r pum degau cynnar – oedd erioed wedi gweld y ffasiwn ymddygiad, siŵr o fod!

'Rŵan 'ta, Ms Austin,' sibrydodd wrth fwytho 'nghlust yn ysgafn efo blaen ei drwyn, 'sut fasa chdi'n licio dy wy?'

A dyma fi'n ôl yn syth at y bwrdd bach ar y balconi yn Tolon, a chyngor Dodo Megan yn atseinio yn fy nghlustia. Mi wyddwn yn iawn be fyddai hi isio i mi ei wneud efo'r wy olaf oedd gen i yn fy masgiad. Edrychais i fyw llygaid Arfon.

'Wsti be, mae gen i ffansi omlet.'

Y DIWEDD